Susan Svoboda
Aufbruch ins Ungewisse

Susan Svoboda

AUFBRUCH INS UNGEWISSE

1. Auflage Framersheim Juni 2018

© Brighton Verlag® GmbH,
Mainzer Str. 100, 55234 Framersheim
Geschäftsführende Gesellschafterin: Sonja Heckmann
Zuständiges Handelsregister: Amtsgericht Mainz
HRB-Nummer: 47526
Mitglied des Deutschen Börsenvereins: Verkehrsnummer 14567
Mitglied der GLS Gemeinschaftsbank eG Bochum.
Mitgliedsnummer: 58337
Genossenschaftsregister Nr. 224, Amtsgericht Bochum
www.brightonverlag.com
info@brightonverlag.com

Nachdruck, auch auszugsweise, nur mit Genehmigung des Verlags

Alle Rechte vorbehalten!

Satz und Covergestaltung: Ernst Trümpelmann

ISBN 978-3-95876-559-7

Inhalt

Vorwort ... 7

1. Abschnitt: Spanien ... 9

1. Kapitel: Aufbruch mit Hindernissen ... 10
2. Kapitel: Die Wanderung beginnt ... 14
3. Kapitel: Arbeit auf einem Ökohof ... 20
4. Kapitel: Sorge um Benji ... 27
5. Kapitel: Lobopark ... 36
6. Kapitel: Julie ... 43
7. Kapitel: Zu Gast bei einer belgischen Familie ... 49
8. Kapitel: Was ist mit Benji los? ... 52
9. Kapitel: Endlich wieder zusammen ... 59

2. Abschnitt: Frankreich ... 83

1. Kapitel: Weihnachten und Silvester ... 84
2. Kapitel: Erneut Arbeit auf einem Ökohof ... 91
3. Kapitel: Französische Gastfreundschaft ... 103
4. Kapitel: Reiseunterbrechung ... 116

3. Abschnitt: Schweiz ... 123

4. Abschnitt: Deutschland ... 135

1. Kapitel: Winterüberbrückung ... 136
2. Kapitel: Erschwertes Durchkommen im Schnee ... 144

5. Abschnitt: Österreich — 151

1. Kapitel: Österreichs Gastfreundschaft — 152
2. Kapitel: Arbeit in Österreich — 157
3. Kapitel: Abstecher in die Slowakei — 164

6. Abschnitt: Ungarn — 179

1. Kapitel: Bei Ornithologen — 180
2. Kapitel: Verschiedenste Schlafgelegenheiten — 182
3. Kapitel: Abstecher in die Ukraine — 197
4. Kapitel: Wo sind die großen Herden hin? — 201

7. Abschnitt: Rumänien — 205

1. Kapitel: Kreuz und quer durchs Land — 206
2. Kapitel: Abstecher nach Moldawien — 226
3. Kapitel: Reiseabbruch — 230

Danke schön! — 234

Kurzvita — 235

Vorwort

Wir zwei, Susan und Dirk sind Polizisten. Dirk arbeitet als Diensthundeführer bei der Diensthundestaffel der Polizei. Ich bin Polizeireiterin bei der Polizeireiterstaffel. Unsere Berufe mit Hunden bzw. Pferden üben wir gern aus. Wir verdienen ganz gut Geld, sind verbeamtet und damit nicht kündbar. Wir wohnen im Erzgebirge, in einer kleinen Wohnung im landschaftlich sehr schönen Rübenau. Es geht uns gut. Und doch ist da etwas was uns nicht loslässt. Was von Jahr zu Jahr stärker wird – Fernweh. Ja, wir fahren jedes Jahr in den Urlaub, haben schon viel gesehen und erlebt. Doch zwei bis drei Wochen im Jahr sind zu kurz. Wir träumen davon Länder, Landschaften, Tiere, Menschen, Kulturen kennen zu lernen, intensiver, länger. Es gibt Leute die so etwas machen. Sie schreiben dann Bücher darüber oder zeigen ihre Erlebnisse in Diavorträgen. Wir lesen gierig solche Bücher und wann immer in der Nähe ein solcher Diavortrag stattfindet sind wir dort. Wir erfahren von Menschen die 16 Jahre lang mit Rucksack und Zelt durch die Welt ziehen, von Wanderern, Fahrradfahrern, Seglern. Jahrelang erkunden sie alle die verschiedensten Länder. Wir sind fasziniert, bekommen immer mehr Verlangen auch so etwas zu beginnen. Doch wie machen die das alle. Wer arbeitet verdient Geld, hat aber keine Zeit. Wer nicht arbeitet hat kein Geld. Wie können die sich alle solch lange Reisen leisten. Für uns erscheint das nicht machbar. Nach für uns besonders interessanten Diavorträgen gehen wir nun zu den Vortragenden und fragen sie direkt wie sie das finanziell hinbekommen. Natürlich gibt es unterschiedliche Voraussetzungen. Aber mehrfach hören wir solche Aussagen wie: „Berufe kündigen, alle laufenden Kosten löschen, Sicherheitsdenken ausschalten und einfach los. Alles andere ergibt sich von selbst."
Wir sind noch skeptisch. „Was ist wenn"-Fragen kommen auf.

Als Deutsche sind wir zu sehr in diesem Sicherheitsdenken verfangen. Können wir wirklich einfach loslassen. Und würden wir das nicht irgendwann bereuen. Dann erfahren wir von einer anderen Möglichkeit. Bei Beamten gibt es ein so genanntes Sabbatjahr mit verschiedenen Modellen. Bei einem Modell müßte man drei Jahre lang arbeiten und bekäme nur 75 % Lohn. Dann hätte man ein Jahr frei und bekäme trotzdem die 75 % Lohn weiter. Diese Variante erscheint uns machbar. Wir könnten so auch in dem freien Jahr die laufenden Kosten decken und ein Jahr lang ausprobieren wie wir zurechtkommen. Wir beantragen das Sabbatjahr. Doch nach langem Hin-und Her wird unser Antrag abgelehnt. Das Fernweh aber bleibt. Alles hinter uns lassen und ein neues Leben voller Abenteuer beginnen, die Idee wächst immer mehr. Wir stellen unser eigenes Modell auf. Wie wir das auch mit dem Sabbatmodell gemusst hätten leben wir nur noch von 75 % Lohn. Den Rest legen wir bei Seite. Neuanschaffungen werden nicht mehr gemacht. Der Beschluss ist gefasst.

1. Abschnitt
SPANIEN

1. Kapitel
Aufbruch mit Hindernissen

Wir haben fast all unser Hab und Gut verschenkt, die Wohnung aufgelöst, alle Versicherungen gekündigt, das uralte Auto für einen symbolischen Preis von einem Euro verkauft und die Arbeitsstelle gekündigt. Nun besitzen wir keinen festen Wohnsitz mehr. Für uns als Polizisten hatte es immer einen negativen Touch, wenn jemand keinen festen Wohnsitz hat. Nun betrifft es uns selber. Nur eine Postanschrift gibt es für uns noch, wo behördliche Briefe, wie zum Beispiel die Rentenbescheide hin gesendet werden können. Als Polizisten hätte uns eine gute Pension zugestanden. Wer aber kündigt, wird in der Rentenversicherung nachversichert, so als wenn er nur als Angestellter gearbeitet hätte. So fällt unsere Rente später einmal sehr mager aus. Und auch sonst müssen wir nun lernen mit sehr wenig Geld auszukommen. Bisher hatten wir einen guten Verdienst, nun gibt es keinerlei Geld mehr, auch kein Arbeitslosengeld oder Sozialhilfe. Unser Sicherheitsdenken ausschalten, das fällt uns nicht sehr schwer. Nur Eines löst doch ein mulmiges Gefühl bei uns aus. Wir sind nicht mehr krankenversichert. Wenn wir kein Geld verdienen, dann können wir uns auch keine laufenden Kosten mehr leisten. Und das ist unser größtes Risiko. Im Kollegen- und Bekanntenkreis, sowie bei der Familie wird unser Entschluss unterschiedlich aufgenommen. Manche finden unser Vorhaben toll und spannend. Andere erklären uns für verrückt. Wie kann man nur einen so gut bezahlten Job, bei dem man durch die Verbeamtung fast unkündbar ist, aufgeben und ein solch unsicheres, risikoreiches Unterfangen beginnen. Doch wir sind voller Glücksgefühle und Vorfreude. Endlich, endlich geht es los. Unser erstes Vorhaben ist das Abwandern des Europäischen Fernwanderweges E 4 mit Rucksack und Zelt. Er beginnt in Spanien, endet auf der Insel Kreta in Griechenland und umfasst 8430 km. Eine bestimmte Zeit haben wir dafür nicht eingeplant. So lange es dauert dauert es eben. Begleiten wird uns dabei unser schon 14jähriger Mischlingshund Benji. Am 02.02.2010 ist es soweit. Wir brechen auf. Mit dem Zug fahren wir nach Paris, übernachten dort in einem 1-Sternehotel. Im Nachtzug weiter zu fahren hätte uns durch die Reservierungspflicht von Liegesitzen mehr gekostet als die Übernachtung hier. Wir laufen an der Seine entlang, zur Notre Dame, am Louvre vorbei und weiter zum Eiffelturm. Es gibt so viel Interessantes zu sehen. Man könnte noch hierhin, dahin, dorthin laufen. Aber die Zeit reicht nicht. Die Zugtickets für die Fahrt bis zur spanischen Grenze haben wir gekauft. 09:45 Uhr soll unser Zug abfahren. Wir laufen am nächsten Tag frohgesinnt zum Bahnhof. Sind vorsichtshalber ,ne halbe Stunde eher dort. Aber wir können unseren Zug nicht finden. Also erkundigen wir uns nochmal am Fahrkartenschalter. Dort erfahren wir, der Zug fährt von einem Bahnhof am anderen Ende der Stadt ab. Und das ist nicht mehr zu schaffen. Ein weiterer Zug fährt heute nicht mehr, nur der Nachtzug. Für den müssten wir jedoch die kompletten Tickets, die außerdem viel teurer sind, noch einmal kaufen. Na prima. Aber: Mit unseren Tickets können wir den morgigen Zug nehmen. Wir fragen mehrmals nach, denn da steht ja das heutige Datum drauf. So und nun? Das Zelt können wir in Paris schlecht aufbauen. Also wackeln wir zu unserem Hotel zurück und nehmen wieder ein Zimmer. Nun haben wir doch noch die Gelegenheit Paris näher zu erkunden. Wir genießen das Flair, besichtigen die Notre Dame von innen und sehen Polizeireiter. Die Stare sind schon da und singen. Vorsichtshalber fahren wir aber erst mal mit der Metro zu dem anderen Bahnhof und erkundigen uns nochmal. Ja, der Zug fährt dort ab, sagt der Mann am Schalter. Nur zu einer anderen Uhrzeit. Anstatt 09:45 Uhr ist es 10:10 Uhr. Fahrpläne hängen nirgendwo aus. Wir sind mal gespannt ob das morgen klargeht. In der darauffolgenden Nacht plage ich mich mit Erbrechen und Durchfall. Unser Zug fährt doch 09:45 Uhr ab. Nur gut dass wir bereits zu dieser Zeit am Bahnhof sind. 15:52 Uhr rollen wir in Irun über die Grenze und sind in Spanien. Nun müssen wir noch ans andere Ende des Landes, nämlich nach Algeciras in Andalusien. Gleich erkundigen wir uns nach der Weiterfahrt. Morgen fährt ein Zug über Madrid dorthin. Aber es gibt ein Problem. Der Zug ist ausgebucht, nur noch Karten für die 1. Klasse erhältlich. Außerdem müssen Hunde in einer geschlossenen Gitterbox transportiert werden. Eine solche haben wir natürlich nicht. Man verweist uns an den Busbahnhof. Da dort bis 17:30 Uhr Siesta ist suchen wir uns erst mal eine Pension. Danach erfahren wir im Busbahnhof, dass auch im Bus Hunde nur in der Box transportiert werden dürfen. Noch dazu muss diese zu den Koffern in den Verladeraum. Das kommt für uns nicht in Frage. Wir laufen zurück zum Bahnhof und lösen erst mal Tickets für übermorgen. Da sind noch Plätze in der zweiten Klasse vorhanden. Also bleiben wir zwei Nächte in Irun. Jetzt machen wir uns auf, um eine Hundebox zu organisieren. In der Zoohandlung gehen die Preise bei 100 Euro los. Aber bei einem Tierarzt bekommen wir so eine blöde Box für 47 Euro. Den Freitag genießen wir bei Sonnenschein am Atlantik und sehen die schneebedeckten Gipfel der Pyrenäen. Samstag fährt unser Zug 08:25 Uhr ab und ist 14:00 Uhr in Madrid. Von da aus geht es 17:05 Uhr weiter. 200 km später ein Defekt am Zug. Umsteigen in einen Bus. Wir sind sogar eher am Ziel wie mit dem Zug. Auf den spanischen Bahnhöfen geht es zu wie auf dem Flughafen. Nach dem Vorzeigen des Tickets wird das Gepäck durchleuchtet und die Hundebox kontrolliert. Dann dürfen wir in eine Art Transitraum. Erst wenn der Zug da ist werden die Leute, nach nochmaligem Vorzeigen des Tickets, auf den Bahnsteig gelassen. Auch aus dem Bahnhof heraus kommt man nicht ohne Ticket. Schwarzfahren ist unmöglich. Und ohne Hundebox kommt man in Spanien nicht in einen Zug. Manch einer wird sich fragen warum wir denn nicht geflogen sind. Ganz einfach, wir wollten

Benji die Hundebox ersparen. Aber wir lassen ihn trotzdem unter dem Sitz liegen im Zug. Nur wenn der Schaffner kommt muss er mal kurz in die Box. Selbst im Bus kommt Benji nicht in den Verladeraum. Wir stecken ihn in die Box, setzen uns ganz hinten hin und lassen ihn gleich wieder raus. 22:30 Uhr kommen wir am Ausganspunkt unserer Wanderung, der Hafenstadt Algeciras an. Auch so spät am Abend finden wir noch eine Pension. Sie kostet für uns drei zusammen 20 Euro pro Nacht. Wir nehmen zwei Nächte. Der Tag in Algeciras wird schön, bei Sonnenschein und 23 Grad um die Mittagszeit. Wir bummeln durch die Stadt, sehen Palmen, Kakteen und Orangenbäume voller reifer Orangen. Im Mittelmeer gehen wir schwimmen und sonnen uns am Strand mit Blick auf Gibraltar. Noch vor einer Woche waren wir im kalten Deutschland. Es erscheint uns wie ein Traum. Aber Eines können wir nicht finden, den Ausgangspunkt unserer Wanderung. Die Dame in der Touristinformation weiß nur, dass der Weg hier beginnt, aber nicht wo. Nirgendwo sehen wir Wanderschilder oder eine Karte. Eine rot-weiße Markierung soll es sein steht in unserem Wanderbuch. Na mal sehen, heute ist Sonntag. Vielleicht treiben wir ja morgen eine Wanderkarte auf oder finden jetzt noch etwas im Internet. Da es am Montag regnet was der Himmel hergibt und wir unseren Wanderweg noch immer nicht gefunden haben, bleiben wir eine weitere Nacht in Algeciras. Den ganzen Tag verbringen wir damit, Buch- und Souvenirläden, Sportshops und Reisebüros aufzusuchen. Nirgendwo erhalten wir eine Wanderkarte und keiner kann uns sagen wo der Weg beginnt.

2. Kapitel
Die Wanderung beginnt

Am Dienstag den 09.02.2010 brechen wir endlich auf. 1650 km Wandern durch Spanien liegen vor uns. Der nächste Ort, den wir erreichen müssen, heißt Los Barrios und ist 10 km von Algeciras entfernt. Da wir unseren Wanderweg nicht gefunden haben laufen wir Landstraße. Die Hundebox hat Dirk auseinander gebaut und an seinen Rucksack gebunden. Wir wollen eventuell mal zwischendurch auf einem Biobauernhof in Spanien arbeiten und dafür unsere Route kurzzeitig verlassen. Da wir dann mit Bus oder Bahn fahren müssen brauchen wir die Box vielleicht noch. Wir sind noch gar nicht aus Algeciras raus, da zerplatzt schon die Schnalle von Dirks Rucksack. Aber der Schaden lässt sich beheben. Auf dem Weg nach Los Barrios sind wir fasziniert von der herrlichen Vegetation. Wir sehen viele gerade brütende Störche, Reiher und sogar einen Geier. In Los Barrios suchen wir die Touristinformation auf. Daneben findet sich eine große Wandertafel mit dem Streckenverlauf des E 4 und des zeitweilig gleich verlaufenden spanischen Wanderweges GR 7. Das Wanderzeichen muss rot-weiß sein. Aber wir finden wieder kein Zeichen. Und auf dem Plan ist nicht ersichtlich, wo der Weg in Los Barrios entlangführt. Die Information macht erst 17:00 Uhr auf, Siestazeit. Wir wechseln uns ab. Einer bleibt bei den Rucksäcken, der Andere sucht erfolglos den Weg. 17:00 Uhr fragen wir in der Information. Sehr kompliziert, sagt die Dame. Eine Wanderkarte hat sie nicht. Der Weg führt durch einen Naturpark, der jetzt privatisiert wurde. Das Betreten des Parkes ist verboten. Bis zum 150 km entfernten Ronda müssen wir Straße laufen. Das ist ja zum Verzweifeln. Wir wollen nicht so lange Straße laufen. Die Dame malt uns auf wie wir zu der Stelle kommen, wo der Weg ursprünglich in den Park führte und wo noch Schilder wären. Nach dem langen Hin und Her wird es schon bald dunkel. Wir müssen eine Stelle zum Zelten finden. Das gestaltet sich schwierig. Links und rechts der Straße nur Stacheldraht und Warnschilder vor Stieren. Wir klettern trotzdem über so einen Zaun, in der Hoffnung, dass kein Stier kommt. Wir sehen keinen und auch keinen Dung, allerdings viele Spuren. Bei starkem Wind bauen wir zum ersten Mal unser Zelt auf. Unseren Vitaminbedarf decken wir mit Orangen, die wir unterwegs von den Bäumen pflücken. Am nächsten Tag erreichen wir den Naturpark und finden tatsächlich die rot-weißen Zeichen. Doch der Park ist hoch eingezäunt. Kein Durchkommen. Schilder zeigen an, dass es Privatgelände ist. So ein Mist. Wir müssen in den sauren Apfel beißen, zurück und dann Landstraße laufen. Nachmittags 14:00 Uhr sind wir wieder dort, wo wir letzte Nacht gezeltet hatten. Und diesmal sehen wir Kühe mit Bulle hinter dem Zaun. An dem Abend bauen wir unser Zelt in einem Dorf zwischen eingezäunter Wiese und Dornengestrüpp auf. Eine andere Möglichkeit gibt es nicht. Von weitem sieht alles so schön nach unberührter Natur aus. Aber kein Stück Wald, keine Wiese kann man betreten. Alles ist eingezäunt. Hoffentlich ändert sich das bald. In der Nacht hören wir ein tolles Froschkonzert vom Sumpfgebiet nebenan. Dann laufen wir 14 km Straße bis nach Castellar de la Frontera, weiter bergan nach Castillo de Castellar. Unterwegs sehen wir auf jedem Strommast mindestens ein besetztes Storchennest, oft auch mehrere. Castillo de Castillar liegt auf dem Berg mit einer Burg und wunderbarer Aussicht auf die Berge, das Meer und sogar bis nach Afrika. Danach verlassen wir endlich die Straße. Es geht auf einem Wanderweg durch herrliche Landschaft weiter. Wir sehen Eidechsen und jede Menge Wild ganz von der Nähe. Auch einen angestauten, sauberen Bach zum Waschen finden wir. Danach laufen wir auf Feldwegen, links und rechts wieder Zäune. Am Wegesrand schlagen wir unser Zelt auf.

Es regnet, was der Himmel hergibt. Und wir sind klitschnass. Aber trotzdem frohen Mutes. Die Obstbäume blühen, die Wiesen sind saftig grün mit bunten Blumen. Kühe mit Kälbchen, Schafe mit Lämmern, viele Pferde, massenhaft Störche, Singvögel. Das alles lässt Frühlingsgefühle aufkommen. Dazu die Orangen-und Zitronenbäume, Kakteen, Palmen und Korkeichen. So viele Orangen haben wir lange nicht gegessen. Wir waten oft durch tiefen Schlamm. Das ist uns jedoch lieber als auf der Straße zu laufen. Unser Wanderzeichen taucht jetzt ab und an mal auf. So alle paar km. Doch fast nie an Weggabelungen. Immer wieder müssen wir suchen, fragen, umkehren. Dann endet der Weg auf einem schlammigen Feld oder in einem Sumpfgebiet, was wir umgehen. So laufen wir zwar sicher etliche km am Tag, schaffen aber von unserer Strecke nicht viel. Heute kommen wir bis Jimena de la Frontera, ein wunderschöner Ort am Berg gelegen, mit einer Burgruine. Im Turm der Ruine richten wir uns für die Nacht ein. Da zieht es zwar, ist aber trocken. Und wir müssen das Zelt nicht aufbauen. Hoffentlich kommt kein Wachschutz und schmeißt uns raus. Wie bei allen unseren bisherigen Wanderungen wollen wir ca. jeden 5. Tag einen Pausetag einlegen. Das heißt entweder nur ein Stück oder gar nicht wandern. Am Samstag regnet es immer noch in Strömen. Die Straßen sind bereits überschwemmt. So beschließen wir, den Pausetag zu machen und bleiben in unserer Ruine. Vom Ort holen wir Kekse fürs Kaffeetrinken und eine Flasche Wein für den Abend. Die Wasserflaschen füllen wir in einer Kneipe auf. Und gewaschen wird sich in einer großen Pfütze vor der Ruine. Es ist ja sauberes Regenwasser. Dirk hat unser kleines Radio mitgeschleppt. So können wir Musik hören. Je ein Buch zum Lesen befindet sich im Gepäck. Es lässt sich also aushalten. Und über der Ruine kreisen Geier. Sonntag geht es weiter. Der Weg führt uns zuerst an einem Fluss entlang. Dann hinauf in die felsige Berglandschaft mit Pinien-und Korkeichenwäldern und grandiosen Ausblicken. Die Landschaft ist einfach überwältigend. Und in dem eiskalten Fluss nehmen wir am Morgen erst einmal ein Bad. Am Abend nach dem Zeltaufbau beginnt es sintflutartig zu regnen. Der Zustand ist heute Morgen noch unverändert. Es hört einfach nicht auf oder wird weniger. Wir bleiben im Zelt, lungern herum, lesen und hören Radio. Das Vorzelt steht bereits unter Wasser. Im Innenzelt bleibt es glücklicherweise einigermaßen trocken. Wenn wir uns erleichtern müssen ziehen wir uns nackt aus, damit wir nicht mit triefend nassen Klamotten wieder zurück ins Zelt kommen. Zähneputzen fällt ganz aus. Und Benji müssen wir aus dem Zelt schieben, damit er sein Geschäft macht. Dienstag laufen wir weiter. Aber auch da regnet es den ganzen Tag. Mal schüttet es aus allen Kannen, dann lässt es wieder nach. Ab und an sogar eine halbe Stunde Regenpause. Aber nur um danach wieder mit voller Wucht weiter zu plattern. Gibt es in Spanien auch so etwas wie eine Regenzeit? Und haben wir die gerade erwischt? Wir wissen es nicht. Bei einem verfallenen Gehöft, mit Blick auf die Berge und den 8 km entfernten Ort Ubrique schlagen wir das Zelt auf. Mittwoch wechseln starke Regengüsse mit kurzen, sonnigen Abschnitten. Der Regen überwiegt jedoch und plattert auch die ganze Nacht aufs Zeltdach. Wir laufen die 8 km bis zu dem malerischen, zwischen Bergen gelegenen Ort Ubrique und nehmen uns dort eine Pension für zwei Nächte. Allerdings stellen wir fest, dass die Dusche zwar mit Radio ausgestattet ist, dafür aber nur kaltes Wasser kommt. Dabei hatten wir uns so auf die warme Dusche gefreut. Und ein paar Wäschestücke wollen wir auch auswaschen. Das geht nun nur mit kaltem Wasser. Außerdem ist das Zimmer sehr klein und kaum eine Möglichkeit die Wäsche aufzuhängen. Der kleine Balkon wäre gut. Aber es regnet ja. Mich hat eine starke Erkältung erwischt. Deshalb und weil es unaufhörlich weiterregnet, entscheiden wir uns, noch eine Nacht in Ubrique zu bleiben (trotz kalter Dusche). Ich verbringe den Tag bei Kamillentee und Hustensaft im Bett. Dirk erkundet die nähere Umgebung. Als Entschädigung für die kalte Dusche bekommen wir Oliven, Brot, Eierkuchen und te con leche (heisse Milch mit Honig oder Zucker und ein Beutel schwarzer Tee) spendiert. Te con leche ist hier in Spanien unser Lieblingsgetränk geworden. Schmeckt sehr lecker. Doch heute Abend, welch Wunder, haben wir auch warmes Wasser. Der Monteur war da. Am Samstag geht es mir immer noch sehr schlecht Aber die Sonne lacht und wir wollen weiter. Wir packen die Rucksäcke. Schon allein das strengt mich an. Und als wir fertig sind, erfahren wir, dass heute hier großer Karneval stattfindet. Das können wir uns nicht entgehen lassen. Was soll's also, wir bleiben noch eine letzte Nacht. 14 Uhr wird der Karneval auf dem Markt mit einer Ansprache eröffnet. Viele Menschen in originellen Kostümen tummeln sich auf dem Markt. Besonders die Kinder sind sehr niedlich kostümiert. Nach der Ansprache gibt es keinen Umzug wie wir erwartet hatten. Sondern die Leute verteilen sich überall in den Straßen. Es gibt viele Ess-und Trinkstände, wo fast alles (Bier, Wein, Steak usw.) einen Euro kostet. Aus allen Ecken tönen spanische Rhythmen. Die Menschen sind fröhlich.

Nun aber wird es Zeit weiterzulaufen. Wir gehen es ruhig an und starten erst 11 Uhr. Unsere Sachen sind getrocknet. Und: es regnet, den lieben langen Tag. Der Weg führt uns zwischen Felsen bergan. Mir läuft nicht nur der Regen, sondern auch der Schweiß den Körper runter. Ich nehme das als gutes Zeichen. Wir kommen durch zwei Ortschaften. In Villaluenga del Rosario machen wir Regenpause und wärmen uns in einer Gaststube bei te con leche auf. Wir zelten zwischen Korkeichen. Gleich daneben eingezäunt sind viele schwarze Schweine. Als wir im Zelt sitzen grunzt es neben uns. Wir schauen nach und stellen fest, die Schweine können raus und rennen um unser Zelt herum. Auch Jungtiere. Na hoffentlich fühlen sich die Sauen nicht bedroht. Oder die Tiere interessieren sich zu sehr für unser Zelt. Es wird hier später hell als zu Hause. Erst ca. 07:30 Uhr dämmert es langsam. Die ganze Nacht prasselt der Regen mit voller Wucht aufs Zelt. Um uns herum schwimmt alles. Die Schweine sind bei dem Wetter in ihren Unterstand gegangen. Und auch am Tage wieder, bis auf kurze Pausen starker Regen, dazu Wind. Aber die felsige Landschaft ist grandios. Wir kommen uns vor wie im Hochgebirge, sehen auch eine Art Gämse, sowie viele Geier und Adler. Heute treffen wir erstmalig einen Wanderer. Er kommt aus Holland und macht zwei Wochen Urlaub. Er wandert von Ort zu Ort und übernachtet in Pensionen. Unser Zelt bekommt einen Traumplatz unter einem blühenden Mandelbaum mit Blick auf die Berge. Zum starken Regen kommen in der Nacht auch noch Sturm und Gewitter. Unser Zelt hält dem bisher ganz gut stand. Aber wie lange noch? Tagsüber wechseln sich starke Regengüsse und Sonnenschein ab. Unterwegs sehen wir viele blühende Mandelbäume und finden auch Mandeln. Wir lassen sie uns abends schmecken. Was uns bisher in Spanien auffällt ist die Sauberkeit. Egal wo wir hinkommen, überall ist es gepflegt und sauber. Nirgendwo liegt Müll herum. Nach einem sehr starken Gewitter letzte Nacht schaut heute die Sonne heraus und scheint fast den ganzen Tag. Vormittags erreichen wir die 723 m hoch gelegene Stadt Ronda, eine der ältesten Städte Spaniens. Wir nehmen uns ein Zimmer mit Frühstück in einem Hostal für zwei Nächte. Dazu gehören ein Balkon, ein Fernseher und vor allem eine Badewanne. Aus den Nachrichten erfahren wir, dass es ganz in der Nähe Hochwasser gibt. Ein Fluss ist über das Ufer getreten, Straßen sind überflutet, in den Häusern steht das Wasser. Aus Lehm gebaute Häuser sind eingestürzt. Erdrutsche blockieren Straßen. Das glauben wir gern, so wie es geregnet hat. Leute sagen uns, das dies keinesfalls normal für diese Jahreszeit in Spanien ist. Es regnet im Februar schon ab und zu. Jedoch nicht so lange und in solcher Stärke. Wir sind in den Bergen, weiter unten sieht es schlimmer aus.

3. Kapitel
Arbeit auf einem Ökohof

Wir haben einen Ökohof gefunden, der uns ab morgen willkommen heißt. Dort wollen wir 4 Wochen lang für freie Kost und Logis arbeiten. Aus diesem Grund verlassen wir heute unsere Wanderstrecke. Nach den 4 Wochen werden wir die Wanderung hier in Ronda fortsetzen. Der Hof liegt ca. 50 km von Ronda entfernt, nahe dem Ort Genalguacil. Eigentlich wollten wir mit dem Bus nach Genalguacil fahren. Aber schon als wir das Ticket kaufen möchten, macht uns der Busfahrer klar, Benji nimmt er trotz Hundebox nicht mit. Wozu hat Dirk das Ding die ganze Zeit mitgeschleppt? Was soll's, wir versuchen es mit Trampen. Bissel schwierig ist das schon mit den großen Rucksäcken und Benji. Wir stehen 1,5 h, dann hält ein kleines Auto an. Wir passen mit dem ganzen Gepäck nicht hinein. Doch dahinter stoppt gleich noch ein weiteres Auto. Wir verteilen uns in die 2 Fahrzeuge und werden 36 km mitgenommen. Weitere 8 km laufen wir und zelten dann ganz idyllisch neben einem kleinen Fluss, Kakteen und hohem Schilf. Seit mittags regnet es nicht mehr und es ist schön warm geworden. So macht es Spaß, sich in dem Fluss zu waschen. Der Ökohof liegt in den Bergen mit einer wunderschönen Aussicht auf die Berglandschaft drumherum, 2,5 h Fußmarsch entfernt von Genalguacil. Der deutsche Betreiber hat am Tag unserer Ankunft seinen 69. Geburtstag. Deshalb trinken wir ein Glas Sekt auf sein Wohl. Außer uns ist noch der WWOOFer Karl, ebenfalls ein Deutscher, auf dem Hof. Er verbringt jedes Jahr den Winter hier und fährt im Frühling wieder nach Deutschland. Dort lebt er dann in einem Wohnwagen. Er ist bereits 73 Jahre alt. Unsere Unterkunft, in der wir die nächsten vier Wochen wohnen werden jagt uns einen Schauer ein. Wir schlafen in einem kleinen, dunklen, dreckigen Raum auf einer speckigen, schimmeligen Matratze. Die Wände sind schwarz und ebenfalls schimmelig. Wir überlegen, ob wir gleich wieder gehen sollten. Aber nein, wir wollen auch andere Lebenseinstellungen kennenlernen. Erst einmal sehen, was uns hier noch erwartet. Wir reinigen unser neues zu Hause so gut es geht und richten uns ein. Sonntags wird auf diesem Hof nicht gearbeitet. Jeder macht sein Ding für sich allein. Auch gekocht wird sonntags nicht. Jeder isst wann er will und darf benutzen, was auf dem großen Tisch im Wohnraum steht und im Garten wächst. Im Garten finden sich verschiedenste Kräuter, Salate, Orangen, Mandarinen und Avocados. Auf dem Tisch stehen Olivenöl, Brot, Knoblauch, eine Sorte gekaufte Wurst und eine Sorte gekaufter Käse, leider nicht bio. Wir schlafen also aus und inspizieren das Gelände. Auf dem Land wachsen Oliven-Kirsch-Avocado und Feigenbäume sowie Korkeichen und Esskastanien. Es gibt Bachschluchten und einen Fluss im

Tal. Die Wohnräume sind sehr, sehr einfach. Es gibt zurzeit nur kaltes Wasser (weil solar betrieben). Das Klo ist draußen, nach arabischer Art. Das heißt ein Loch im Boden und kein Klopapier, sondern ein Krug mit Wasser zum Po säubern. „Wie würdet Ihr Euer Gesicht säubern wenn es voll Sch... wäre, mit Wasser oder Klopapier", fragt der Chef. Naja, da lässt sich drüber nachdenken. Bissel erschrocken sind wir über die Art und Weise das Geschirr zu säubern. Es wird vor die Tür gestellt, Hunde und Katzen lecken es ab. Danach wird es ohne Spülmittel und mit kaltem Wasser kurz abgespült. Salatschüssel, Tiegel und Brotmesser werden nie aufgewaschen. Auch nicht der Pinsel, welcher im Olivenöl steckt und womit man das Öl aufs Brot streicht. Wir sind eigentlich alles andere als pingelig. Beim Wandern mit Zelt und Rucksack geht es bei uns auch nicht gerade reinlich zu. Aber das hier ist doch auch für uns sehr gewöhnungsbedürftig. Und dann, warum haben wir uns eigentlich vorgenommen immer mal unterwegs irgendwo zu arbeiten, wenn auch nur für freie Kost und Logis? Eigentlich, damit wir zwischen der einfachen Lebensweise im Zelt ab und an mal wieder ein bisschen mehr Komfort genießen können. Ein richtiges Bett, gutes Essen, sich und die Wäsche gründlich waschen. Aber auf der anderen Seite, auch das hier ist Abenteuer. Und später werden wir noch sagen: „Diese Erlebnisse hier und auf anderen Höfen möchten wir nicht missen." Und wir werden immer wieder gern daran zurück denken. Am Montag ist unser erster Arbeitstag und die erste Aufgabe besteht darin das wir ein Schwimmbecken säubern und streichen. Bei herrlichem Sonnenschein macht das Spaß. Wir treffen uns immer gegen 07:30 Uhr auf einen Tee. Von 08:00 Uhr bis 11:00 Uhr geht jeder seiner Arbeit nach. Erst 11:00 Uhr gibt es Frühstück. Von 11:30 Uhr bis 14:00 Uhr wird gearbeitet, danach Mittagessen und Siestapause bis 16:00 Uhr. Nach der Siesta noch einmal zwei Stunden Arbeiten und dann Feierabend. Zum Mittagessen gibt es meist Salat und Pellkartoffeln. Frühstück und Abendbrot macht sich jeder selbst mit dem Wenigen was da ist. Im Wald wachsen viele Steinpilze und Pfifferlinge, die eine leckere Abwechslung sind. Brot wird selbst gebacken. Es sind immer 10 Brote, die gebacken werden. Und es gibt erst wieder neues Brot wenn diese aufgegessen sind. Am Anfang schmeckt dieses Brot sehr lecker, dann wird es hart und dann schimmelt es. Bei dem schimmeligen Brot hört es für uns auf. Das essen wir nicht mehr mit.

Unser Mitstreiter Karl ist ein gutmütiger, liebenswerter und tierlieber Mensch. Ein Vegetarier aus Überzeugung und Tierliebe. Jedoch gestaltet sich eine Unterhaltung mit ihm schwierig. Er hört sehr schwer und hat sein Hörgerät verloren. Der Chef selbst erzählt uns, dass er zum Islam übergetreten sei und sich einen Islamischen Namen gegeben hat. Uns wundert nur, dass er trotzdem Alkohol trinkt und Schweinefleisch isst. Er hat schon viele Länder für längere Zeit bereist. So zum Beispiel Afghanistan, Indien und Pakistan. Er spricht auch einige Sprachen, unter anderem Dari, was in Afghanistan gesprochen wird. Viele interessante Bücher stehen in einem Bücherregal. Es handelt sich um keinen dummen Menschen. Studiert hat er Chemie. Aber ein sehr eigenartiger Mensch ist er schon. Am Mittwoch reisen zwei junge Frauen an, die ebenfalls mit auf dem Hof arbeiten wollen. Die zwei Studentinnen sind sehr erschrocken über die Verhältnisse hier. Nach zwei Tagen haben sie die Nase voll und wollen wieder abreisen. Doch das geht nicht. Wegen starkem Regen müssen sie noch bleiben. Und da der Zufahrtsweg durch Schlammlawinen und Erdrutsche unpassierbar geworden ist, schaufeln wir den Weg mit vereinten Kräften frei. Trotzdem könnte zur Zeit unten im Tal kein Auto über die Flussbrücke, denn diese ist überflutet. So bleibt auch den beiden Mädels nichts anderes übrig als hier auszuharren. Es gibt an anderer Stelle noch eine Hängebrücke, über die man nur zu Fuß kommt. Die beiden Mädels wollen nichts als weg hier und versuchen es dort am Montag. Sie kommen nicht wieder. Es hat also geklappt. An unserem freien Tag wollen wir mal nach Genalguacil laufen. Aber die einzige Möglichkeit hier heraus in die „Zivilisation" zu kommen, ist über den Fluss

Genal. Die Brücke darüber steht unter Wasser und die Strömung des Flusses ist inzwischen enorm. Kein Überqueren möglich. Abends haben wir ein Highlight. Wie in Spanien weit verbreitet, gibt es auch hier eine Badewanne im Freien. Dahinein füllt man kaltes Wasser und entzündet ein Feuer unter der Wanne. Nach ca. einer Stunde ist das Wasser herrlich warm. Dann wird sich auf ein Stück Kork von den Korkeichen gesetzt, damit man sich nicht den Hintern verbrennt. Einfach genial und selbst im Regen schön oder unter dem Sternenhimmel. Wir nehmen uns diese Prozedur nun für jeden zweiten Tag vor. Wasser und Holz sind im Überfluss vorhanden. Nur muss einer für den anderen immer mal kaltes Wasser nachgießen. Sonst wird die Sache schnell zu heiß.

Eines Abends reisen Verwandte vom Chef aus Österreich an. Der Fluss ist abgeschwollen und sie sind mit ihrem Jeep darüber gekommen. Sie bringen ihr eigenes Essen, Haushaltstücher, Klopapier usw. mit. Am Abend gibt es, wir werden auch eingeladen, leckere österreichische Köstlichkeiten. Die Leute machen einen sehr netten Eindruck. Sie bleiben zwei Tage. Vor ihrer Abreise kochen sie noch ein leckeres Mittagessen für alle. Und sie lassen uns verschiedene Lebensmittel, saubere Abwaschlappen und Geschirrtücher, Topfkratzer, Schwamm und Klopapier da. Sogar Schokolade und Mon Cherie bekommen wir zugesteckt. Wir freuen uns sehr. Denn hier kommt man an so etwas nicht ran. Neben dem Anstreichen des Schwimmbeckens erledigen wir verschiedenste Arbeiten im Wald, Garten und Haus. Die Arbeit bereitet uns Freude und mit Karl kommen wir gut aus. Unser Karl ist ein Bienenfan. Eines Tages nimmt er frei und läuft ins Dorf. Den ganzen Tag ist er unterwegs, will sich neue Anziehsachen für die Heimfahrt nach Deutschland kaufen. Zurück kommt er ohne Kleidungsstücke, dafür aber mit drei Bienenvölkern in Kästen. Zwei davon will er hier lassen und eines mit nach Deutschland nehmen. Nun sucht er eine Mitfahrgelegenheit für sich, seinen Hund und die Bienen. Und wer ihn mitnimmt der soll langsam fahren damit seine Bienenvölker nicht durchgeschüttelt werden.

Und aller paar Stunden anhalten soll er. Denn die Bienen brauchen laut Karl immer mal Freiflug zwischendurch. Armer Karl, er hat natürlich niemanden gefunden, der ihn unter diesen Umständen mitnimmt. Der Chef des Hofes möchte nicht für immer in Spanien bleiben. Chile wäre sein Traum. Am 16.03. fliegt er nach Chile, trotz Erdbeben dort. Er will sich nach einem Stück Land in Chile umsehen. Wie wir später erfahren sollen klappt das aber nicht. Wegen seiner Abwesenheit reist der Sohn Louis an. Er hütet nun den Hof und gibt uns die Arbeit. Louis hat offensichtlich mehr Sinn für Sauberkeit. Wir beginnen damit das völlig verdreckte Haus aufzuräumen und zu säubern. Es hilft uns dabei Richard, ein junger Deutscher, der sich im Wald eine Hütte gebaut hat und seit ein paar Jahren dort lebt. Er stellt Olivenöl her und verschneidet Bäume. Jetzt bei Louis darf das ganze Geschirr aufgewaschen werden. Und die Tiere lecken es nicht mehr ab. Louis ist auch uns gegenüber großzügiger mit der Verpflegung. So gab es gestern Fisch zum Mittagessen. Er brachte uns Schokolade mit und stellte einen großen Topf selbstgemachte, leckere Oliven auf den Tisch. Unsere Arbeitszeit ändert sich ebenfalls. Wir arbeiten jetzt von 08-14 Uhr, ohne Frühstückspause und haben dann Feierabend. Draußen wächst zur Zeit wilder Fenchel und Malve. Davon bereiten wir uns immer Tee. Die Zitronen aus dem Garten nutzen wir zum Geschirr spülen und Wäsche waschen. Die Avocados sind noch nicht reif. Aber am Ofen reifen sie nach. Die Creme davon nutzen wir als Brotaufstrich. Mit der Schaleninnenseite kann man sich einreiben. Wie Körperlotion macht es die Haut geschmeidig.

Unser Hund Benji versteht sich sehr gut mit der Hofhündin des Chefs. Dieser hat eine eigenartige Auffassung von Hunden. Bims ist zwar da und darf glücklicherweise auch frei herumlaufen. Aber sie erhält nie Streicheleinheiten und er beschäftigt sich in keiner Weise mit ihr. Sie darf auch nicht ins Haus, hat weder Körbchen noch Hütte. Zu fressen bekommt sie mal eine Scheibe Brot und mal ein Stück scharfe Wurst, die als Hundefutter gar nicht geeignet ist (Nierenerkrankungen). Höchstwahrscheinlich ist sie weder geimpft noch entwurmt. Wir kümmern uns um sie, solange wir hier sind, geben ihr Hundefutter und lassen sie nachts bei uns schlafen. Wir bürsten sie und entfernen die Zecken. Es ist eine ganz süße Maus und am liebsten würden wir sie mitnehmen. Aber zwei Hunde sind einfach zu viel. Noch dazu eine Hündin, die wir erst mal sterilisieren lassen müssten, damit sie keine Welpen bringt und im Zelt während der Hitze nicht herumtröppelt.

Am 28.03. ist unser letzter Tag auf dem Hof. Es gab Widerlichkeiten aber auch viele schöne und abenteuerliche Erlebnisse. Wir haben viel gelacht, gearbeitet, an unserem freien Tag ein schönes spanisches Fest in Gausin besucht, Skorpione, Tarenteln und Geckos gesehen und eine ganz andere Lebensweise kennengelernt. Der Abschied von der Hündin Bims fällt uns nicht leicht. Doch nun freuen wir uns wieder aufs Weiterwandern. Wir trampen zurück nach Ronda und setzen unsere Wanderung fort.

4. Kapitel
Sorge um Benji

Wir erleben Ostern in Spanien. Bereits eine Woche vor unserem Ostern finden Osterumzüge statt und viele Läden und Behörden schließen schon am Mittag.

Unser Weg ist nach wie vor sehr schlecht ausgeschildert. Fast jedes Stück Land ist in Spanien privat und umzäunt. Wie wir inzwischen wissen darf man aber trotzdem hindurch. Wanderwege müssen von den Besitzern zugänglich gemacht werden. Viele hängen dennoch ein Schloss vors Tor oder entfernen einfach die Wanderzeichen. So sind wir immer am Suchen und Fragen, laufen falsch, kehren wieder um, kommen einfach langsam voran.

Kurz vor El Chorro bauen wir unser Zelt unterhalb von großen Felsen auf. Die Landschaft ist wieder atemberaubend. Unterwegs sehen wir ca. 30 Geier. Manche in der Luft, andere streiten sich am Boden um etwas. Wir setzen unsere Rucksäcke ab und pirschen uns heran. Aber weit kommen wir nicht, dann erheben sie sich in die Lüfte. Ein gigantischer Anblick. Wir sehen nach was sie da fressen. Hinter einem Zaun liegen Tierkadaver. Tote Esel, Pferde, Schweine. Ist das eine preiswerte Variante, gestorbene Tiere zu entsorgen? Oder werden die Geier hier zielgerichtet gefüttert? Vielleicht wird auch beides miteinander verbunden. Die Geier beim Fressen zu beobachten ist jedenfalls ein Erlebnis für uns. Am nächsten Tag laufen wir in den Ort El Chorro hinein. Wir wollen die Rucksäcke irgendwo unterstellen und das Kletterparadies hier erkunden. Der Besitzer eines Refugios für Kletterer spricht uns an, fragt ob wir für 8 Euro bei Ihm übernachten wollen. Eigentlich hatten wir vor, die nächsten Nächte im Zelt zu schlafen. Aber für den günstigen Preis überlegen wir es uns anders und bleiben da. Ohne den Ballast auf dem Rücken wandern wir durch die Berge und sehen sogar iberische Bergziegen. Wir können die Tiere recht nah beobachten. In unserem Refugio ist es einfach aber sauber, mit WC und warmer Dusche. In einem kleinen Lebensmittelladen bekommen wir sogar endlich eine Gaskartusche für unseren Kocher. Danach hatten wir schon lange gesucht. Wir können natürlich auch auf dem Lagerfeuer kochen. Aber zum Einen sind Lagerfeuer verboten (vor allem wenn es immer trockener wird) und zum Anderen verrußen die Töpfe dann immer. Wenn kein Bach in der Nähe ist bekommt man das schlecht ab. Als wir wieder unterwegs sind laufen wir an einem Lobo- (Wolfs) park vorbei und schauen rein. Besitzer des Parkes ist ein Deutscher mit Lebensgefährtin. Wir kommen mit dem Paar ins Gespräch. Die Zwei betreiben den Park seit acht Jahren und halten auch Pferde sowie einige andere Tiere. Außerdem bildet der Besitzer Hunde aus. Stolz zeigt er uns seine Schäferhunde, einen Malinois und eine Rottweilerhündin mit

Welpen. Als er erfährt, dass wir ehemalige Hundeführer bzw. Polizeireiter bei der Polizei sind bekommen wir eine sehr interessante Führung durch den Park gratis. Sonst hätte das 8,50 Euro pro Person gekostet. So wissen wir jetzt auch, dass in Spanien ca. 2500 Wölfe leben. Zum Abschied schenkt er uns noch eine große Tüte hochwertiges Hundefutter. Damit ist Benji für ungefähr zwei Wochen versorgt. Hundeführer der Polizei in Spanien dürfen ihre Diensthunde nicht wie in Deutschland mit nach Hause nehmen. Die Hunde werden von einem Zivilangestellten in einer Zwingeranlage versorgt. Und als Ausbilder fungiert ebenfalls ein Zivilangestellter. Als wir weiter laufen ahnen wir noch nicht, dass wir diesen Wolfspark schon sehr bald wieder sehen werden. Wir kommen bis Alhama de Granada, einer auf Fels gebauten Stadt mit einer Kirche aus Sandstein. Der Weg dorthin führt ein Flusstal entlang, links und rechts davon erheben sich zerklüftete Sandsteinfelsen. Es sieht klasse aus, so wie man sich den Grand Canyon immer vorstellt. Mit Blick auf diesen Canyon stellen wir unser Zelt auf. Vorher aber besichtigen wir die Stadt und geben dazu unsere Rucksäcke in einer Bar ab. Am Abend bekommen wir Besuch an unserem Zelt von einer sehr hübschen Mischlingshündin. Sie ähnelt in Körperform, Größe und Fell einem Deutsch Drahthaar. Ich habe den Fehler gemacht sie zu streicheln und von den zahlreichen Zecken zu befreien. Da sie ein Halsband trägt nahm ich an sie vertrudelt sich wieder nach Hause. Aber Pustekuchen, den ganzen Abend verbringt sie bei uns. Als wir uns zum Schlafen ins Zelt zurückziehen ringelte sie sich daneben zusammen. Heute früh liegt sie trotz starkem Regen in der Nacht immer noch neben dem Zelt. Wir beachten sie nicht mehr, aber sie weicht uns nicht von der Seite. Es tut uns in der Seele leid, doch wir können den großen Hund, noch dazu eine Hündin nicht mitnehmen. Wir versuchen sie zu verscheuchen und auszutricksen. Nichts hilft. Sie passt genau auf, was wir machen und läuft uns hinterher. Beim nächsten Dorf fragen wir ob jemand weiss, wem sie gehört, ohne Erfolg. Also setzen wir uns in eine Kneipe, trinken einen Tee und hoffen, sie ist weg, wenn wir wieder herauskommen. Unser Plan geht auf. In Deutschland hätten wir sie in ein Tierheim gebracht, hier wäre das ein trauriges Los. Nach ca. 14 Tagen wird jeder Hund, der keinen Abnehmer findet, eingeschläfert. Sehr viele Hunde werden in Spanien schlecht gehalten. 10 oder mehr Hunde hängen oft in den Grundstücken an kurzen Ketten mit einem Fass als Hundehütte. Wir erfahren von Einheimischen, dass es in Spanien zwei Dinge gäbe die sich widersprechen. Einmal das Tierschutzgesetz wonach eine Kette bei Kettenhunden mindestens drei Meter lang sein muss. Aber dem entgegen zahlen die Versicherungen bei Bissverletzungen nur, wenn die Kette nicht länger als einen Meter lang ist. Viele Hunde werden deshalb an sehr kurzen Ketten gehalten. Keine Ahnung warum sich die Leute dann auch noch so eine Menge Hunde halten. Viele Hunde sind aber auch frei, was wir gut finden. Jedoch vermehren sie sich viel zu stark, da sie nicht kastriert oder sterilisiert werden. Allerdings haben wir auch schon sehr viele wirklich gut gepflegte Hunde gesehen. Mit liebevollen Herrchen und in guten Haltungsbedingungen. Wieder einmal regnet es. Wenn wir auf unserem Weg Flüsse überqueren gibt es meist keine Brücken, sondern eine Furt. Denn die Flüsse führen nur wenig Wasser. Anders durch den vielen Regen in diesem Jahr. Deshalb heißt es für uns jedes Mal Schuhe und Hosen ausziehen und durchwaten.

Wir kommen an einer Finka vorbei, wo die Schweine wie meistens frei herumrennen. Schweine, Ziegen und Schafe haben in Spanien ein sehr viel besseres Leben wie in Deutschland. Sie ziehen entweder mit Hirten umher, leben in großen Umzäunungen oder sind einfach ganz frei. Schweine paaren sich sogar oft mit Wildschweinen. Das ist erwünscht, da die Nachkommen widerstandsfähiger sind.

Wir legen einen Pausetag ein. Unser Zelt steht zwischen blühenden Ginsterbüschen und Felsen. Daneben ein Bach. Faulenzen, Wäsche waschen, Insekten, Eidechsen und Gämsen beobachten, bissel in den Felsen herumstöbern, so gestaltet sich unser Tag. An einer Stelle des Baches hat sich das Wasser angestaut, wie eine große Badewanne, ideal zum Waschen. Gehen wir ein Stück weiter nach oben, so sehen wir die hohen, schneebedeckten Berge der Sierra Nevada. Weiter geht es. Erst durch Wälder, dann führt der Pfad zwischen Obstplantagen hindurch. Die Orangen-und Zitronenzeit ist in vielen Gegenden durch die wir kamen schon vorbei. Hier jedoch wird gerade geerntet. Wir schlagen uns die Bäuche voll und nehmen noch ein paar Orangen und Zitronen mit. Auch kommen wir an Bohnenfeldern vorbei. Es gibt zum Abendbrot zur Abwechslung also einmal Bohnen. Ein Paradies ist das hier. Avocado-, Feigen-, Maulbeer- und Granatapfelbäume sind in großer Menge vorhanden. Die Früchte sind leider noch nicht reif. Allerdings nehmen die Obstplantagen kein Ende. Weit und breit kein Wald oder Ähnliches mehr. Und die Leute sind fleißig beim Orangen Ernten. Wir stellen unser Zelt also mitten in die Plantagen und hoffen der Besitzer sieht es nicht. Seit wir in der Provincia Granada sind, klappt es mit unseren Wanderzeichen. Mal sehen ob das so bleibt. Auch fallen die vielen Umzäunungen weg, die uns bisher immer begleitet hatten. Der Weg ist wunderschön. Orangen-und Zitronenbäume wo man hinsieht. Bunte Blumen, schmucke Dörfer und die Berge. Die höchsten Gipfel der Sierra Nevada sind zwischen 3000 und 3500 m hoch. Ich weiß gar nicht wo ich zuerst hinschauen soll. Bin überwältigt. Ich schaue also in der Weltgeschichte herum und achte nicht auf den Weg. Ich stolpere über irgendetwas und falle durch das Gewicht des Rucksackes der Länge lang hin. Ein aufgeschlitztes Hosenbein, Schürfwunden am Knie und Ellenbogen sind das Resultat. Wir machen einen Abstecher nach Granada und besichtigen die maurische „Rote Burg" Alhambra. In Andalusien gibt es eine schöne Tradition. Zu einem Bier oder Glas Wein bekommt man immer einen Tapa gratis dazu. Tapas sind verschiedenste Gerichte in Größe einer Vorspeise. Sie erhält man überall in Spanien, in Restaurants oder Bars. Meist kostet so ein Tapa zwischen ein und zwei Euro. Manchmal sind diese Vorspeisen sogar sehr reichlich. Und dazu gehören meist Brot und Oliven. So kann man sich auch mit kleinem Geldbeutel in ein Restaurant setzen und etwas essen. In jeder Gaststätte kann der Gast so lange sitzen bleiben wie er will. Auch wenn er schon längst fertig ist oder nur einen Tee bestellt hat. Kein Kellner fragt ständig ob man noch etwas bestellen oder zahlen möchte. Das finden wir sehr angenehm. Wir nutzen diese Möglichkeit vor allem an Regentagen. Wir kommen durch den Touristenort Lanjaron. Von da aus geht es einen Pfad am Berghang entlang bis zum Bergdorf Cañar. Durch den vielen Regen in diesem Jahr ist der Pfad oft von Erdrutschen verschüttet. Dann müssen wir sehen, wie wir uns durchwursteln. Auf 1100 m Höhe zelten wir mit wunderschöner Aussicht.

Weiter geht es auf dem schmalen Pfad am Berghang entlang. Und wieder gilt es Bergrutsche zu überwinden. An diesem sommerlich warmen Tag genießen wir traumhafte Aussichten und kommen an Wasserfällen vorbei. Im Touristenort Pampaneira machen wir Pause. Eine Touristengruppe wird in eine Schokoladenfabrik geführt. Wir laufen einfach hinterher und nehmen an der Verkostung verschiedenster Sorten Schokolade teil. Es kostet nichts, soll allerdings zum Kaufen anregen. Schon lange haben wir keine Schokolade mehr gegessen. Es ist ein Hochgenuss. Auf 1300 m Höhe, kurz nach dem Ort Bubion, mit Blick auf den Ort und die schneebedeckten Berge der Sierra Nevada zelten wir. Auf der anderen Seite sehen wir von weitem das Meer. Unweit von unserem Zelt ist ein Gestrüpp. Als wir im Dunkeln daran vorbei laufen, grunzt und schnauft es darin, Wildschweine!

Am folgenden Tag kommen wir bis auf 1800 m Höhe. Unterwegs macht uns ein Bergrutsch zu schaffen. Ca. 100 m vom Weg sind abgestürzt. Es klafft ein riesiges Loch zwischen den beiden Wegenden. Mit den schweren Rucksäcken müssen wir eine gefährliche Kletteraktion bewältigen, um auf die andere Seite zu gelangen. Wahrscheinlich dabei verliert Dirk seine Fleecejacke. Wir zelten auf einer riesigen Kuhweide. Kühe, Kälber und ein Bulle sind in einiger Entfernung. Sie interessieren sich hoffentlich nicht für unser Zelt.

Anfang Mai machen wir uns Sorgen um unseren Hund Benji. Er läuft steif und lustlos, teilweise lahmt er. Hat er sich vertreten, oder machen sich seine 15 Jahre nun langsam bemerkbar? Bisher war er trotz hohem Alter fit wie ein Turnschuh. Wir nehmen eine Pension für zwei Nächte, damit er sich erholen kann. Hoffentlich geht es danach wieder besser. Doch sein Zustand verschlechtert sich noch. Er zittert, bricht mit der Hinterhand weg. Sein Futter frisst er zwar auf, kann dabei jedoch kaum stehen. An ein Weiterwandern morgen ist nicht zu denken. Im Ort gibt es einen Tierarzt. Er hat zwar heute zum Sonntag zu, wir gehen trotzdem hin und klingeln. Er öffnet auch, untersucht Benji nur kurz und stellt eine Nierenentzündung fest. Benji bekommt eine Antibiotikaspritze. Für morgen werden wir wieder bestellt. Wir hoffen es geht seinen Gang, so ohne Blutuntersuchung, Röntgen oder Ultraschall. Wir können nur vertrauen. Der Tierarzt spricht weder Deutsch noch englisch, wir nur ein bisschen spanisch. Am Montag und Dienstag bekommt Benji je eine weitere Spritze. Mittwoch ist seine Behandlung abgeschlossen. Es geht ihm deutlich besser. Zum Weiterwandern jedoch ist er noch zu schwach. Was tun? Ewig können wir nicht in der Pension in Cadiar bleiben. Das wird zu teuer. Unser Erspartes soll möglichst lange reichen. Also schreiben wir den Wolfspark bei Antequera an. Wir fragen nach ob wir dort zwei bis drei Wochen für freie Kost und Logis arbeiten könnten. Der Besitzer des Parkes antwortet schnell, ja wir können kommen. Prima, das bedeutet wir werden uns morgen an die Straße stellen und es mit Trampen versuchen. Das ist ein wenig umständlich und wird in mehreren Etappen erfolgen müssen. Wir stellen uns auf zwei oder gar drei Tage ein, die wir brauchen, bis wir im Lobopark ankommen. Auf geht's in Richtung Lobopark. Zwei Stunden stehen wir an der Straße, dann nehmen uns Engländer 6 km mit. Da wo sie uns herauslassen ist so gut wie kein Fahrzeugverkehr. Wir müssen also zu Fuß weiter, langsam und mit Pausen wegen Benji. Nur ein Stück, denken wir. Daraus werden 26 km Fußmarsch auf der Straße. So hatten wir uns das eigentlich nicht gedacht. In La Rabita, am Meer, an der Costa Tropical kommen wir abends an. Wir hofften unser Zelt in einer abgelegenen Bucht aufschlagen zu können. Aber wir finden keine solche Bucht. Am Strand sind Leute, Zelten ist hier verboten. Auch sonst sehen wir in dieser Gegend keine Möglichkeit zum Zelten. Also nehmen wir uns wieder ein preiswertes Zimmer in einem sehr hübschen, kleinen Hotel. Und wenn wir nun schon mal am Meer sind, für zwei Nächte. Sonst kochen wir auch in Pensionen selbst. Hier aber gönnen wir uns ein Abendmenü. Für 8 Euro pro Person gibt es je eine Tomatensuppe, Weißbrot, einen großen Salatteller mit Ei und Thunfisch, gebratene Würstchen mit Spiegelei, 3 verschiedene Sorten gegrillten Fisch, Folienkartoffel mit Knoblauchcreme und Bohnen, Flan als Nachtisch und dazu ein Glas Wein sowie Tee. Alles superlecker und reichlich. Wir sind mehr als satt. Im Zimmer haben wir einen Fernseher, Badewanne und Balkon. Im Zimmerpreis inbegriffen ist ein Frühstück. Das gibt es selten in Spanien. Jedenfalls in unserer Preisklasse. Raus aus dem Bett und rein ins Meer. Eine Runde schwimmen, herrlich. Nach dem Frühstück stellen wir uns an die Straße Richtung Malaga. Nach ca. 2 h stehen nimmt uns ein Mann mit bis dorthin (130 km). Er rast wie ein Irrer. Die Reifen quietschen in den Kurven, riskante Überholmanöver. Wir sind froh, als wir heil in Málaga ankommen. Dort winken wir an der Autobahnauffahrt Richtung Antequera. Irgendwie sind es immer die magischen 2 h bis uns jemand mitnimmt. Diesmal eine sehr nette Frau. Sie bringt uns bis Antequera, obwohl sie eigentlich ganz woanders hin will. In Antequera kennen wir uns aus. Wir kaufen noch Hundefutter ein und essen ein Eis. Danach schlagen wir unser Zelt kurz nach der Stadt in einem Olivenhain auf. Nur 16 km trennen uns nun noch vom Lobopark. Wir stellen uns auf 16 km Laufen ein, halten aber spaßeshalber trotzdem dabei die Hand raus. Gleich das erste Auto hält an und fährt uns bis zum Wolfspark. Auch dieser Fahrer wäre eigentlich schon eher an seinem Ziel gewesen.

5. Kapitel
Lobopark

Im Park bekommen wir ein sauberes Zweibettzimmer, frische Bettwäsche und Handtücher. Dusche, WC und Waschmaschine dürfen wir benutzen. Wir denken zwischen den vielen Hunden, 5 Pferden, zwei Mulis, 5 Schweinen, Hühnern, Schafen, Ziegen, Kaninchen, zahmen Füchsen, dem Fuchswelpen Fritz (wird mit der Flasche groß gezogen), Pfauen, einer Hirschkuh und natürlich den Wölfen werden wir uns wohl fühlen. Von unserem Zimmer aus sehen wir die Pferde und ein Wolfsgehege. Es gibt im Wolfspark je ein Wolfsrudel mit Iberischen Wölfen, Timberwölfen, Europäischen Wölfen und weißen Polarwölfen.

Nachts schlafen wir bei offenem Fenster und hören die Wölfe heulen, die Pferde schnauben und die Pfauen schreien. Wir finden das herrlich. Die Verpflegung, die wir bekommen, ist bestens. Unsere tägliche Arbeitszeit geht von 09-18 Uhr. Am Wochenende von 10-18 Uhr.

Eine Wölfin hat Welpen. Sie sind jetzt wenige Tage alt und werden aus dem Bau geholt. Denn sie sollen mit der Flasche groß gezogen werden. Das Fernsehen filmt die ganze Sache und abends kommt darüber eine Reportage. Wir können bei der Aktion zuschauen und freuen uns schon darauf die ersten Wochen der kleinen Wölfe miterleben zu dürfen. Auch der kleine Fuchswelpe Fritz wuselt uns beim Frühstück zwischen den Beinen herum und zwickt in die Zehen wenn wir nicht aufpassen. Einige Tage später kommt der Tierarzt und untersucht die Wolfswelpen. Außerdem werden sie entwurmt. Zwei darf ich dabei halten. Das Füchslein Fritz und die Hundewelpen bekommen ihre Impfung.

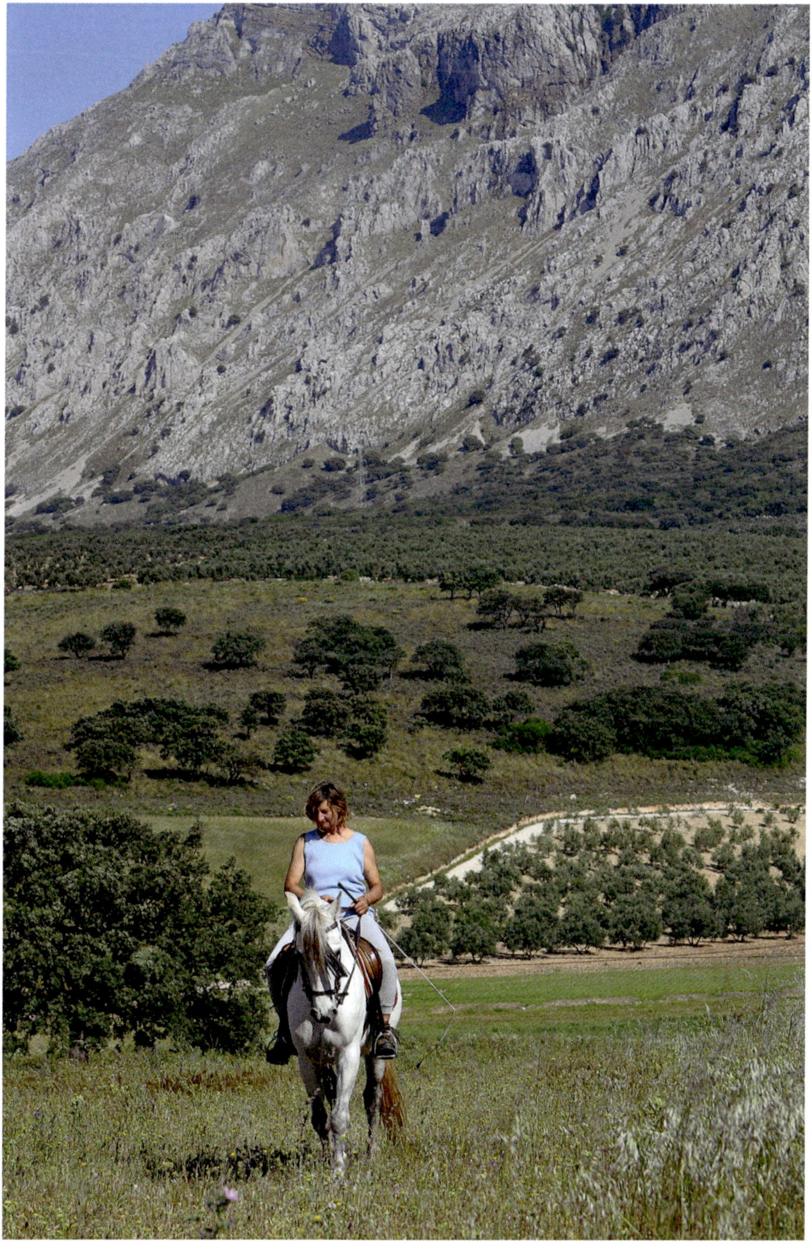

Die Arbeit macht uns großen Spaß. Ich darf mich voll und ganz um die Pferde und Mulis kümmern. Außerdem helfe ich bei der Pflege der Hundewelpen (Rottweiler und Malinois) mit. Dirk erledigt Reparaturarbeiten an den Tiergehegen und baut einen Welpenauslauf. Gern fachsimpelt er mit dem Chef über die Hundeausbildung. Als erstes aber repariert er ein verstopftes Klo. Nach der Arbeit dürfen wir reiten und das tun wir täglich. Samstag hat sich eine Gruppe mit 30 Kindern zum Kinderreiten angemeldet. Dafür bin ich verantwortlich. Ich hatte so etwas schon immer bei der Reiterstaffel gern gemacht. Dirk dagegen unterstützt den Chef als Schutzdiensthelfer (Figurant) bei der Hundeausbildung. In der Diensthundestaffel und beim Hundesport war er dafür aufgegangen. Dieter hat zurzeit 5 Schäferhunde, 2 Malinois und zwei Rottweiler im Training. Dieter bietet Dirk an, die beiden Schäferhunde Rolf und Max in Unterordnung und Schutzdienst anzuarbeiten. Dirk nimmt das gern an. Er will jetzt immer eine Stunde früher aufstehen und erst einmal mit den beiden spazieren gehen, damit sie sich an ihn gewöhnen. Was die Ausbildungsmethoden anbelangt, so lässt Dieter Dirk freie Hand.

Abends findet eine Howlnight statt. Sie beginnt 18:30 Uhr mit einem Grillabend. 21:30 Uhr gibt es eine 2,5 stündige Führung bei den Wölfen. Die Gehege werden dabei angeleuchtet. Der Chef heult wie ein Wolf und die Wölfe antworten mit lautem Geheul aus allen Gehegen. Immer bei Vollmond gibt es so eine Veranstaltung. Ich helfe nachmittags bei den Vorbereitungen für das Essen. Am Abend werden wir voll mit einbezogen, sowohl beim Grillen als auch bei der Führung dürfen wir teilnehmen.

Pfingsten wird in Spanien nicht gefeiert und der Pfingstmontag ist kein Feiertag. Passend zu Pfingsten blühen allerdings jetzt gerade die Pfingstrosen, vor allem wild im Wald.

Das Wetter ist seit wir im Wolfspark sind schön. Täglich lacht die Sonne. In den ersten Tagen ist es recht kühl und es gibt auch ab und zu einen Regenschauer, nach dem die Sonne aber immer wieder heraus kommt. Drei Tage lang haben wir sehr starken Wind, so dass es einen bald vom Pferd weht. Ansonsten ist es sommerlich warm (ca. 28 Grad) und nachts noch angenehm kühl.

Bei unseren Unterhaltungen erfahren wir viel über Spanien. Allerdings auch Negatives. Besonders erschüttert uns wie die Jagd hier betrieben wird. Trotz staatlichem Verbot werden Wildschweine meist mit Schlingen gefangen, wo sie sich lange quälen. Das ebenfalls verbotene Auslegen von Giftködern für Füchse wird immer wieder praktiziert. Diese Giftköder nehmen natürlich auch viele andere Tiere auf. So zum Beispiel die geschützten Geier und Wölfe. Manch einer hat auf diese Art und Weise seinen Hund eingebüßt. Am allerschlimmsten aber finden wir wie die Jäger mit ihren Hunden umgehen. Ist die Jagdsaison beendet, dann werden alle Jagdhunde die nicht gut waren an Bäumen aufgehangen. Und zwar an den Pfoten, so krepieren sie dann jämmerlich und langsam. Die Jäger sind der Meinung für einen schlechten Jagdhund ist selbst eine Kugel zu schade. Diese furchtbare Tierquälerei ist erst seit zwei Jahren offiziell verboten. Es hält sich allerdings kaum einer an das Verbot. Wenn wir das hören, dann dreht sich bei uns der Magen um und wir fragen uns, warum Menschen nur so grausam und herzlos sein können. Ebenso grausam und schlimm finden wir die Stierkämpfe. Fast jeder Ort hat eine Stierkampfarena, wo regelmäßig Stierkämpfe stattfinden. Sinnlos werden die Stiere dort abgeschlachtet unter dem Beifall der Menschen. Staatlicherseits wird leider nichts unternommen, um diese Tierquälerei zu unterbinden. Rücksichtslos getötet werden hier auch die Schlangen und Skorpione. Die Menschen haben Angst davor und keinen Respekt vor anderen Lebewesen.

Die kleinen Wolfswelpen dürfen auch wir mit der Flasche füttern. Ein tolles Erlebnis.

Die Hirschkuh Bambi bekommt ab und an Besuch von zwei wilden Hirschen. Dann springt sie in die Freiheit und ist nachts unterwegs. Jedoch kam sie bisher immer zurück.

Wir sind nun schon drei Wochen im Wolfspark. Benji geht es wieder gut und wir wollten eigentlich heute weiter ziehen. Da es uns aber so gut gefällt haben wir uns entschlossen länger zu bleiben. Bis zum 12.06. ist unser Zimmer noch frei. Danach kommen weitere Praktikanten. Also bleiben wir noch bis dahin hier. Mit 32 Grad im Schatten ist heute der heißeste Tag bisher.

An einem freien Tag besichtigen wir eine Eselauffangstation, die von Engländern betrieben wird. Geschundene Esel und Mulis aus schlechten Haltungsbedingungen werden hier gerettet und bekommen ein besseres zu Hause. Eine wirklich tolle Anlage mit schönen, großen Offenställen, sauberer Einstreu, Salzlecksteinen und großen Selbsttränken. Ein Esel ist dabei, dem Tierquäler die Ohren abgeschnitten haben. Zu welchen Gemeinheiten Menschen doch in der Lage sind.

Heute kommen Leute in den Lobopark die drei Hundewelpen abgeben wollen. Die Welpen sind erst vier Wochen alt und die Leute kamen mit dem Auto von Cordoba hier her. Die Welpen in einem Karton im geschlossenen Kofferraum. Das bei Temperaturen von über 30 Grad. Die Chefin erklärt, dass die kleinen Hunde noch mindestens vier Wochen bei der Mutter bleiben müssen und gibt die Adresse von einer Hundeauffangstation mit. Wir können nur hoffen, die Leute befolgen diese Ratschläge. Oft entsorgen Hundebesitzer ihre Welpen einfach lebend in der Mülltonne. Dieter hat schon mehrfach solche armen Kreaturen gerettet. Die Menschen geben für alles Mögliche Geld aus. Eine Kastration oder Sterilisation ihrer freilaufenden Hunde ist ihnen aber zu teuer.

Der Bulgare Marin hat seinen letzten Arbeitstag vorm Urlaub und lädt Dirk zu einem Abschiedstrunk ein. Er arbeitet das ganze Jahr sechs Arbeitstage pro Woche im Lobopark und fährt nur einmal im Jahr für vier Wochen nach Hause zu seiner Frau. Nun hat er zwei Tage frei und am Dienstag geht sein Flug in die Heimat. Er freut sich schon auf seine Familie. Noch zwei Jahre muss er schuften, dann geht er in Rente und somit ganz nach

Hause zurück. Dass wir hier nur für freie Kost und Logis arbeiten und nicht für Geld kann er überhaupt nicht verstehen. Wir sollen langsamer arbeiten, meint er. Da Marin Urlaub hat, übernimmt Dirk dessen Aufgaben. So säubert er die Hundezwinger und läuft täglich die gesamten Wolfsgehege ab, zur Kontrolle der Zäune. Eine schöne Aufgabe wobei er die Wölfe beobachten kann. Mit der Ausbildung der beiden Schäferhunde kommt Dirk gut voran. Und nun darf er sich auch noch mit den beiden Rottweilern Osso und Kiera beschäftigen.

Eine Fuhre Stroh wird angeliefert und muss eingestapelt werden. Das Fleisch für die Wölfe kommt immer dienstags. Dirk zerschneidet und friert es ein. Die Landschaft wird auf Grund der Hitze und Trockenheit immer karger. Trotzdem gibt es Farbe. Gerade blühen viele Disteln gelb und lila.

An meinem 45igsten Geburtstag haben wir frei. Dirk bäckt jeweils einen Quarkkuchen für die Belegschaft und für uns. Wir schlafen aus und vespern nachmittags schön. Abends sitzen wir bei Wein zusammen und die Chefin hat ein besonders gutes Essen gekocht.

Dieter bietet uns an, noch so lange hier zu bleiben bis Marin aus Bulgarien wiederkommt. Er bewohnt im Lobopark eine kleine Blockhütte, in der wir schlafen können. Wir nehmen an. In der Blockhütte haben wir sogar einen Fernseher, wenn auch nur spanisches Programm. Allerdings werden wir wohl kaum Zeit zum Fernsehen haben.

Weitere fünf Wolfswelpen sind geboren. Diesmal von den Europäischen Wölfen. Sie sollen nicht mit der Flasche aufgezogen werden, sondern im Rudel aufwachsen. Dieter möchte die Unterschiede zwischen den Hand aufgezogenen und den im Rudel heranwachsenden Wölfen beobachten.

Wir haben frei und besteigen den Berg gegenüber des Loboparkes. Benji und der Schäferhund Rolf begleiten uns. Die Hundewelpen werden nun langsam an Halsband und Leine gewöhnt. Täglich nehmen wir ein oder zwei Welpen heraus und spazieren mit ihnen herum. Dieter bekommt Zuwachs bei den Hunden. Sein Schäferhund Arthur hatte die Schäferhündin einer anderen Familie gedeckt. Für den Deckakt bezahlt der Spanier üblicherweise nicht mit Geld sondern mit ein bis zwei Welpen. So kommt der Mann mit zwei Welpen an. Einen davon, einen kleinen Rüden behält Dieter. Er wird mit in die Welpenmeute integriert. Den anderen nimmt der Besitzer wieder mit.

Mit den Schäferhunden Adolf, Arthur und Freia sowie den Rottweilerwelpen und Emil, einem Malinoiswelpen fahren wir im Auftrag vom Chef an einen See zum Baden. Die erwachsenen Hunde toben sich beim Schwimmen und Stöckchenholen aus. Die Welpen werden langsam an das Wasser herangeführt. Vorher allerdings erbrechen sich alle Welpen im Auto. Es war nicht anders zu erwarten. Die erste Autofahrt, eine kurvenreiche Strecke und noch dazu ist es sehr warm. Eine ekelige Angelegenheit, vor allem beim Säubern danach.

Wir können eine Auseinandersetzung der Timberwölfe mit einer großen Schlange beobachten. Letztendlich verkriecht sich die Schlange im Unterholz. Die Wolfswelpen der Europäer sehen wir beim Säugen an ihrer Mutter. Manchmal füttert Dirk alle Wölfe. Sie bekommen Rinderlungen. Schade, unsere Zeit im Lobopark geht langsam dem Ende entgegen. Dieter fragt ob wir nicht für immer bleiben wollen. Wir sind tatsächlich ein wenig am Überlegen, denn es gefällt uns hier sehr. Die Arbeit macht Spaß, die Landschaft ist wunderschön, das Klima ganz so wie wir es mögen und wir verstehen uns mit allen Mitarbeitern des Parkes sehr gut, ein tolles Team. Aber haben wir unsere Berufe gekündigt, um gleich im ersten Land hängen zu bleiben? Nein, wir werden weiterziehen, wollen doch noch so viel Neues erleben.

6. Kapitel
Julie

Nach acht schönen Wochen im Lobopark verlassen wir diesen heute wieder zum Fortsetzen unserer Wanderung. Der Abschied von den Tieren und Menschen fällt nicht leicht. Jedoch freuen wir uns auch auf die nächsten Abenteuer. Dieter fährt uns die 300 km zurück in die Sierra Nevada. Wir müssen also nicht trampen. Und das ist auch besser so. Denn neben Benji begleitet uns nun auch noch die 1,5 Jahre alte Malinoishündin Julie. Sie ist die Mutter der Malinoiswelpen im Park. Als wir im Lobopark ankamen, fanden wir sie grottenhässlich. 14 Monate lang hing sie an einer sehr kurzen Kette, schon vom Welpenalter an. Von diesen schlechten Haltungsbedingungen holte Dieter sie weg. Im Lobopark bekam sie einen Hundezwinger und gutes Futter. Jedoch fehlte ganz einfach die Zeit für die Hündin. Nur selten wurde sie aus dem Zwinger geholt, denn sie hat vor allen möglichen Dingen (Menschen, Gegenstände, Geräusche) Angst und reagiert dann panisch. Während unserer Zeit im Wolfspark kümmerten wir uns um Julie, nahmen sie täglich aus dem Zwinger, führten sie an Angst machende Dinge heran und beruhigten sie. Nach und nach wurde Julie uns gegenüber immer anhänglicher. Zuletzt schlief sie mit bei uns im Bungalow. Und nun haben wir uns entschieden, wir nehmen sie, entgegen aller Vernunft, mit. Julie lebt in ständigem inneren Stress und frisst dadurch sehr schlecht. Sie ist ziemlich dürr. Wir hoffen dass alles besser wird, wenn sie den ganzen Tag mit uns zusammen sein kann und genug Bewegung hat. Letzte Woche waren wir mit ihr beim Tierarzt, ließen sie untersuchen und röntgen. Herz und Knochen sind in Ordnung. Die Impfungen wurden aufgefrischt und sie bekam ein Mittel gegen Zecken und Flöhe. Wir sind uns bewusst, dass es sicherlich noch einige Schwierigkeiten durch Julie geben wird. Aber irgendwie werden wir das schon hinbekommen. Der Abschied von allen im Park ist herzlich. 11 Uhr fahren wir los und kommen 14 Uhr an. Noch ein gemeinsames Bier mit Dieter in einer Bar, dann fährt er zurück. Wir sind jederzeit willkommen im Lobopark, meint Dieter. Wir laufen los, erst mal nur 5 km bis zum Ort Mecina Bomberon. Danach bauen wir unser Zelt auf. Mit Julie müssen wir die Sache langsam angehen lassen. Sie ist das Laufen nicht gewöhnt, muss erst Kondition bekommen und Muskeln aufbauen. Auch hat sie noch sehr weiche, empfindliche Pfoten. Vom Tierarzt haben wir eine gelbe Tinktur bekommen, die wir auf die Pfotenballen streichen sollen, zum Schutz und damit sie fester werden.

 Unsere erste Nacht im Zelt mit Julie verbringen wir recht gut. Am Abend binden wir sie zuerst außerhalb des Zeltes mit unserer 6 m langen Leine an. Sie bekommt ihr Futter, was sie erstmals richtig mit Appetit auffrisst, und Wasser. Erst ganz zuletzt holen wir sie zum Schlafen ins Zelt. Es ist schon recht eng darin mit den zwei Hunden. Aber Julie liegt wenigstens ruhig. Zweimal in der Nacht gehen wir mit ihr hinaus zum Pullern. Glücklicherweise scheint sie sauber zu sein. Heute früh klingelt unser Wecker bereits 05 Uhr. Wir wollen die Morgenstunden zum Wandern nutzen, bevor es zu heiß wird. Allerdings ist es im Gegensatz zu Deutschland in dieser Jahreszeit 05 Uhr noch stockdunkel. Erst 06 Uhr beginnt es zu dämmern, 07 Uhr ist es hell. Morgen werden wir doch eine Stunde später aufstehen. Julie bleibt beim Wandern vorerst an der langen Leine. Wir wollen nicht riskieren, dass sie uns davonläuft. Erst muss sich die Bindung zwischen ihr und uns festigen. Auch wissen wir nicht, ob sie wildert. Zum Frühstück binden wir Julie wieder an. Sie bellt oder jammert dabei nicht. Allerdings steht sie plötzlich neben uns. Heimlich, still und leise hat sie die neue Leine durchgebissen. Das ist schlecht, denn wenn sie einmal weiß wie das geht, besteht die Gefahr, sie macht es immer wieder. Unsere Wanderung führt uns heute an Feigen- sowie Maulbeerbäumen vorbei mit reifen Früchten. Wir schlagen uns die Bäuche voll. Von 13-16 Uhr machen wir Siesta im Schatten. Danach noch ein paar Stunden weiter und in den Bergen schlagen wir das Zelt auf. In den Sommermonaten wollen wir das täglich so machen, um nicht in der größten Hitze zu laufen. Mit Julie wird unser Wasserbedarf nun größer. Nur gut, hier in Spanien gibt es in fast jedem Ort einen Brunnen mit Trinkwasser. So können wir die Trinkflaschen immer wieder auffüllen.

An der Leine läuft Julie schön mit. In der Natur hat sie keine Schwierigkeiten. Kommen wir jedoch durch einen Ort, so reagiert sie sofort panisch, zieht an der Leine, kneift die Rute ein und will nichts wie weg. Siesta machen wir heute unter einem Esskastanienbaum, an einem breiten Bach mit kleinem Wasserfall. Das ist für uns und die Hunde schön. Nach einer Dusche unter dem Wasserfall drängelt sich Julie zwischen uns auf die Isomatten und legt ihr Köpfchen mal auf meine und mal auf Dirks Schulter. Neben Maulbeerbäumen kommen wir auch an einem großen Glaskirschenbaum mit reifen Früchten vorbei. Der Besitzer ist dort. Wir fragen, ob wir uns ein paar Kirschen pflücken dürfen. Claro meint er und wir lassen es uns schmecken.

Beim Aufstehen sehen wir über uns in den Felsen iberische Bergziegen. Julie binden wir beim Frühstück wieder an. Obwohl wir ständig ein Auge auf sie haben, zerbeißt sie erneut ihre Leine. Wir beobachten wie sie das macht. Sie läuft herum und verheddert sich in der Leine. In Sekundenschnelle zerbeißt sie diese und befreit sich damit aus der misslichen Lage. Auf diese Art wird die Leine allerdings immer kürzer. Wir können es uns nicht erlauben, Julie irgendwo anzubinden, um beispielsweise zum Einkaufen oder ins Internet zu gehen. Unser Weg führt stetig bergan, denn wir überqueren die Sierra Nevada. Der Pfad ist teilweise durch Erdrutsche verschüttet und mit Dornengestrüpp zugewachsen. Dazu ist es sehr heiß und schwül warm. Eine beschwerliche Sache. Julie meistert alles prima. Sowohl zur Siesta als auch fürs Nachtlager haben wir das Glück, eine schöne Stelle an einem breiten Bach zu finden. So ist Trinkwasser für die Hunde und zum Waschen gesichert. Bergziegen sehen wir unterwegs noch einige. In einem Restaurant kehren wir ein, trinken ein Glas Weißwein und essen leckere Tapas sowie Oliven dazu. Das Ganze für insgesamt 2 Euro. Eine Plage sind die vielen Mücken, von denen wir schon arg zerstochen wurden. Julie lassen wir nach der Siesta das erste mal ohne Leine laufen. Und auch abends am Zelt ist sie frei. Es klappt gut, sie bleibt immer in unserer unmittelbaren Nähe.

Weiter geht es bergan bis auf 2050 m Höhe. Saftig grüne Wiesen und schattige Kiefernwälder lösen mehr und mehr die stachelige Vegetation ab. Dann auf der anderen Seite wieder bergab. Siesta halten wir im Schatten großer Esskastanienbäume auf dem Weg. Rechts davon ein Bach, links viele Kirschbäume. Kirschen, Maulbeeren und Feigen decken zurzeit unseren Vitaminbedarf. Es gibt genug davon. Die Feigen scheinen unterschiedlich reif zu werden. An manchen Bäumen sind die Früchte noch ganz klein und grün, an anderen bereits reif. Julie läuft nun immer frei und bleibt auch am Zelt ohne Leine. Wir dürfen nur nicht verpassen, sie rechtzeitig wieder anzuleinen bevor eine Straße oder eine Person kommt. Wir erreichen den Ort La Calahorra mit seiner auf einem Hügel gelegenen wunderschönen Burg. Von unserem Zelt aus können wir die Burg und die immer noch schneebedeckten höchsten Gipfel der Sierra Nevada sehen.

In einer Ferreteria kaufen wir eine 2 m lange Kette und Karabinerhaken. Daraus wird eine Anhängeleine für Julie gebastelt. So kann sie die Leine nicht mehr durch beißen. Die Sierra Nevada verlassen wir. Unser Weg führt durch endlos lange Mandelplantagen ohne Schatten und immer geradeaus. Auch kein Bach mehr weit und breit, bzw. ausgetrocknet. Wir kommen bis Hueneja. Der Weg ist nach wie vor in Orten nicht ausgeschildert, was in jedem Ort Suchen bedeutet und viel Zeit kostet. Wir zelten an einem sauberen See und schwimmen darin. Am Morgen kommt der Bauer, dem die Wiese gehört auf der wir zelten. Wir fragen ob wir noch eine weitere Nacht hier bleiben dürfen. „No problemo" ist die Antwort. Also legen wir einen Pausetag am See ein. Das tut vor allem Julie gut, die das Laufen nicht gewohnt ist. Wir schwimmen im See, lesen und schlendern durchs Dorf. Ein schöner, erholsamer Tag. Im See beobachten wir auch eine Schlange. Die Fußballweltmeisterschaft scheint Spanien gewonnen zu haben. Das schließen wir aus dem Gegröle, Autohupen, Feuerwerkskörpern und lauter Musik am späten Abend. Julie macht das große Angst. Nach einer langen, schattenlosen Ebene geht es wieder bergauf in die Sierra de Gor. Unterwegs können wir eine Schlange dabei beobachten, wie sie eine Eidechse fängt. Sie schießt kurz vor uns aus einem Gebüsch auf den Weg so dass wir einen Schreck bekommen. Doch sie hat es nur auf die Eidechse abgesehen.

Wieder einmal weit und breit kein Schild oder Zeichen von unserem Wanderweg. Der nächste Ort, den wir erreichen wollen, heißt Gor. Schäfer sagen uns, wir müssen über die Berge. Auf der anderen Seite der Sierra de Gor liegt der Ort Gor. Wege dorthin gibt es allerdings nicht. Also gut, wir nutzen die Wildpfade und ausgetrocknete Bachläufe, überqueren so den Bergkamm. Auf der anderen Seite, wo wir 18:30 Uhr ankommen, fragen wir in einem Bauerngut nach. Ja, Gor liegt 10 km weiter rechts, sagt man uns. Wir hatten uns also zu weit links gehalten. Unterwegs sehen wir zwei stattliche Hirsche und eine große Echse. Wasser finden wir keines. Bei einem leer stehenden Bauerngut befinden sich aber eine Zisterne mit Wasser und ein Pfirsichbaum mit reifen Früchten. Dort zelten wir.

7. Kapitel
Zu Gast bei einer belgischen Familie

Gegen 11 Uhr erreichen wir den malerisch, zwischen Felsen gelegenen Ort Gor. Wir wollen mal wieder versuchen, eine Pension zu bekommen. Im Ort gibt es eine solche. Aber wie eigentlich erwartet nehmen sie uns mit den zwei Hunden nicht. Die Besitzerin ist jedoch so nett und läuft mit uns ans andere Ende des Ortes. Dort wäre vielleicht eine Möglichkeit, sagt sie. Und tatsächlich, in einem schönen Haus wohnt eine belgische Familie. Das Ehepaar zeigt uns ein Zimmer. Was das kostet wollen wir wissen. Nichts, ist die Antwort und wir können zwei Nächte bleiben. Wir sind baff. Immerhin sind wir ja wildfremde Leute für sie. Und es kommt noch besser. Wir dürfen ihren recht großen Swimmingpool und das Internet benutzen. Außerdem sollen wir unsere Schmutzwäsche, einschließlich Schlafsäcke zusammenpacken. Die nette Belgierin wäscht die Sachen in der Waschmaschine. Mittags werden wir zu Paella und Obst eingeladen. Abends zu Gazpacho (kalte Tomatensuppe), Tomaten und Gurken mit Matjes, einem leckeren Nudelsalat, frisch gebackenen, noch warmem Brot mit Käse und Butter sowie selbst gemachtem Wein. Warum tun die beiden das alles für uns? Sie waren selbst noch vor ein paar Jahren Reisende, so wie wir. Mit 250 Euro in der Tasche und zwei Pferden am Planwagen sind sie losgezogen. Haben unterwegs als Erntehelfer und Ähnliches gearbeitet. Außerdem segelten sie nach Senegal und fuhren mit einem Jeep durch Marokko. Sehr interessante Leute also. Zudem bescheiden und überaus sympathisch. Es gibt genug Gesprächsstoff. Wir sitzen bis weit nach Mitternacht beisammen. Auch am nächsten Tag verwöhnen uns die beiden. Als Dankeschön legen wir Bewässerungsgräben für ihre Olivenbäume an. Die Zwei machen den Vorschlag, dass wir noch einen weiteren Tag bleiben und bei ihnen für freie Kost und Logis arbeiten. Wir willigen ein. 08:30 Uhr frühstücken wir erst einmal ausgiebig. Danach helfen wir Max und Leonora bei Säuberungsarbeiten im und am Haus. 13:30 Uhr jedoch ist schon wieder Feierabend. Mittagessen, ein Nickerchen, Swimmingpool. Am Abend fahren wir mit Max und Leonora nach Guadix. Dort leben die Menschen noch in Höhlen. Früher konnten Leute mit wenig Geld sich Höhlen in die Felsen hauen und darin wohnen. Das waren vor allem viele Zigeuner. Auch heute wohnen noch Zigeuner dort. Aber inzwischen gibt es auch teure Nobelhöhlen, die man für viel Geld kaufen kann. Sie sind richtig wie Wohnungen eingerichtet. Aus den Felsen ragen Fernsehantennen und vor den Höhlen stehen Autos. Die Temperatur in den Höhlen beträgt im Winter wie im Sommer immer etwa 18 Grad. Wir besichtigen das Ganze. Es ist sehr interessant. Im Anschluss, 22 Uhr, sehen wir in Guadix noch eine Prozession. Jeder Ort in Spanien hat einen Schutzheiligen. Wenn der Geburtstag hat, gibt es eine Prozession. Das heißt, die Figur wird durch die Straßen getragen, Kapellen davor und dahinter machen Musik, schick angezogene Leute, Weihrauchduft. Und nach dieser Prozession laden uns Max und Leonora noch auf ein paar Drinks und Tapas in ein Straßenrestaurant ein. Wir sitzen an einem Tisch mit Engländern, die Hochzeitstag feiern und bekommen von ihnen leckeren Kuchen ab. Es war ein wunderschöner Tag. Wir sind dem belgischen Paar sehr dankbar.

    Wir sitzen beim Frühstück, die Rucksäcke sind fürs Weiterwandern gepackt. Da fragt uns Max, ob wir nicht noch einen Tag länger bleiben wollen. Also gut, einen letzten Tag. Wir helfen beim Holz Transportieren und Aufräumungsarbeiten. Wieder nur ein paar Stunden. Den Rest des Tages relaxen wir und essen gut. In der Nacht sitzen wir bis früh 02:00 Uhr beisammen. Morgens wachen wir erst 10 Uhr auf, frühstücken gemütlich und ziehen

12 Uhr weiter. Der Abschied ist herzlich. Max und seine Frau geben uns noch Brot mit und schenken jedem von uns zwei nagelneue T-Shirts und für Dirk einen Pullover. Wir bekommen ihre E-Mailadresse und Telefonnummer. Falls wir Probleme haben, sollen wir uns bei ihnen melden. Das hat uns Dieter vom Lobopark auch schon angeboten. Schön zu wissen, denn man weiß nie was kommt. Und wir ahnen zu diesem Zeitpunkt noch nicht, dass wir schon bald darauf zurück kommen werden. Bevor wir aufbrechen wiegen wir noch unsere Rucksäcke. Meiner bringt 24,7 kg und Dirks 40 kg auf die Waage.

8. Kapitel
Was ist mit Benji los?

Wir kommen am Embalse (Stausee) Negratin an. Ein großer Stausee mit blau schimmerndem, sauberen Wasser. Darin bunte Fische, rundherum traumhafte Landschaft, kein Mensch weit und breit. Wir entschließen uns, heute bleiben wir hier. Das Zelt schlagen wir zwischen Bäumen auf. Wir dösen auf unserer Isomatte, gehen viele Male schwimmen. Julie ist leider keine solche Wasserratte wie unsere bisherigen Hunde. Bis zum Bauch geht sie rein und nicht weiter. Den ganzen Tag tangiert uns hier keine Menschenseele.

Weiter führt uns der Weg durch eine wunderschöne felsige Hügellandschaft aus Kalkstein, allerdings ohne Schatten, bis zum Ort Cullar. Unterwegs kommen wir an einer Schäferei vorbei. Der Schäfer ist mit seiner Herde unterwegs. Bei einem Wasseranschluss duschen wir uns mit dem Wasserschlauch. Wir schauen in den leer stehenden Stall hinein und sehen darin ein Käutzchen. Als wir jedoch wieder heraus kommen, bemerken wir viele Flöhe an uns. Der Fussboden des Schafstalles muss voll davon sein. Julie war glücklicherweise nicht mit drin. Aber Benji, und der ist nun auch voller Flöhe. Wir ziehen uns aus, lesen uns gegenseitig und bei Benji die Flöhe ab. Bei Benji haben wir sicher nicht alle erwischt. Die beiden Hunde bekamen vor kurzem (Antiflohmittel). Die Flöhe dürften sich also nicht lange bei Benji halten.

Im Ort Huescar erfrischen wir uns in einem Freibad. Eintritt kostet es nicht, obwohl Umkleidekabinen, Papierkorb, Imbiss usw. vorhanden sind, die ganze Anlage gepflegt ist und Bademeister wachen. Wie wir erfahren, sind viele Freibäder in Spanien kostenlos. Das finden wir eine gute Sache. Zur Siestazeit zwischen 14 und 17 Uhr verlassen die Bademeister allerdings das Bad.

Nach 25 schönen Wochen in Andalucia verlassen wir es nun. Unsere Wanderung führt uns weiter durch Murcia. Ein Grenzstein macht uns auf den Wechsel aufmerksam. Murcia begrüsst uns mit gut ausgeschilderten Wegen, sogar durch unsere erste Ortschaft, Cañada de la Cruz hindurch. Hoffentlich bleibt es so.

Die Landschaft ist atemberaubend schön, Berge und Felsen. Wir kommen heute durch keinen Ort, nur an einer Kapelle vorbei. 17 Uhr finden wir die ideale Stelle zum Zelten. Sitzgarnituren, Trinkwasser und sogar eine Art Schwimmbecken. Was solls, wir machen Schluss für heute. Man soll die Feste feiern wie sie fallen. Wir schwimmen, waschen Wäsche und Dirk versucht, unser kleines Radio zu bauen, was nicht mehr funktioniert. Leider ohne Erfolg, der Frequenzregler ist defekt. In letzter Zeit essen wir viele Mandeln. Sie sind zwar noch nicht reif, schmecken aber trotzdem schon super. Mandeln früh aufs Brot, abends in den Reis, Nudeln oder Kartoffeln, Mandeln unterwegs und welche abends zum Knabbern. Ausser den bereits erwähnten Früchten finden wir jetzt auch hin- und wieder Kartoffeln und Auberginen, die unseren Kochtopf bereichern. Nach dem Aufstehen schwimmen wir, das tut gut. Als wir später 45 Min. gelaufen sind, bemerken wir, Julies Kette liegt noch am Schlafplatz, so ein Mist. Es hilft nichts, zurück laufen und Kette holen.

Wir kommen nach Moratalla, geben unsere Rucksäcke in einer Bar ab und besichtigen die Stadt. Als wir zurück sind, fummelt Dirk noch an seinem Rucksack herum, ich warte vor der Bar mit den Hunden. Plötzlich hält ein Auto an, ein Mann kommt auf mich zu, gibt mir 10 Euro und sagt, „Das ist für die Hunde". War das, weil Julie so dünn ist? Egal, wir können das Geld gut brauchen und freuen uns. Die Wanderung führt durch hohes Schilf und Pflaumenplantagen. Ein paar Pflaumen sind schon reif. Außerdem ernten wir Birnen und Brombeeren, letztere gibt es überall wild in Massen. Sie werden langsam reif.

Wie wir gehört haben wird in Spanien zur Zeit gegen die Stierkämpfe demonstriert. In Katalonien gibt es Überlegungen, diese abzuschaffen. Das wird auch höchste Zeit. Hoffentlich kann es durchgesetzt werden, auch für ganz Spanien irgendwann. Laut einer Umfrage sind in Katalonien 74 % der Spanier gegen die Stierkämpfe.

Es ist Anfang August. Der Tag kommt uns besonders heiß vor. Der Schweiß läuft den Körper herunter. Wie schön, 14:30 Uhr sind wir am Stausee „de Alfonso XIII". Blauschimmerndes sauberes Wasser, umgeben von Bergen, kein Mensch, kein Haus, nur Natur. Hier bleiben wir, bauen unser Zelt unter einem schattigen Baum auf, gehen baden, waschen Wäsche, die Grillen surren wie immer um uns herum.

Benji schläft auf Grund der Hitze jetzt immer im Vorzelt. Eigentlich bleibt er auch dort, geht nur mal zum Pullern und Trinken raus. Als wir jedoch 05:30 Uhr aufwachen stellen wir fest, er ist weg. Bis 08:00 Uhr suchen wir ihn, finden ihn dann zusammengeringelt unter einem Baum, glitschnass und zitternd. Was war passiert? Wir rubbeln ihn trocken, dann schläft er mehrere Stunden fest. Danach kommt er an, ich bürste ihn und er bettelt wie immer um sein Leckerli, was er anschliessend stets bekommt. Er trinkt und frisst normal, verhält sich wie immer. Alles scheint wieder in Ordnung. Nachmittags jedoch läuft er zum See, geht soweit hinein bis er gerade noch stehen kann und bleibt da. Auch als er wieder zittert will er nicht heraus. Wir holen ihn aus dem See und sein Zustand verschlechtert sich zusehens. Er erbricht, frisst nichts mehr, taumelt und ist apathisch. Uns ist klar, er muss zum Tierarzt. Jedoch ist der nächste Ort weit entfernt und von Calasparra, wo wir herkommen, bis hierher haben wir mehrere Stunden gebraucht. Laufen kann Benji unmöglich so weit. Und ihn tragen mit den schweren Rucksäcken ist kaum zu schaffen. Am anderen Ende des Stausees sehen wir Häuser. Wir laufen dorthin (Dirk trägt Benji) in der Hoffnung, es ist jemand dort, der eventuell helfen kann. Aber es handelt sich nur um die Talsperrenverwaltung und keiner befindet sich dort. Es wird schon Abend, wir entschließen uns, in einem Unterstand der Talsperrenverwaltung zu schlafen. Wollen morgen früh beizeiten dann doch nach Calasparra laufen. Abends erbricht Benji auch sein Trinkwasser. Wir machen uns große Sorgen. 20:30 Uhr kommt auf der eigentlich gesperrten Strasse ein Auto vorbei. Ich renne hin und es hält an. Ich frage, ob der Fahrer uns mit in die nächste grössere Stadt Cieza nehmen kann. Er gibt mir zu verstehen, dass er noch etwas erledigen muss und 21 Uhr wieder da ist. Und tatsächlich, er kommt. Da Frau und Kind mitfahren, passen Dirk und Julie nicht mit rein. Dirk hat das Zelt und will nachgelaufen kommen. (20 km). Wir vereinbaren, dass Dirk unterwegs im Zelt schläft und ich mir eine Pension suche. Am nächsten Tag wollen wir uns auf dem Markt der Stadt Cieza treffen. Die netten Leute setzen mich direkt beim Tierarzt ab und obwohl es inzwischen schon 22 Uhr ist, macht die Tierärztin noch auf. Benji hat 40 Fieber und eine Blutuntersuchung ergibt, dass die Leberwerte sehr stark erhöht sind. Es kann sein, er hat einen Tumor, oder Hepathitis oder Gift gefressen. Die Tierärztin selbst hat 5 eigene Hunde durch Gift verloren. Überall streuen die Leute Gift gegen Füchse aus. Und das fressen natürlich auch die Hunde. Benji bekommt Spritzen und Tabletten, sowie Suspensionen, die in das Maul gegeben werden. Da die Praxis am Wochenende zu hat, gibt mir die Ärztin noch Spritzen mit. Früh jeweils in die Haut und abends in den Muskel müssen wir nun selbst spritzen, außerdem mehrmals täglich Tabletten und Suspensionen. Die Ärztin berechnet den Bluttest nicht und auch nur die Hälfte der Medikamente. Da ein Teil in der Apotheke geholt werden muss fährt sie mich mit ihrem Auto zu einer Apotheke, die Bereitschaft hat. Cieza ist eine grosse Stadt. Wie ich erfahre, hat sie aber weder ein Hotel, noch eine Pension oder andere Unterkünfte. Und am Montag müssen wir mit Benji wieder in die Praxis. Die total liebe Tierärztin fährt mich nun auch noch zu einem Hotel, 5 km von der Stadt entfernt und erklärt an der Reception die Lage mit dem

Hund. Ich bekomme ein Zweibettzimmer mit Benji für 40 Euro und für morgen mit Dirk und Julie für 50 Euro, obwohl Hunde in dem Hotel eigentlich nicht zugelassen sind. Das ist zwar teuer, hilft aber alles nichts.

In der Nacht trinkt Benji seinen Saufnapf leer und behält das Wasser drin. Ich stelle mir den Wecker auf 07:30 Uhr, gebe Benji seine Medikamente und trage ihn raus. Er pullert normal und hat Durchfall. 10 Uhr laufe ich los Richtung Cieza. Als ich auf dem Martplatz ankomme, sitzt Dirk schon dort auf einer Bank, seit letzte Nacht 02 Uhr. Eigentlich wollte er ja im Zelt schlafen und heute früh erst loslaufen. Aber er ist gleich durchgelaufen, weil er dachte, ich finde vielleicht keine Unterkunft. Armer Schatz, hätte ich das gewußt. Zusammen gehen wir die 5 km zurück zum Hotel und nehmen das Zimmer noch bis Dienstag. Benji geht es langsam besser. Er frisst sein Futter mit Appetit auf. Allerdings ist er noch sehr schwach.

Sonntag früh erscheint netterweise der Tierarzthelfer im Hotel und erkundigt sich nach Benjis Zustand. Während Benji sich im Hotel ausruht, erkunden wir mit Julie die Stadt Cieza. Für Julie ist das wieder Stress pur. Im Internet noch eine negative Nachricht. Mein 80-jähriger Vati liegt im Krankenhaus, es sieht nicht gut aus. Er behält nichts mehr im Magen, fällt ständig hin und hat sich durch die Stürze Prellungen und blaue Flecke zugezogen. Eigentlich wollte meine Schwester am Freitag mit ihrem Mann für drei Wochen in den Urlaub fahren. Das steht nun in Frage. Ich denke darüber nach, für diese Zeit nach Hause zu fliegen. Aber das wäre mit einigen, auch finanziellen Problemen verbunden.

Am Montag sind wir 10:30 Uhr mit Benji bei der Tierärztin bestellt. Die 5 km hin und zurück trägt Dirk ihn zum Teil und teils läuft er. Sein Allgemeinbefinden ist wesentlich besser und er hat kein Fieber mehr. Aber der Bluttest ergibt, dass die Leberwerte nach wie vor sehr, sehr schlecht sind. Und beim Abtasten ist eine viel zu große Leber festzustellen. Benji muss noch drei Monate lang Medizin bekommen und außerdem Diätfutter fressen. Eine

Tüte Diätfutter, welche vielleicht eine knappe Woche reicht, bekommen wir mit. Sie kostet 20 Euro! Benji soll ausserdem noch ca. 4 Wochen Ruhe haben. Leider hat die Tierärztin weder ein Röntgen- noch ein Ultraschallgerät. So erfahren wir nicht, ob Benji Gift gefressen hat oder ob es etwa ein Tumor ist. So ganz richtig wissen wir noch nicht, wie wir jetzt weiter verfahren. Erst einmal verlängern wir unseren Hotelaufenthalt um weitere zwei Nächte. Zum Tierarzt müssen wir nicht noch einmal.

Ich habe mich entschieden, werde nach Deutschland fliegen und mich um meinen Vater kümmern, solange meine Schwester im Urlaub ist. Dirk wird derweil bei unseren belgischen Freunden in Gor (Andalusien) für freie Kost und Logis arbeiten. Dort kann sich auch Benji ausreichend erholen. Eigentlich wollten sie Dirk und die Hunde heute mit ihrem Auto abholen. Jedoch musste Max beruflich nach Portugal und Leonoras Auto steht kaputt in der Werkstatt. Sie hoffen, das Auto ist morgen fertig und Leonora kann Dirk dann holen. Also verlängern wir den Hotelaufenthalt um einen weiteren Tag. Am nächsten Tag erfahren wir, Dirk kann doch nicht abgeholt werden, das Auto von Leonora ist noch in der Werkstatt und wird auch in den nächsten Tagen nicht fertig. Das wirft Probleme auf. Bus und Bahn nehmen die Hunde nicht mit. Trampen hat allein mit zwei Hunden und zwei Rucksäcken (ich lasse meinen da, nehme nur Handgepäck mit nach Deutschland) auch keinen Sinn. Wie also soll Dirk die 250 km zurück nach Gor kommen? Ein Auto mieten fällt uns ein. Die Dame von der Reception telefoniert für uns herum. In Murcia, der Landeshauptstadt, kann Dirk ein Auto für 64 Euro mieten (24 h). Ich muss auch über Murcia nach Alicante zum Flughafen und zwar heute, da am Wochenende keine Busse von hier aus fahren. Wir lassen die Hunde im Hotel und fahren gemeinsam mit dem Bus nach Murcia. Die Autovermietung ist am Bahnhof, von dem aus ich weiter nach Alicante mit dem Zug fahre. Dirk will mit dem Mietauto die Hunde und Rucksäcke holen und damit nach Gor fahren. Morgen früh dann das Auto zurückbringen, die Hunde sollen in Gor bleiben, und dann mit Bus und Bahn zurück nach Gor. So ist der Plan. Sehr umständlich zwar und teuer, jedoch fällt uns nichts Besseres ein. Dann die Ernüchterung. Das Auto kann Dirk nur mieten, wenn er mit Kreditkarte bezahlt. Wir haben keine Kreditkarte. So fährt Dirk mit dem Bus zurück zum Hotel und nimmt ein Taxi. Es bleibt keine andere Möglichkeit. 250 Euro kostet der Spass. Es minimieren sich unsere Ersparnisse. Ich bin in der Zwischenzeit in Alicante angekommen und fahre mit dem Bus zum 10 km entfernten Flughafen. Ich erhoffe mir eine Pension in Flughafennähe, da mein Flug am Sonntag bereits 07:30 Uhr geht. Doch es gibt keine. Ich laufe bis zum 8 km entfernten Ort El Altet und finde dort ein Hostal. Von meinem Hostal aus bis zum Strand laufe ich 30 min. Feiner Sandstrand, warmes Wasser, herrlich. Schade, dass Dirk nicht mit hier ist. Ich vermisse ihn und die Hunde jetzt schon. Die rote Flagge ist wegen starkem Wellengang oben, Baden verboten. Ich lasse es mir nicht nehmen, gehe trotzdem rein, ein Genuss. Dann bummele ich die Strandpromenade entlang, esse ein Eis, lege mich an den Strand und gehe nochmals baden. Dirk unterdessen rupft heute bei Leonora und Martin Unkraut und wird wieder mit gutem Essen verwöhnt. 07:30 Uhr hebt mein Flugzeug von Alicante ab und landet 10:20 Uhr in Altenburg. Mit einem Blumenstrauß holen mich meine Tochter Virginia und ihr Freund ab. Ich freue mich sehr. Die beiden nehmen mich mit zu sich nach Hause, wo ich zum Mittagessen eingeladen bin. Dann bringt mich Virginia zur Wohnung meiner Schwester. Hier wohne ich nun für die nächsten drei Wochen, damit meine Schwester in den Urlaub fahren kann. Mein Vater liegt inzwischen nicht mehr im Krankenhaus, so dass ich mich bei ihm zu Hause um ihn kümmern kann.

9. Kapitel
Endlich wieder zusammen

Am 05.09. bin ich wieder zurück in Spanien. Aber nicht allein, sondern ich habe Dirks Mutti mitgebracht. In Alicante wollen wir mit ihr zusammen eine Woche Urlaub machen. Ursprünglich wollten wir zwei Wochen Urlaub machen, bevor unsere Wanderung im Februar begann, sozusagen als „Abschied vom Luxus". Wir überlegten es uns anders, sparten das dafür gedachte Geld auf, um unterwegs zweimal eine Woche Urlaub genießen zu können. Die eine Woche davon leisten wir uns jetzt hier am Mittelmeer in Alicante. Wir haben eine schöne große Ferienwohnung gefunden, in der es sich aushalten lässt. Benji hat sich inzwischen gut erholt. Und Dirk und ich sind froh, dass wir uns endlich wiederhaben. In unseren neun Jahren Ehe waren wir noch nie so lange getrennt. Es wird eine sehr schöne Urlaubswoche mit herrlichem Wetter. Nach der Abreise von Dirks Mutti gehen wir noch einmal im Meer schwimmen. Das hätten wir nicht tun sollen. Denn um meinen linken Arm wickeln sich die Tentakel einer grossen Feuerqualle. An der Ostsee hatten wir schon oft Feuerquallenberührungen. Doch da lachten wir nur drüber. Es nesselte ein wenig, mehr nicht. Hier gibt es andere Arten. Meine Begegnung mit diesem Exemplar heute ist nicht mit denen an der Ostsee zu vergleichen. Der Arm schmerzt höllisch, schwillt an und man sieht die roten Striemen. Ich kann ihn kaum noch bewegen. Dazu kommen Übelkeit, Schwindelgefühl und ein allgemeines Unwohlsein. In der Apotheke holen wir eine Salbe. Ich soll heute nicht mehr in die Sonne wird mir gesagt. Wir überlegen. Ich habe kein langärmeliges, dünnes Kleidungsstück, welches den Arm vor der Sonne schützen kann. Ich fühle mich nicht in der Lage, meinen Rucksack selbst zu packen, geschweige denn weiterzulaufen. Die Schmerzen strahlen aus bis zur Herzgegend, sind kaum auszuhalten. Also bleiben wir noch eine weitere Nacht hier in unserer Ferienwohnung und machen einen ruhigen Tag.

Schön ist es, wieder wandernd unterwegs zu sein. Das ist einfach unser Ding, durch nichts zu ersetzen. Wir laufen so vor uns hin, da kommt plötzlich eine Elster im Sturzflug immer wieder auf uns zu. Anfangs denken wir, sie will uns attackieren. Aber dann setzt sie sich auf Dirks Rucksack und ist ganz zutraulich, offensichtlich zahm. Sie begleitet uns ein Stück des Weges, mal auf dem Rucksack sitzend, dann wieder fliegt sie von Baum zu Baum mit uns. Ein schönes Erlebnis. Die Mandeln sind inzwischen abgeerntet, jedoch hängen noch mehr als genug an den Bäumen und sie bereichern neben dem Obst weiterhin unsere Mahlzeiten.

Nach zwei heißen, sonnigen Tagen regnet es heute den ganzen Tag. Früh nieselt es nur, ab mittag regnet es in Strömen. Wir sind plitschnass und erstmals schlüpfen auch zwei nasse Hunde mit in das Zelt. Aber da müssen wir durch. Nur mit dem kleinen Benji war das natürlich einfacher. Unser Wanderweg führt jetzt durch das Land Valencia und wir erreichen die Stadt Castalla.

Nach dem Ort Onil finden wir 14 Uhr einen Campingplatz, der nur am Wochenende in Betrieb ist. Ein Verantwortlicher befindet sich allerdings vor Ort und gestattet uns netterweise, eine Nacht ohne Bezahlung hier zu bleiben. Also breiten wir erst einmal unsere nassen Sachen zum Trocknen aus und waschen Wäsche. Die Duschen sind zwar verschlossen, Waschbecken und Toiletten können wir aber benutzen. Auch Sitzgruppen sind vorhanden und rundherum verschiedenste Obstbäume sowie zur Abwechslung mal Wallnussbäume. Die Nüsse sind gerade reif. Auch Weintrauben finden sich wieder. Am Abend kommt der Verantwortliche des Campingplatzes mit einer Deutschen, die in der Nähe als Bereiterin arbeitet, an. Sie schließen uns die Duschen doch noch auf, geben uns die Schlüssel dafür und laden uns auf zwei Bier ein. Wir kommen ins Quatschen und am Ende wird uns vorgeschlagen, auch morgen noch kostenfrei hier zu bleiben. Wir nehmen an. Allerdings sollen wir 08 Uhr den Platz verlassen und erst abends 18 Uhr wieder da sein. Denn tagsüber kommen die Chefs und die dürfen nicht wissen, dass wir hier zelten. Das Zelt können wir trotzdem stehen lassen und die Rucksäcke werden eingeschlossen. Die Zwei wollen sagen, die Bereiterin zeltet hier, das wäre dann in Ordnung. Also gut, machen wir es so.

An einem Samstag besteigen wir den 1390 m hohen Berg Montcabrer und haben von oben eine super schöne Aussicht bis zum Meer. Die Sicht ist klar und weit, die Sonne lacht. Obwohl die Berge hier nicht so hoch sind, hat die Landschaft Hochgebirgscharakter. Weiter unten Kiefernwälder, dann nur noch niedriges Gestrüpp und viele Herbstzeitlosen, die lila blühen zwischen den Felsen. Seit wir in Spanien unterwegs sind, haben wir nur ganz vereinzelt Wanderer getroffen, und wenn, dann waren es keine Spanier. Wir dachten schon, Spanier wandern gar nicht. Heute aber begegnen wir gleich vielen spanischen Wanderern.

Es ist Herbst, die schönste Wanderzeit, dazu Wochenende, da machen sich wohl auch die Spanier auf die Socken. Wir steigen wieder ab und kommen im Tal an einem Gebäude vorbei, wo eine Gesellschaft, nur aus Männern bestehend, feiert. Sie sehen uns mit unseren Rucksäcken, winken uns heran und wir werden eingeladen. Sie tischen die feinsten Sachen auf (Scampis, Tomaten, Paprika, Trockenfisch, Kaninchen, Lachs, selbst gemachten Käse, Oliven, Erdnüsse, Honigmelone, Wein, Likör und Tee). Wir lassen es uns schmecken. Bei der Truppe handelt es sich um eine Art Karnevalsverein aus Bocairente, der heute ein fröhliches Beisammensein hat. Sie sind alle schon recht beschwipst. Wir müssen mit ihnen tanzen und sie beteuern uns „Amigos para siempre"(Freunde für immer). In dem Gebäude, was sie angemietet haben, befinden sich Duschen. Wir dürfen sie benutzen. Duschgel ist auch da. Zum Abschied packen sie uns Päckchen ein mit Tomaten, Baguettes, Trockenfisch, Käse und Erdnüssen. Wir laufen noch eine halbe Stunde weiter und zelten dann im Wald.

In Alicante hatten wir im spanischen Fernsehen Berichte über großflächige Waldbrände in Valencia gesehen. Ein solches Gebiet durchwandern wir heute. Es geht über kahle Berge mit verkohlten Resten der Buschlandschaft, Ruß bedeckt den Boden und die Luft riecht danach. Auch unsere Wanderzeichen sind mit verbrannt. Ab und zu ist mal noch eines erhalten geblieben. Wieder einmal gestaltet sich die Wegfindung schwierig. Aber es schauen schon vereinzelt Herbstzeitlosen aus der Erde hervor und auch Kaninchen huschen davon. Fast wie eine gerade Linie endet plötzlich die verkohlte Landschaft und alles ist wieder grün. Aus den Bergen heraus laufen wir dann durch ein Paradies von Obstplantagen. Neben zuckersüßen grünen und blauen Weintrauben gibt es Feigen, Mandeln und heute auch Honigmelonen. Über ein zu knappes Nahrungsangebot können wir uns nicht beklagen. In den Bergen finden wir zudem Brombeeren. Unterwegs sehen wir öfters Stabheuschrecken.

Gestern Abend wollten wir gerade die Stirnlampen ausmachen und schlafen. Da sehe ich in unserem Zelt einen kleinen, weissen Skorpion. Nur gut, dass ich den noch entdeckt habe. Die kleinen Skorpione sollen ebenso giftig sein wie die großen. Vorsichtig befördern wir ihn in unserem Essnapf aus dem Zelt und lassen ihn frei. Danach wird das Innere des Zeltes gründlich nach weiteren solchen Besuchern untersucht und die Schlafsäcke ausgeschüttelt. Es ist uns eine Lehre. Wir müssen den Reißverschluss vom Zelt zukünftig doch immer gleich schließen. Jetzt wird es kühler in der Nacht. Die Zeltwärme zieht solche Tierchen an. Soweit wir wissen sind Skorpione nachtaktiv und einige Schlangen auch. Jetzt im September ist die Zeit, wo viele Schlangen geboren werden. Gestern sahen wir eine giftige Hornnatter. Sie wurde allerdings leider erschlagen. Viele Menschen hier erschlagen alle Schlangen und Skorpione die sie sehen, weil sie Angst vor ihnen haben. Wir erreichen heute den Ort Vallada und haben vorher von einer Burgruine aus einen schönen Blick darauf. Gezeltet wird mit Blick auf Vallada, neben einer Brieftaubenstation.

Seit zwei Tagen laufen wir durch ein riesiges, bergiges Waldgebiet. Wir kommen durch keine Ortschaften und wissen nicht wie viele Tage wir noch brauchen bis uns der Weg zum nächsten Ort führt. Das bedeutet, wir wissen auch nicht, ob unsere Lebensmittel und das Hundefutter noch bis dahin reichen. Also heißt es sparsam Haushalten. Vor allem aber sorgen wir uns täglich um Trinkwasser. Denn Flüsse und Bäche sind ausgetrocknet. Gestern und vorgestern fanden wir jeweils einmal einen Brunnen. Der Durst wurde gestillt und die vier 1,5 Literflaschen aufgefüllt. Dann aber trinken wir nichts mehr bis zum Abend, wenn sich unterwegs kein Wasser mehr findet. Denn die vier Flaschen sind schnell alle, da zwei Hunde und zwei Menschen davon trinken und wir außerdem mit dem Wasser kochen. Heute Abend sehen wir eine Finca (auch in den entlegendsten Gebieten wohnen ab und an Menschen in solchen Fincas) und es sind alte Leutchen da. Sie geben uns Wasser aus ihrem Brunnen und bieten uns an, in ihrem Schuppen zu schlafen. Das erspart uns den Zeltauf- und abbau.

Nach 6 Tagen Natur pur erreichen wir wieder eine Ortschaft. Und zwar den an einem lang gezogenen Stausee gelegenen Ort Cortes de Pallas. Mit dem Hundefutter und unserem Essen haben wir dank Sparsamkeit gerade so gelangt. Cortes ist ein hübscher Ort mit vielen Kneipen und vier Pensionen. Aber er besitzt nur einen winzig kleinen Lebensmittelladen mit überteuerten Preisen. Und es gibt kein Hundefutter. Nun haben wir ein Problem, denn der Wanderweg führt in den nächsten Tagen wieder durch keine Ortschaft und auch nicht in die Nähe davon. Wir beschließen, eine Pension zu nehmen und mit dem Bus in den nächsten Ort einkaufen zu fahren. Dann können die Hunde so lange in der Pension bleiben, denn mit dem Bus dürfen sie ja nicht mit. Gesagt, getan. Nachdem 3 Pensionen uns wegen der Hunde nicht nehmen, erwähnen wir die Hunde in der vierten Pension nicht. Wir bezahlen für zwei Nächte und schmuggeln die Hunde dann hinein. Mal sehen, ob das gut geht bis übermorgen. Dann erkundigen wir uns nach dem Bus. Irgendein Bus muss doch in irgend einen Ort mit Einkaufsmöglichkeiten fahren. Das tut er auch. Der einzigste Bus von hier fährt 16:45 Uhr nach Bunol und 17:45 Uhr zurück. Seine Fahrzeit beträgt 55 min. Oje, was nun. Für heute hat das Futter noch gereicht. Nun ist es alle. Manchmal lösen sich Probleme wie von selber. Wir lernen den Schweizer Rene kennen. Er lebt seit Jahren hier, heiratete eine spanische Frau und hat auch einen Hund. Er hilft uns mit vier kg Hundefutter aus und nimmt kein Geld dafür. Wir machen uns einen ganz gemütlichen, ruhigen Pausetag. Dank Waschmaschine mit Waschpulver, großer Dachterrasse mit Wäscheleinen und strahlendem Sonnenschein ist all unsere Wäsche wieder waschmaschinenrein.

Wir haben es geschafft, die Hunde vor dem Besitzer der Ferienwohnung zu verbergen. Nun geht es weiter. Fast die ganze Zeit einen schmalen, mit Dornengestrüpp zugewachsenen Pfad entlang. Beschwerlich kommen wir voran, manchmal kaum durch. Wasser finden wir bis abends keines, aber welch Glück, abends wieder die rettende Quelle.

Von dem Minidorf Venta Gaeta aus laufen wir bergan auf die Spitze des 1086 m hohen Berges Martes. Dabei sehen wir wieder eine schöne Schlange. Am Abend erreichen wir einen kostenlosen Campingplatz. Zwar ohne Duschen und WC, aber an einem Wasser führenden Bach und mit überdachten Sitzgarnituren in einem Haus und Grillplatz. Kaum sind wir da angekommen, fängt es an zu regnen und ein Gewitter geht direkt über uns nieder. Wir bleiben hier, haben einen trockenen Platz zum Schlafen. Andere Leute brechen gerade auf. Sie hatten eine Feier. Die übrig gebliebenen Lebensmittel, wie Tortilla de Patata (Kartoffelomelette), Chips, Paprika, Baguette und vier Dosen Bier lassen sie uns da. Na das ist ja prima, wir können es uns wieder gut gehen lassen. Auf dem Grill machen wir das Essen warm und sparen so unser Gas.

Inzwischen ist es Mitte Oktober und die Zeit in der wir nur strahlenden Sonnenschein hatten und uns um das Wetter keine Sorgen machen mussten vorbei. Im strömenden Regen laufen wir heute los. Es plattert ohne Unterlass. Schon bald sind wir durch. Der Boden ist aufgeweicht, dicker Lehm klebt an den Schuhen und macht diese schwer. Steil bergauf führt der Pfad vier Stunden lang. Unser rot-weisses Zeichen ist zuverlässig vorhanden. Und dann ... endet unser Weg an einem großen Zaun. Daran steht „Betreten verboten". Und hinter dem Zaun sind Wildschweine. So haben wir das in Andalusien oft erlebt. Hier bisher noch nicht. Schöner Mist. Was machen wir jetzt? Erst einmal schlagen wir unser Zelt auf und läuten den Feierabend ein. „Mañana es otro dia" (Morgen ist noch ein Tag). Das Zelt ist undicht, mit einer Socke saugen wir die Pfütze im Zelt immer wieder auf.

Am nächsten Tag regnet es nicht mehr. Wir ziehen unsere nassen Sachen an, sie trocknen schnell. Dirk klettert über den

Zaun und schaut nach, ob unsere Wegmarkierung danach weiter führt. Das tut sie. Über den Zaun klettern geht aber mit den Hunden und schweren Rucksäcken nicht. Er ist zu hoch. Außen herum auch nicht, wir kämen nicht durch das Dornengestrüpp, so etwas haben wir schon einmal durch. Den Zaun mit einem Seitenschneider durchtrennen wäre eine Variante. Eigentlich ist der Campobesitzer gesetzlich verpflichtet, Wanderwege zugänglich zu lassen. Aber trotzdem wäre es Sachbeschädigung und die Schweine würden entweichen. Also gibt es nur noch eine Möglichkeit, den ganzen Weg zurück und schauen ob wir irgendwie anders zum nächsten Ziel gelangen können. Von weitem sehen wir eine Straße und einen Weg der sich dorthin schlängelt. Das muss die Straße sein, welche unser Wanderweg irgendwann überquert. Wir schlagen uns bis zu dem Weg durch, laufen diesen ein Stück entlang und ... stehen erneut vor so einem hohen Zaun. „Betreten verboten, Videoüberwacht, gefährliche Tiere" steht daran. An dem Zaun entlang führt ein Trampelpfad. Zwar nicht in unsere Richtung. Aber uns bleibt nichts anderes übrig als den zu nehmen. Etliche km gehen wir so weiter, bis wir endlich auf die Straße gelangen. 10 km Straße laufen wir dann, bis wir tatsächlich die Stelle finden wo unser Wanderweg heraus kommt. Unser rot-weißes Zeichen ist zu sehen. Jedoch wo er heraus kommt und da wo es auf der anderen Seite der Straße weitergeht, was wohl, ein hoher Zaun. Es handelt sich wieder um ein riesiges Jagdgebiet von einem reichen, privaten Schnösel, dem es vollkommen egal ist ob da ein Wanderweg durchführt. Hinter dem Wildzaun hat er die Zeichen geschwärzt. Da steigt schon Wut in uns auf. Wasser fanden wir heute auch keines. So laufen wir erst mal 5 km weiter auf der Straße bis zum Ort Chera und füllen die Wasserflaschen auf. Kurz vor Chera finden wir ein Schild, was zu einem Wasserfall und Höhlen führt. Wir laufen hin und zelten dort. Vielleicht soll es so sein, denn es ist wunderschön hier. Wir duschen am Wasserfall. Daneben befinden sich Sitzgruppen und Höhlen, richtig wie Tropfsteinhöhlen, die tief in die Felsen hinein führen, viele Gänge haben und große Fledermäuse beherbergen. Man kann dort einfach so drinnen herumstöbern. Wir sind fasziniert.

Wegen dem blöden Jagdgebiet müssen wir nun einen riesigen Umweg, und vor allem Straße, laufen. Das ist ätzend. Schnell werden wir pflastermüde und die Hunde müssen an der Leine gehen. Was uns entschädigt, die Straße führt zwischen Bergen hindurch und an einem See vorbei, durch tolle Landschaft. Außerdem ist es eine kleine, kaum befahrene Straße. Unterwegs kommen wir an Johannisbrotbäumen vorbei. Ihre braunen Schoten schmecken süsslich und sollen einen guten Nährwert haben. Wir packen einige davon ein. Granatäpfel finden wir ebenfalls.

Letzte Nacht hatten wir erstmals Nachtfrost und das Wasser im Hundenapf war gefroren. Tagsüber lacht aber wieder die Sonne, der Himmel ist wolkenlos und es wird herrlich warm. Wir kommen an vielen Apfelbäumen vorbei. Die Äpfel schmecken nicht nur uns. Weintrauben und Äpfel sind auch für Julie (für Benji sowieso) eine Delikatesse. Nach dem wunderschön gelegenen Ort Andilla geht es bis auf 1260 m hoch. Dort finden wir ein offen stehendes Häuschen mit Feuerstelle, trockenem Holz und eine Quelle davor. Hier bleiben wir diese Nacht und haben einen schönen Blick ins Tal. In Andilla gibt es keinen Laden. Als wir danach fragen möchte ein junger Mann wissen was wir denn brauchen. Pan, Hundefutter und Käse sagen wir. Kein Problem meint er, verkauft uns ein Pan (Baguette), schenkt uns Hundefutter da er selbst Hunde hat und schickt uns zu einem alten Mann, welcher Käse verkauft. Wie einfach alles sein kann.

Julie lahmt ein wenig. Sie hat einen kleinen Riss im Ballen. Deshalb und weil es hier oben ganz einfach herrlich ist machen wir einen Pausetag. Den ganzen Tag tangiert uns kein Mensch. Wir liegen auf der Wiese und sonnen uns oder sitzen vor „unserem" Häuschen und genießen die Aussicht. Ohne Rucksäcke und Hunde machen wir einen Abstecher auf 1407 m Höhe, dort befindet sich die Grenze zur Provincia Teruel. Dank unserem 11 Euro Miniradio, was wir uns in Alicante gekauft hatten, können wir auch wieder Musik hören.

Nach einem Frühstück am offenen Kaminfeuer geht es weiter. Ein strahlender Sonnentag. Wir kommen durch die Miniortschaften Arteas de Arriba und Arteas de Abajo bis zum Ort Bejis. Dort schlafen wir in einem kleinen ehemaligen Energiehäuschen einer alten Antennenanlage über dem Ort innerhalb der Ruinen des Castillos. In Bejis treffen wir erstmals Wanderer, die ebenfalls auf dem E 4 unterwegs sind. Und zwar anders herum. Allerdings wandern sie nur ein Stück des Weges ab und sind seit sechs Wochen unterwegs. Bejis ist ein größerer Ort und wir gehen davon aus, er hat einen Laden. Hat er auch, der ist aber geschlossen wegen einem Trauerfall. Wieder einmal benötigen wir Hundefutter und auch bissel was für uns. So laufe ich in den vier km entfernten Ort Toras. Der hat einen winzig kleinen Laden und nur ganz wenig Auswahl. An Hundefutter gibt es nur Dosen? Wer soll die schleppen. Na vielleicht hat der Laden in Bejis morgen wieder auf und es gibt dort mehr.

Unsere Gaskartuschen für den Kocher sind leer. Zur Zeit können wir keine neuen Kartuschen auftreiben. Für ein Feuer in der Natur ist es noch zu trocken. Das heißt, bis auf Weiteres gibt es keinen heißen Tee und kein warmes Essen mehr. Bei Temperaturen um Null Grad frühstücken wir heute fröstelnd. Es gibt eiskaltes Wasser sowie Haferflocken mit kaltem Wasser. Tagsüber wird es dann wieder herrlich warm. Wir kommen an Haselnussplantagen vorbei. Somit bereichern unsere Haferflocken neben Mandeln und Walnüssen nun auch Haselnüsse. Wir laufen bis zum Ort Villahermosa del Rio und zelten danach in einer felsigen Schlucht an einem kleinen Flüsschen. Zum Abendbrot gibt es anstatt Nudeln, Reis oder Kartoffeln nun Pan mit Thunfisch aus der Dose, dazu wieder kaltes Wasser. Das Zähne putzen mit kaltem Wasser ist auch gewöhnungsbedürftig. Abends geht es ja, aber früh ist das Wasser eiskalt.

Am nächsten Abend haben wir wieder einmal Glück. Auf ca. 1280 m Höhe, bei der Kapelle Sant Juan Penyagolosa gibt es ein kostenloses Refugio, von der Kirche gestellt. Hier können wir in einem Saal auf dem Fußboden schlafen. Es gibt eine Quelle und einen Raum mit Feuerstelle und Sitzgarnituren. So essen und trinken wir heute Abend warm. Zu uns gesellt sich ein Paar, welches auch hier schläft. Morgen wollen sie von hier aus in die Pilze. Der Mann ist Spanier, die Frau Rumänin. Mit ihnen und dem Hausverwalter Antonio sitzen wir abends noch am Feuer.

Die Pilzzeit beginnt. Auch wir finden heute einige Pilze und haben ein schönes Abendbrot. Zwar hat es noch nicht wieder geregnet, der Morgentau scheint den Pilzen aber ausreichend zu sein. Glücklicherweise bekommen wir im Ort Vistabella del Maestrazgo auch eine Gaskartusche. So schnell hatten wir nicht damit gerechnet. Ansonsten hätten uns die Pilze wenig genutzt. Auf 998 m, unter dem Vordach einer kleinen Kapelle richten wir uns für die Nacht ein.

Seit gestern pustet uns ein kalter, sehr, sehr starker Wind fast um und erschwert das Gehen sowie den Zeltaufbau. Unser Weg zieht zu dem von mittelalterlichen Mauern umschlossenen Bergstädtchen Morella (1070 m). Die prachtvolle Aussicht von der Burg lohnt die Mühe des steilen Anstiegs. Wir zelten an der Stadtmauer in einem Wäldchen. In Morella finden wir seit langem wieder mal einen richtige Supermarkt und nicht nur einen Dorfladen. Das Angebot reizt zum Kaufen. Vor allem gibt es jetzt die verschiedensten Arten von Turron, eine Süßigkeit die in Spanien zum Weihnachtsfest gehört und super lecker schmeckt. Wir müssen allerdings sparsam sein und können es damit nicht übertreiben.

Da wir immer nördlicher kommen sehen wir mehr und mehr Rinderherden, durch deren riesen Weideflächen unser Weg führt. Bisher hatten wir nur ganz vereinzelt mal Rinder gesehen. Es war zu trocken und deshalb kein Weideland für sie da. Dafür gab es mehr Ziegen und Schafe. Glücklicherweise haben die Bauern unsere Wanderzeichen nicht entfernt und durch Tore oder über Gitter können wir die Weideflächen betreten und wieder verlassen. Eigentlich sind jetzt überall Kühe, auch im Wald und in den Bergen. Ihre Glocken hören wir ständig bimmeln. Die Weintrauben- und Feigenzeit ist leider fast vorbei. Viele Früchte vergammeln ungeerntet. Ab und zu finden wir noch ein paar gute. Die Olivenernte beginnt dagegen gerade. Leider kann man Oliven nicht einfach so vom Baum essen. Sie sind sehr bitter, müssen erst entbittert werden. Dies geschieht, indem die Oliven angeritzt in Salzwasser gelegt und das Salzwasser mehrere Tage lang aller paar Stunden gewechselt wird. Wir erreichen heute den sehr hübschen und traumhaft gelegenen Ort Vallibona. In einem Hostal trinken wir Tee. Die Besitzer sind sehr nett und aufgeschlossen. Wir fragen ob hier Hunde willkommen sind. „No problemo" ist die Antwort. Eigentlich wollten wir erst nächste Woche wieder eine Unterkunft nehmen. So machen wir es jetzt und bleiben zwei Nächte. Sogar Frühstück ist inbegriffen, selten in Spanien.

Und die nette Frau wäscht unsere gesamte Dreckwäsche in ihrer Waschmaschine. Geld nimmt sie dafür keines. Am Orstrand be findet sich ein Campingplatz mit Feuerstelle (den haben wir erst später entdeckt). Dort bereiten wir unser Abendessen, bestehend aus sehr vielen gefundenen Pilzen.

In unserem Wanderbuch steht, es sind 1650 km Wanderweg durch Spanien. Aus dem Internet entnehmen wir, dass es allein bis Morella 2300 km sein sollen. Auch die Angaben über die gesamte Strecke weichen stark ab. Was nun stimmt, wir wissen es nicht, ist aber eigentlich auch egal. Nach einem geruhsamen Pausetag gestern wandern wir heute bei Sonne, wolkenlosem, blauen Himmel und sommerlichen Temperaturen bis zum kleinen Ort Boixar, wo wir an der Kirche zelten. Jetzt im Herbst sind an den Wochenenden überall Jäger mit ihren Hunden unterwegs. Ständig hören wir Schüsse, manchmal bedrohlich nahe. Wie wir von verschiedenen Leuten erfahren, ballern die Jäger auf alles, was sich bewegt. Einen besonderen Jagdschein brauchen sie nicht. Das kann beim Wandern gefährlich werden. Sie schießen aber grundsätzlich nur am Tag, solange es hell ist. Selbst bei Vollmond haben wir noch keine Schüsse gehört. Meist haben sie große Hundemeuten mit ungepflegten, dürren Hunden bei sich. Diese schicken sie los, um das Wild aufzuscheuchen.

Gestern Abend gab es bei uns wieder eine leckere Pilzmahlzeit. Wie bereits bei zwei vergangenen Pilzmahlzeiten haben wir beide auch diesmal am Tag danach Durchfall und Magenkrämpfe. Es war der letzte Versuch. Bei den beiden vorherigen Malen waren wir uns nicht sicher ob es vielleicht am Wasser gelegen haben könnte. Unsere Pilze hatten Röhrenfutter und sahen aus wie Maronen. Sie rochen und schmeckten auch so. Beim Anschneiden laufen sie aber nicht blau an wie unsere einheimischen, essbaren Pilze. Schade, sie schmecken lecker und es gibt viele davon. Nix desto trotz sehen wir heute viele Pilzsammler im Wald. In ihren vollen Körben befindet sich nicht ein Pilz mit Röhrenfutter. Die Pilze haben ausschließlich Lamellenfutter und sind uns unbekannt. Wir hätten sie nie genommen. Unser letzter Ort in Valencia heißt Fredes. Danach verlassen wir Valencia und wandern nun weiter durch Katalonien, wo das Spanisch ganz anders gesprochen wird. Es ist Anfang November, vom gestrigen warmen Sommertag spüren wir heute nichts mehr. Bewölkung, ein kalter Wind weht und mittags klettert das Thermometer gerade mal auf acht Grad. Abends regnet es. In dieser Gegend gibt es viele Steinböcke. Wir sehen heute einige stattliche Exemplare und freuen uns daran.

Doch am Morgen danach bekommen wir etwas Furchtbares mit. Wir sitzen noch im Zelt als wir, wie so oft, Schüsse hören. Einige Zeit später rennt unmittelbar an unserem Zelt ein wunderschöner, grosser Steinbock vorbei. Aus seinem Körper hängen die Eingeweide heraus, ein Hund hetzt hinterher. Noch eine Weile später tauchen drei Jäger auf. Sie begrüßen uns mit einem fröhlichen „Hola". Ich heule und beschimpfe sie lautstark mit „asesinos", muss meine unbändige Wut heraus lassen. Nie werden wir verstehen, wie Menschen Freude und Erholung an so bestialischem Tun finden können. Auch die absolut grandiose Felslandschaft und der Blick auf das zum Greifen nahe erscheinende Meer (es dürfte so 30-40 km entfernt sein), sowie den Fluss Ebro und sein Delta können unser heutiges Stimmungstief nicht beseitigen.

Unser erster Ort in Katalonien heißt Pauels. Wir haben den Eindruck, eine Landschaft will die andere an Schönheit überbieten in Spanien. Immer wieder sind wir am Staunen. Heute geht es einen großen Teil der Strecke auf Bergkämmen mit Traumaussichten entlang. Der Wind weht allerdings so stark, dass wir uns oft festhalten müssen, oder einfach umgeweht werden. Er verfängt sich in unseren großen Rucksäcken. Dadurch kommen wir nur langsam voran.

Es ist schon eigenartig und zugleich schön für uns. Wie in Deutschland hat auch in Spanien der Herbst Einzug gehalten. Buntes Laub an den Bäumen und auf dem Boden, kalte Temperaturen in der Nacht, Herbststürme, die Zeit vieler Früchte ist vorbei. Auf der anderen Seite aber kommen wir uns vor wie im Frühling. Die Wiesen sind erst jetzt saftig grün, bunte Blumen blühen, Schmetterlinge flattern umher, tagsüber milde bis warme Temperaturen, die Mandarinen sind reif und die Orangen werden es teilweise auch. Die ersten Orangen und Mandarinen haben wir schon geerntet. Die Orangen sind zwar nicht so süß wie die welche wir im Februar und März in Andalusien gegessen hatten, so wie die in Deutschland zu Weihnachten erhältlichen jedoch auf alle Fälle. Unser Weg führt uns heute bergab und dann am Fluss Ebro entlang.

In Katalonien wird alles in zwei Sprachen ausgeschrieben, katalanisch und spanisch. Da waren wir nun stolz darauf, dass wir immer mehr Wörter, Sätze und Redewendungen beherrschen und uns immer besser verständigen können. Und nun ist alles wieder anders. In Valencia war auch ab und zu ein Buchstabe oder eine Endung anders. Katalanisch (catalan) weicht jedoch sehr stark vom Spanisch ab. Es ist eine romanische Sprache, die von ca. 6 Millionen Sprechern, zum Teil in unterschiedlichen Dialekten gesprochen wird. Catalanisch ist neben Spanisch Amtssprache in Katalonien (Cataluña). Ein Beispiel: Hund heisst auf spanisch „perro" und auf catalan „gosso". So wie ich in Andalusien, stolpert Dirk heute mitten auf der Straße und wird von dem schweren Rucksack zu Boden gerissen. Seine Hose ist aufgeschlatzt und das Fußgelenk schmerzt stark. Wir stellen das Zelt im Sturm deshalb schon 16 Uhr auf. Unsere Julie entwickelt sich immer besser. Mit dem Fressen gibt es absolut keine Probleme mehr. Sie frisst eben so gut wie unser Benji. Vor Gegenständen und Autos hat sie keine Angst mehr. Auch bei einzelnen Personen nicht, es sei denn sie kommen direkt auf sie zu und sprechen Julie an. Nur bei vielen Menschen und vor allem Kindern reagiert sie noch panisch.

Am folgenden Tag humpelt Dirk zwar noch, aber es geht mit dem Laufen. Wir erreichen die große Stadt Reus und sind damit vorübergehend in der Ebene, haben die Berge verlassen. In Katalonien ergeht es uns wie in Andalusien. Wanderzeichen enden bei jedem Ort und tauchen erst zwei bis drei Kilometer danach wieder auf. Wir müssen also in den Ortschaften jeweils neu nach unserem Wanderweg suchen. Besonders mühsam ist das in größeren Orten, ganz zu schweigen von einer Stadt wie Reus. Heute finden wir unseren Weg einfach nicht. Auch in der Touristeninformation bekommen wir keine befriedigende Auskunft. Also laufen wir Richtung nächstem Ort auf unserer Strecke, eine stark befahrene Landstraße entlang. Unser Zelt schlagen wir in einer Haselnussplantage auf. Gegenüber befindet sich der Flughafen von Reus. Immer wieder startet eine große Maschine, dreht eine Runde und landet dann, um gleich erneut durchzustarten. Wahrscheinlich sind es Übungseinheiten.

Trotz Flachland überzieht heute früh eine leichte Raureifschicht unser Zelt. Wir kommen nach Constanti und weiter zur am Mittelmeer gelegenen Großstadt Tarragona. Seit Tagen hat sich für uns keine Gelgenheit zum Waschen mehr geboten. Uns verlangt nach einer heißen Dusche. Auch wollen wir uns Tarragona gern ansehen und kommen auf unserem Weg durch Spanien nicht noch einmal ans Meer. Deshalb möchten wir uns ein Zimmer für zwei Nächte nehmen. Unterkünfte, auch preiswerte gibt es genug. Immer jedoch wenn wir die Hunde erwähnen erhalten wir Absagen. So laufen wir kreuz und quer durch die Stadt ohne Erfolg. Plan B muss wieder her. In einem Hostal wo das Zimmer pro Nacht für zwei Personen 24 Euro kostet erwähne ich die Hunde nicht. Ich bezahle, die Dame an der Reception nimmt alles ganz genau, zieht sogar beide Reisepässe ein und verlangt 10 Euro Pfand für den Zimmerschlüssel. Liegt das an unserem schnuddeligen Äußeren und unserem Geruch oder macht die das immer so? Dirk wartet unterdessen um die Ecke mit den Hunden. Zu diesem Zeitpunkt wissen wir noch nicht ob es einen Hintereingang gibt. Glücklicherweise gibt es den. Doch, oh Schreck, an der Reception sehe ich einen Monitor. Alles ist videoüberwacht, auch der Hintereingang. Trotzdem geht heute alles gut. In einem bestimmten Winkel laufen wir den Hintereingang an, so dass wir nur kurz von der Kamera erfasst werden. Wenn gerade niemand hinschaut haben wir Glück. Mal sehen ob das morgen auch noch klappt. Es besteht auch die Gefahr, der Reinigungskraft in die Arme zu laufen. Unser Zimmer befindet sich ausgerechnet im obersten Stock und es müssen viele Treppen bewältigt werden. Richtig spannend das Ganze. Heute genießen wir jedenfalls die heiße Dusche und das saubere Bett. Und abends gönnen wir uns ein Buffetessen in einem Chinarestaurant. Für 12 Euro pro Person kann man soviel essen wie rein geht und es gibt wirklich von allem, die feinsten Sachen. Sushi, Vorspeisen, Salate, Obst, Fisch, Meeresfrüchte aller Art, Wokzubereitung, Gegrilltes, Kuchen, Flan, Eis und vieles mehr. Wir platzen bald als wir das Lokal verlassen.

Unsere Aktion mit den Hunden geht erstaunlicherweise auch am nächsten Tag gut. Einer von uns schaut immer erst ob die Luft rein ist, dann huschen wir fix die Treppen runter und raus oder wieder rein. Am darauf folgenden Mittag verlassen wir das Hostal ohne das die Hunde entdeckt worden sind.

Wir marschieren im Flachland weiter bis zum Ort Catllar. Dort gibt es eine kleine Burg. Ein Student bietet uns eine kostenlose Führung an. Er gibt sich große Mühe, erklärt uns alle Einzelheiten genau. Ehrlich gesagt langweilt es uns ein wenig. Aber wir lassen es geduldig über uns ergehen. In dieser Gegend gibt es sehr viele kleine aus Stein und Lehm errichtete, igluförmige Häuschen. Wozu sie genau da sind wissen wir nicht, wir nehmen an als Unterstände für die Schäfer. Wir schlafen in so einem „Iglu".

Wir sind heilfroh in unserem „Iglu" zu sein. Als es hell wird kommen wieder jede Menge Jäger an. Wild ballern sie um sich. Aus allen Richtungen krachen ständig Schüsse um uns herum. Sie schießen überall, egal ob Straßen, Wege oder Obstplantagen in der Nähe sind. Wir fragen uns nur auf was sie schießen.

Kaum sind die Autos angekommen und die Jäger ausgestiegen krachen schon die Schüsse. Als ich in Deutschland war hatte ich einen Artikel darüber gelesen, wie viele Menschen in Deutschland durch Jäger jährlich verletzt oder getötet werden. Es waren erschreckend viele. Wie viele mehr müssen es wohl hier in Spanien sein?

Im Pilgerort Sant Creus wollen wir einkaufen. Der einzige Laden hat wegen Urlaub geschlossen. Wann der nächste Ort kommt wissen wir nicht. Während Dirk mit den Hunden und den Rucksäcken auf mich wartet, fahre ich deshalb per Anhalter sechs Kilometer zurück, kaufe ein und komme auf die gleiche Art nach nur einer Stunde wieder in Sant Creus an. Danach geht es in die Berge, bis auf den 963 m hohen Berg Montagut. Dort oben, an einer Kapelle zelten wir. Leuchtend gelb blüht wieder der Ginster.

Von einem Bergkamm aus sehen wir einerseits das Meer, andererseits erstmalig die schneebedeckten Gipfel der Pyrenäen und vor uns den Montserrat, einfach toll. Das alles bei strahlendem Sonnenschein. Unterwegs treffen wir drei Männer, welche die Wanderwege ablaufen und kontrollieren. Sie fragen uns nach dem „Woher" und „Wohin". Und sie schütteln uns die Hände. Wir sind die ersten Wanderer von denen sie wissen dass sie die ganze Strecke des E 4 abwandern.

Am nächsten Morgen ist unser Zelt von einer dicken Raureifschicht überzogen, das Trinkwasser in unseren Flaschen gefroren. Zeltinnendach und Schlafsäcke sind nass vom Kondenswasser durch unsere Körperwärme. Ach ja, nun geht die ungemütliche Zeit los. Tagsüber lacht aber wieder die Sonne. Wir laufen durch die Stadt Piera und nähern uns immer mehr dem Montserrat. Dieser Berg ist zwar nur 1224 m hoch, doch sein langgezogenes Bergmassiv mit den faszinierenden Karstspitzen einfach gigantisch. Wir zelten am Feldrand mit grandiosem Blick auf dieses Bergmassiv.

Im Ort Collbato befinden wir uns direkt unterhalb des Montserrat. Danach laufen wir an seinem Bergmassiv entlang und der

Weg schlängelt sich immer weiter nach oben. Die Aussicht ist wieder einmal genial. Wir sehen das Meer, die Pyrenäen, und die Schönheit der Karstfelsen ist sagenhaft. Auch Steinböcke können wir beobachten. Nachmittags kommen wir am religioesen Zentrum Kataloniens, dem gleichnamigen Kloster „Monastir de Montserrat" an. Hier ist alles touristisch geprägt. Es gibt viele Souveniershops, Restaurants, ein Hotel, eine Standseilbahn und eine Seilbahn. Alles zu sehr hohen Preisen. Unter einer Boofe (Felsvorsprung) finden wir einen geeigneten Platz zum Zelten. Vorher lernen wir aber noch Kasey aus Philadelphia und Lavrent aus der Schweiz kennen. Sie suchen ebenfalls einen Platz zum Zelten, erkunden Spanien mit dem Auto, schlafen aber im Zelt. Letztendlich zelten wir gemeinsam in der Boofe, teilen unsere Nahrungsmittelvorräte und sitzen am Lagerfeuer beisammen. Es wird ein netter Abend mit ineressanten Gesprächen. Kasey ist 23 Jahre alt und im letzten Jahr mit dem Fahrrad von Frankreich aus in die Türkei gefahren. Bald geht es nun wieder zurück in ihre Heimat. Lavrent ist 30 Jahre alt. Wir finden die Zwei sehr sympathisch.

07 Uhr weckt uns ein wunderschönes Glockengeläut. In Lavrents Auto können wir unsere Rucksäcke und die Hunde lassen. Zu viert besichtigen wir das Kloster mit der Basilika (Eintritt ist frei) und wohnen einem Gottesdienst bei, beeindruckend. Dann gehen unsere Wege auseinander. Der Abschied ist herzlich, E-Mailadressen werden ausgetauscht. Unser Weg führt steil bergan und auf der anderen Seite des Bergmassivs hinunter. Die Sonne lacht, doch sowie sie verschwindet wird es sehr kalt. Wir zelten mangels besserer Stelle auf einen Kuhweide.

10:30 Uhr sehen wir einen Reiterhof und schauen uns die Pferde an. Wir fragen nach einer Pension, wollen uns zum 1. Advent eine solche gönnen. Die Leute vermieten selbst eine große Ferienwohnung, zeigen uns diese. Die Wohnung ist klasse. Eine gemütliche Stube mit Couch, Fernseher und Kamin (trockenes Holz ist vorhanden), ein großes Esszimmer, Küche mit allem drum und dran (auch dort Kamin), Dusche, Badezimmer mit großer Whirlpoolbadewanne, Waschmaschine, Wäschetrockner, sehr schönes Schlafzimmer mit Blick auf die Pferde und sogar Weihnachtsschmuck ist da. Nun die Frage nach dem Preis. 90 Euro, das ist zu viel für uns. Wir handeln auf 60 Euro runter. Das übersteigt zwar trotzdem stark was wir geplant hatten, aber wir können nicht widerstehen, nehmen die Wohnung. Die Hunde sind hier ausnahmsweise willkommen. Ein Dobermann gehört zum Hof und versteht sich gut mit Benji und Julie. So verleben wir einen sehr, sehr schönen 1. Advent. Wir aalen uns im Whirlpool, waschen all unsere Wäsche, schmeißen den Kamin an, holen Tannengrün herein und schmücken damit und mit den hier vorhandenen Christbaumkugeln und Engeln unsere Wohnung. Eine Adventskerze hatten wir mitgebracht.

Die tolle Ferienwohnung verlassen wir erst 12 Uhr. Wir laufen durch die Stadt Sant Vincente de Castellet und weiter hoch in die Berge. In einer großen Ruine finden wir einen Raum mit intaktem Dach und bleiben für die Nacht. Der Wetterbericht hat Regen, Sturm, bzw. Schnee gemeldet. Hier dürften wir sicher sein. Am Lagerfeuer verbringen wir den Abend.

In der Nacht hat es geregnet und das tut es heute den ganzen Tag. Schön, dass wir nachts in der Ruine waren. Und beim Frühstück am Lagerfeuer frieren wir nicht. Im Ort Puente de Vilomara wollen wir einkaufen. Wir schauen uns nach einem trockenen Platz für die Hunde um. Ein Vordach vor einer Bar erscheint uns als geeignet. Der Besitzer kommt ganz aufgeregt heraus gerannt. Er signalisiert uns wir sollen mitkommen. In seiner beheizten Garage dürfen wir Rucksäcke und Hunde lassen. Dann lotst er uns in seine Kneipe. Oh, denken wir, er wird nun erwarten dass wir essen und trinken. Wir bestellen uns wenigstens heißen Kakao. Dazu bringt er uns zwei große warme Baguettes, eins mit Lendensteaks und eins mit warmem Schinken sowie einen Teller Oliven. Als der Kakao alle ist bekommen wir gleich noch einen. Wir wollen bezahlen. Er nimmt kein Geld, alles geht auf ihn.

Während die Hunde in der warmen Garage sind gehen wir nun einkaufen. Das Wasser am Marktbrunnen ist wegen der kalten Temperaturen abgestellt. Wir fragen den Wirt ob wir bei ihm Leitungswasser auffüllen können. Statt dessen bringt er uns vier große Flaschen Mineralwasser und schenkt sie uns. Es gibt so viele grausame und egoistische Menschen auf der Welt. Aber überall sind auch liebenswerte, herzensgute und uneigennützige Leute, so wie dieser Mann.

Am Abend finden wir wieder ein „Iglu" zum schlafen, sind also im Trockenen. Allerdings ist es sehr klein. Die Beine können wir nicht ausstrecken und rundherum ist schlammiges Feld. So bringen die Hunde viel Dreck mit herein.

Auch am folgenden Tag schlafen wir im Trockenen. Haben wieder so ein aus Steinen gebautes Häuschen gefunden. Diesmal in anderer Form, größer und mit zwei Räumen. In dem einen Raum schlafen wir, in dem anderen machen wir ein Lagerfeuer und essen. Dieser Raum ist höchstwahrscheinlich auch dafür gedacht. Er hat ein kegelförmiges, hohes Dach mit Öffnung für den Rauchabzug.

Wir schreiben den 03. Dezember und heute gibt es kein Frühstück. Die zwei letzten, vermeintlichen Orte in denen wir dafür einkaufen wollten entpuppten sich als Kapellen. Der Ort an dem wir heute abends ankommen heißt Sagas. Auf einem Plakat hatten wir gelesen dass hier am Wochenende ein Fest stattfindet. Dann muss es doch ein größerer Ort sein. Aber „Pustekuchen" Der Ort hat eine Kirche und zwei Häuser, das wars. Wasser finden wir unterwegs auch keines. Also fragen wir in einem der Häuser nach Wasser. Die Flaschen werden aufgefüllt und der Bauer schenkt uns noch ein großes, rundes Brot, prima. Nur da gibt es ein Problem. Das Brot ist tiefgefroren. Bei Temperaturen unter Null Grad taut es nicht auf. Und in unseren Schlafsack würden wir lieber eine Wärmflasche stecken als das kalte Brot. Für ein Lagerfeuer ist unser Zeltplatz heute ungeeignet. Wir zelten bei der Kirche von Sagas. Denn morgen ist Samstag und da ballern die Jäger wieder überall herum. Unterwegs sehen wir die Pyrenäen langsam immer näher kommen.

Dirk hat das Brot in der Nacht doch mit in seinen Schlafsack genommen. Es ist aufgetaut, wir können frühstücken. Bereits 06 Uhr hören wir Autos heranrollen. Tatsächlich findet hier ein Fest statt. Es wird dafür aufgebaut. Wahrscheinlich nehmen die umliegenden Fincas und Bauernhöfe (weit verstreut in der Landschaft) daran teil. Wir laufen bergauf und bergab im Vorgebirge der Pyrenäen, die Sonne lacht, der Boden ist gefroren. Erstmalig geht es auch durch Schnee und über Eis, aber nur stellenweise. Wir kommen bis Borreda. Zu unserem Glück ist das wirklich ein Ort mit Läden und Unterkünften. Für zwei Nächte kommen wir in einem kirchlichen Haus, von Ordensschwestern bewohnt, unter. Das sind alles alte, nette, liebe Omis. Die Hunde schmuggeln wir wieder ein. Aber die Gefahr, dass es auffliegt ist hier riesengroß. Unser Zimmer ist wieder mal im obersten Stockwerk und ständig schwirren Nonnen auf den Gängen herum. Mal sehen ob wir wieder rausgeschmissen werden. Es ist der 2. Advent, wir machen uns einen schönen Tag und werden von den Ordensschwestern mit köstlichem Frühstück verwöhnt. Zum Dinner bringen sie uns eine riesengroße Paella, dazu ein Salatteller. Wir sind eigentlich satt, doch es folgen noch gebackene Auberginen, große Rindfleischsteaks und als Postres (Nachtisch) Eis. Letzte Nacht mussten die Hunde lange durchhalten. Die Tür nach draußen wird 21 Uhr geschlossen und früh 08 Uhr erst wieder geöffnet. Wir haben keinen Schlüssel dafür. Auch am Vormittag stehen wir vor verschlossenen Türen, als die Schwestern in der Kirche sind. Es handelt sich bei den Schwestern um Dominikanerinnen, wie wir inzwischen wissen. Auch am Montag bekommen wir so ein tolles Frühstück. Doch damit nicht genug, Schwester Lola schenkt uns noch einen Beutel mit verschiedenen Würsten und Butter für die Reise. Wir sind gerührt und haben fast ein schlechtes Gewissen wegen den Hunden. 12 Uhr verabschieden wir uns. Es wird ein sehr herzlicher Abschied mit Umarmungen und Küsschen. Die

Hunde bleiben unentdeckt, das hätten wir nicht gedacht. Immer wenn wir mit den Hunden raus oder rein sind war niemand auf den Gängen. Und kamen wir ohne Hunde begegneten wir prompt einer Schwester. Vor dem Abschied brachten wir die Hunde erst hinaus und banden sie um die Ecke an einer Bank an. Das Zimmer verlassen wir ordentlich und sauber. Die Schwestern dürften kaum ein Hundehaar finden.

Gestern hatten wir die Hunde mit Innereien vom Fleischer gefüttert. Eine Delikatesse für sie. Benji verträgt das auch gut. Aber Julie bekommt Durchfall. Fast stündlich musste sie letzte Nacht aus dem Zelt. Zum Glück passiert kein Malheur drinnen. Heute ist ein anstrengender Tag. Steil geht es bergauf und wieder bergab bis zum Ort La Poebla de Lilliet.

Wir sind in den Pyrenäen und sehen jede Menge Gämsen. Es geht hoch zu dem 2070 m hoch gelegenen Bergkamm Coll de Pall und auf der anderen Seite runter zum Skiort Masella (1600 m). Wir sind heilfroh dass nur ganz wenig Schnee liegt, hatten schon befürchtet nicht durchzukommen. Unsere Wegmarkierung ist fast ausschließlich an auf dem Boden liegenden Steinen aufgemalt. Bei mehr Schnee wären die Zeichen verdeckt gewesen und wir hätten den Weg nie gefunden. In Masella ist voller Skibetrieb, fast alle Lifte laufen.

Wieder ein Tag mit strahlendem Sonnenschein. Unser letzter Ort in Spanien, kurz vor der französischen Grenze heißt Puigcerda (1152 m). Ein wunderschöner Ort, rundherum die hohen Berge der Pyrenäen. Dirk geht es heute gar nicht so gut. Er hat starke Rückenschmerzen, ihm ist übel und Durchfall kommt hinzu. Deshalb schauen wir uns hier nach einer Unterkunft um. In einem preiswerten Hotel mit Frühstücksbuffet kommen wir unter. Die Hunde sind offiziell erlaubt, das erleichtert vieles. Wir haben ein großes Zimmer mit Fernseher, Balkon (Blick auf die Berge) und großer Badewanne. Wir bleiben drei Nächte hier, denn den 3. Advent wollen wir nicht so gern im Zelt verbringen. Und so kann Dirk seinen Rücken etwas länger schonen.

Die Katalonier haben ihren Stolz. Mit den übrigen Spaniern möchten die meisten Menschen hier nichts zu tun haben. Ihr Ziel ist ein eigenständiges Land. Überall weht die katalonische Flagge. Die Leute betonen bei jeder Gelegenheit dass sie Katalonier und keine Spanier sind. Spricht man sie in spanisch an reagieren sie oft verschnupft, obwohl sie spanisch verstehen und sprechen können. Wenn wir uns aber bemühen ein paar Brocken catalan anzuwenden dann freuen sie sich und sind gleich viel aufgeschlossener. Für mehr als die Begrüßungsfloskeln und ein paar wenige Worte reicht es bei uns allerdings nicht. Wir wandeln heute schon einmal auf die französische Seite nach Bourg-Madame. Dort gehen wir in ein Internet. Oh Schreck, für 50 min bezahlen wir 3,50 Euro. In Spanien waren die Internetbesuche in Bibliotheken kostenlos. In Internetcafes kostete es 1 Euro pro Stunde. Hoffentlich gibt es in Frankreich auch kostenlose Internetmöglichkeiten oder wenigstens preiswerter. Sonst müssen wir uns zukünftig kurz fassen.

Der dritte Advent ist unser letzter Tag in Spanien. In Spanien sind wir nun reichlich 10 Monate gewesen. Es war eine super schöne Zeit mit tollen Erlebnissen und interessanten Begegnungen. Das Land ist uns inzwischen richtig vertraut geworden. Der Abschied fällt ein wenig schwer.

2. Abschnitt
FRANKREICH

1. Kapitel
Weihnachten und Silvester

Wir lassen uns Zeit. Erst 15 Uhr überqueren wir die spanisch/französische Grenze. Bourg-Madame ist unser erster französischer Ort. Nun liegen viele Kilometer in Frankreich, neue Erlebnisse und Abenteuer vor uns. Erst einmal erkundigen wir uns in der Touristeninformation über den weiteren Weg. Dann gehen wir einkaufen. In Bourg-Madame gibt es viele Läden, einen großen Supermarkt, Aldi und Lidl. Das Warenangebot ist viel, viel größer als in Spanien. Manche Lebensmittel sind preiswerter, vor allem Käse, andere teurer.

Es ist der 15. Dezember, letzte Nacht hat es uns eiskalt erwischt. Unser Zelt steht auf 1650 m Höhe und es sind bestimmt −10 Grad oder kälter. Heute früh ist alles gefroren. Selbst das Wasser in den Wasserflaschen, die wir eingewickelt mit ins Innenzelt genommen hatten und die Zahncreme in der Tube. Dirk hat trotzdem gut geschlafen. Ich nicht, habe sehr gefroren. Wir laufen weiter bis zu Frankreichs höchst gelegener Festungsstadt Mont-Louis (1600 m) und besichtigen diese. Nun soll unser Weg bergan gehen und wir uns eine ganze Weile zwischen 2000 und 3000 m Höhe bewegen, sowie den Berg Pic du Canigou (2784 m) überqueren. Im Sommer ist das klasse. Aber jetzt in dieser Jahreszeit, bei der Kälte, Schnee und Eis da oben? Noch dazu kommt starker, eisiger Wind auf und dunkle Wolken ziehen heran. Müssen wir uns das wirklich antun? Schauen wir durch die Fenster der Leute, dann sehen wir weihnachtlich geschmückte Stuben, Gemütlichkeit und Wärme. Von Mont-Louis aus fährt ein Bus in die 375 m hoch gelegene Stadt Prades. Wir steigen ein. Die einstündige Busfahrt kostet nur 1 Euro pro Person. Die Hunde dürfen ganz selbstverständlich ohne Box oder Beißkorb mitfahren und kosten nichts. In Prades suchen wir einen Campingplatz auf, wollen einen Bungalow bis nach Silvester mieten. Der Chef des Platzes macht uns eine sonderbare Rechnung auf. Für die 18 Nächte will er 720 Euro. Mieten wir den Bungalow aber für einen Monat, so gilt ein Festpreis von 450 Euro. Wir haben Zeit, nehmen den ganzen Monat. Nebenkosten gibt es keine, die Hunde sind erlaubt und kostenfrei. Eigentlich ist das Ganze sehr unvernünftig von uns. Denn unser erspartes Geld schrumpft erheblich und es kommt kein neues dazu. Was soll's, wir haben es gemacht und freuen uns nun auf ein schönes Weihnachten und Silvester in der Wärme. Der Bungalow ist ausgestattet mit einer kleinen Küche (Herd, Spüle, Kühlschrank, Kaffeemaschine, Microwelle), einer Stube mit Fernseher (leider kommen nur französische Sender ran), einem Schlafzimmer (ohne Bettzeug, wir schlafen in unseren Schlafsäcken), Dusche und WC sowie Heizer und Wäscheständer.

Auch Prades ist von höheren Bergen der Pyrenäen umgeben. Der höchste Berg der französischen Pyrenäen ist der 3300 m hohe Pic de Vignemale. Gleich neben unserem Campingplatz befindet sich ein See mit Enten und Gänsen darauf. Eine Runde um den See herum wird nun die morgendliche und abendliche Hunderunde. Hier unten liegt kein Schnee. Aber in der Touristeninformation erfahren wir dass es zur Zeit unmöglich ist den Pic du Canigou zu besteigen, zu viel Schnee und Eis. Es gibt in Prades viele Läden, große Supermärkte (u.a. Lidl, Spar und Netto). Wir laufen heute von Laden zu Laden, nirgendswo gibt es Kerzen. Sind zu Weihnachten keine Kerzen üblich in Frankreich? Ganz zuletzt werden wir doch noch fündig. Da wir kein französisch sprechen kaufen wir uns ein kleines Wörterbuch. Weihnachten heisst Noel auf französisch und „Joyeux Noel "fröhliche Weihnachten. Die Läden und Straßen von Prades sind weihnachtlich geschmückt, allerdings weit spärlicher wie in Deutschland. Lebkuchen und Stollen gibt es hier nicht. Unsere Wäsche waschen wir heute in einem Waschsalon, vor allem die Jacken und dicken Sachen. Da gibt es eine große Waschmaschine in welche 16 kg Wäsche reinpassen. Es kostet allerdings 7,50 Euro und der Waschvorgang dauert nur 30 min. Entsprechend wird unsere stark verschmutzte, stinkende Wäsche auch nicht richtig sauber. Na wenigstens besser als vorher.

4. Advent, unseren Bungalow haben wir mit Tannengrün, vier Kerzen und zwei Schokoweihnachtsmännern geschmückt. Zum Kaffeetrinken gibt es das typisch französische Weihnachtsgebäck, eine Kuchenrolle mit Schokocremefüllung. Schmeckt ähnlich wie unsere Eiche in Deutschland. Dirk lässt es sich nicht nehmen, obwohl wir keine Backröhre haben bäckt er Plätzchen. Sie gelingen auch im Tiegel mit Backpapier untergelegt, schmecken köstlich.

In dieser Region kosten alle Busfahrten 1 Euro pro Person, egal wohin. So fahren wir heute mit dem Bus nach Perpignan und verbringen den Tag in dieser Stadt. Dort gibt es sogar einen Weihnachtsmarkt. Glühwein- und andere Buden stehen neben Beeten mit blühenden Blumen. Perpignan liegt noch weiter unten und es ist mild dort (11 Grad). Wir sehen wieder Palmenhaine und Kakteen. Viele Leute sitzen in Straßencafes und genießen die frühlingshaften Temperaturen. Ansonsten aber ist Perpignon keine besonders schöne Stadt. Es hat sehr viele Einkaufsstraßen mit Laden an Laden, Restaurants und Hotels.

Eine Woche lang sind wir nun schon wieder auf dem Campingplatz. Es ist schön so, denn wir können die vielen Erlebnisse von Spanien auf diese Weise verarbeiten. Kulinarisch leben wir hier wie in der Heimat. Wir essen einmal all das was wir zu Hause immer gern gegessen haben und schon ewig nicht mehr hatten.

Unterwegs hatten wir immer viel Bewegung und wenig zu essen. Der Magen knurrte meist. Jetzt sind wir satt und bewegen uns nur mäßig. Das tut auch mal gut, allerdings nur für eine begrenzte Zeit.

Wir haben uns einen Weihnachtsbaum gekauft und am 23.12. aufgestellt. Als Christbaumständer dient ein Sonnenschirmständer, von einem Restaurant geborgt. Und geschmückt wird der Baum mit Tannenzapfen, Schokoladenkugeln und lila Girlanden, die wir für 50 Cent erstanden hatten. Bei 15 Grad plus am heutigen Tag kommt es uns allerdings mehr wie Ostern vor.

Der Heilige Abend ist da. Der heutige Tag ist in Frankreich ein voller Arbeitstag. Der Weihnachtsmann kommt durch den Kamin und legt die Geschenke in bereitgestellte Schuhe. Deshalb sieht man an vielen Häusern Weihnachtsmannfiguren an Dachrinnen oder Häuserwänden nach oben klettern. Wir verbringen den Tag wie früher zu Hause. Dirk bäckt noch einmal Plätzchen, zum Abendbrot gibt es traditionell Kartoffelsalat und Würstchen. Wir sitzen gemütlich bei Kerzenschein in unserem Bungalow und machen einen Spaziergang durchs Städtchen. Geschenke können wir uns nicht mehr leisten, aber das ist auch nicht so wichtig. 20:30 Uhr gehen wir in die Kirche zur Christmesse. Es wird viel gesungen, auch uns bekannte Weihnachtslieder. Und Kinder tragen das Krippenspiel vor. In Radio und Fernsehen dagegen kommt auch heute keinerlei weihnachtliche Musik. Aus dem Internet wissen wir, dass die Franzosen den Heiligen Abend nicht besinnlich verbringen. Sie würden in Restaurants und Tanzen gehen. Ob das stimmt bleibt fraglich. Hier in Prades jedenfalls sind die Restaurants (bis auf eines) am Abend geschlossen. Schauen wir durch die Fenster der Leute so sehen wir keinen Kerzenschein und dergleichen. Ein deutsches Ehepaar welches nach Frankreich ziehen will erzählt uns, dass der Heilige Abend überhaupt nicht weiter begangen wird. Bis auf die Messe in der Kirche sieht es auch ganz danach aus.

Der 1. Weihnachtsfeiertag ist auch in Frankreich Feiertag und der wird besinnlich und mit festlichem Essen begangen wie bei uns. Weihnachtsbäume in Stuben sind üblich und werden erst heute aufgestellt. Auch bei uns geht es besinnlich zu. Unser Festessen ist „Hähnchen Karibik mit Reis", dazu ein Glas Wein. Abends kommt eine bunte Musiksendung im Fernsehen. Jedes zweite Wort des Ansagers ist „Noel" (Weihnachten) und die Dekoration weihnachtlich. Trotzdem kommt kein einziges Weihnachtslied, ist wohl nicht üblich. Der 2. Weihnachtstag ist in Frankreich ein Arbeitstag. Aber ausgerechnet an diesem Tag kommt im Radio weihnachtliche Musik. Am Tag danach fahren wir mit dem Bus nach Fontpedrouse und laufen von da aus drei Kilometer bis zu den heißen Schwefelquellen von Sant Thomas. Fünf Stunden lang aalen wir uns im dortigen Thermalbad. Im Außenbereich gibt es mehrere Becken mit 37 Grad warmem, schwefelhaltigem Wasser. Und drinnen stehen Whirlpools, ein Ruheraum sowie drei unterschiedlich heiße Dampfsaunen mit farblich wechselnder Beleuchtung und beruhigender Musik zur Verfügung. Es ist ein Genuss. Badelatschen sind nicht üblich. Wir fallen also ohne nicht auf.

Silvester ist wie Heilig Abend ein voller Arbeitstag in Frankreich. Wir wundern uns, dass es nirgendwo Silvesterfeuerwerk, Knaller, Wunderkerzen oder Ähnliches zu kaufen gibt. Im Fernsehen sehen wir, wie solche Dinge, die Leute von Deutschland nach Frankreich einführen wollen, beschlagnahmt werden. Ist die Knallerei hier verboten? Wir würden das begrüßen. Selbst hatten wir aus Rücksicht auf die Tiere, die wahnsinnige Ängste ausstehen müssen immer darauf verzichtet.

Ein staatlich organisiertes Feuerwerk um Mitternacht an einem bestimmten Ort und nicht knallende Wunderkerzen reichen unserer Meinung nach vollkommen aus. Nach unserem Abendbrot laufen wir gegen 20 Uhr in die Stadt um zu sehen was so los ist in der Silvesternacht. Doch wir sind baff, totale Ruhe. Tatsächlich kein einzigster Knaller, keine Wunderkerze, keine Menschen auf der Straße. Prades hat viele Restaurants. Nur zwei davon haben geöffnet, ein Chinarestaurant und eine Pizzaria. Aber kein Gast sitzt darinnen. In den Stuben der Leute können wir auch nicht viel Feierliches entdecken, obwohl wir in den Einkaufskörben Sekt und Wein gesehen hatten. Wir laufen zurück zu unserem Bungalow und verbringen den Abend bei Bowle und Knabbereien vorm Fernseher. Nach dem Anstoßen um 24:00

Uhr laufen wir sofort wieder in die Stadt. Vielleicht ging ja alles erst später los und es hat sich inzwischen etwas getan in Prades. Aber nein, es herrscht die selbe Ruhe wie vorhin. Auch jetzt keine Knallerei und kein staatlich organisiertes Feuerwerk. In den meisten Wohnungen ist es schon dunkel. Das Chinarestaurant hat inzwischen zu. In der Pizzeria sind doch tatsächlich ein paar gut angezogene Leute, allerdings gerade im Begriff zu gehen. Die Kellner räumen bereits zusammen. Es ist ja auch „schon" 00:15 Uhr. Nur ein paar einzelne Betrunkene grölen auf der Straße herum und rufen uns immerhin ein „Bonne Année" (Gutes neues Jahr) zu. So ein ruhiges Silvester haben wir noch nicht erlebt und hätten in Frankreich auch nicht damit gerechnet. Wir fragen uns, ob es überall in Frankreich so ist und wie es wohl in Paris aussieht. Heute nun zum 01.Januar ist in Frankreich Feiertag. Im Fernseher kommen Neujahrskonzerte und lustige Filme. Auf dem Campingplatz ist unser Bungalow derzeit der einzige belegte. Auch damit hatten wir gerade über Silvester nicht gerechnet. Das Jahr 2010 war für uns ein wunderschönes Jahr. Mal sehen, was 2011 uns bringt.

Am 03.01. stehen wir schon 05:30 Uhr auf, denn wir wollen versuchen, wenigstens ein Stück des Canigou (2784 m) empor zu steigen. Bis ganz hoch ist es keinesfalls zu schaffen von hier aus, das wissen wir. Denn allein bis zu dem Ort ab dem es bergan geht sind es 8 km. Wir laufen los sobald es hell wird und kommen immerhin bis zu der 2150 m hoch gelegenen Berghütte. Los gelaufen waren wir auf 375 m Höhe in Prades. Von der Hütte aus reicht unser Blick bis zum Meer und bis zum über uns gelegenen Gipfel. Schnee liegt nur wenig, jedoch sind die Wege ab ca. 1900 m vereist. Bis zum Gipfel wäre es ohne Steigeisen für uns nicht zu schaffen gewesen.

Am Tag danach fahren wir mit dem Bus nach Villefranche de Conflent und besichtigen diese Festungsstadt mit ihren hübschen, kleinen Gässchen. Solche Festungsstädte gibt es häufig in Frankreich. Darüber befindet sich das Fort Liberia, eine Burganlage in Privatbesitz. Hier kommt man nur mit Eintritt rein. In Villefranche werden frische Trüffel angeboten. Das kg für 1000 Euro. Wer wird die wohl kaufen? Uns fällt auf, dass jeder noch so kleine Ort in Frankreich einen für jeden zugänglichen Defibrillator besitzt. Meist hängt er neben dem Rathaus. Hier hat Frankreich den Deutschen etwas voraus. Für Frauen ist vielleicht interessant, dass es die Pille sowohl in Frankreich als auch in Spanien rezeptfrei in der Apotheke gibt. In Spanien preiswerter als in Frankreich, in beiden Ländern aber preiswerter als in Deutschland.

Der Teil Frankreichs in dem wir gerade sind nennt sich Pyrénées Orientales und gehört oder gehörte (?) zu Katalonien. Auch hier scheinen die Menschen eine staatliche Unabhängigkeit Kataloniens anzustreben. Sie wollen einen eigenen Staat innerhalb der EU. Die katalanische Flagge weht überall. Wir lesen Parolen wie „kein Spanien, kein Frankreich, sondern Katalonien". Die Leute sprechen französisch aber sie können auch Catalan. Ortseingangsschilder und alle schriftlichen Erklärungen sehen wir in französisch und in catalan. In dieser Gegend soll es über 300 Sonnentage im Jahr geben. Und tatsächlich lacht die Sonne fast täglich. Seit wir in Frankreich sind gab es überhaupt noch keine Niederschläge, weder in Form von Schnee noch von Regen.

2. Kapitel
Erneut Arbeit auf einem Ökohof

Am 13.01. verlassen wir gut erholt unseren Bungalow in Prades. Aber noch wollen wir nicht weiterwandern. Auch in Frankreich haben wir einen Ökohof gefunden, wo wir für freie Kost und Logis arbeiten können. Wir sind gespannt darauf. Der Hof liegt in den östlichen Pyrenäen auf 1000 m Höhe. Wir fahren mit dem 1 Euro Bus nach Latour de Carol und von da aus weiter in die schöne Stadt Foix. Bevor es dunkel ist suchen wir uns am Rande der Stadt auf einer Weide einen Platz zum Zelten.

Am nächsten Tag bringt uns ein Bus nach St. Giron und ein weiterer Bus bis Massat. Auf einem eigentlich geschlossenen Campingplatz, dessen Tor jedoch offen steht, zelten wir.

Von Massat aus laufen wir 7 km bergan bis zu unserem Ökohof. Vier Wochen wollen wir nun hier bleiben und arbeiten. Silke und Paul, beides Deutsche, betreiben den Hof seit vielen Jahren. Hier gibt es ein Pferd (das andere ist vor zwei Wochen an Zeckenfieber gestorben), drei Katzen, vier Hündinnen, Enten, Hühner, Gänse und 68 Ziegen verschiedener Rassen. Die Ziegen werden täglich in den Bergen gehütet.

Gleich am ersten Tag weist uns der Franzose Vincent, der ebenfalls auf dem Hof arbeitet in das Ziegenhüten ein. Am zweiten Tag werden wir allein mit der Herde und der Hütehündin Tschinka losgelassen, sind acht Stunden unterwegs und stolz, die Herde abends gut zurück gebracht zu haben. Eigentlich läuft man den Ziegen „nur" hinterher. Sie laufen wohin so wollen, suchen sich die besten Futterstellen. Aufpassen müssen wir lediglich, dass sich die Herde nicht teilt und in keine Gärten oder auf Felder der Bauern einfällt. Abends gilt es einzuschätzen, je nach dem wie weit weg die Ziegen vom Hof sind, wann wir umkehren müssen, um nicht zu zeitig aber auch nicht in der Dunkelheit anzukommen. Die Ziegen werden dann mit den Rufen „allez, allez" zurück zum Hof getrieben. Klingt alles ganz einfach, ist aber trotzdem nicht leicht. Am Anfang wollen die Ziegen möglichst schnell zu guten Futterstellen kommen. Diese sind weit oben in den Bergen. Es geht steil bergan, über Stock und Stein, Bäche und durch Morast. Die Herde bewegt sich flott voran und benutzt keine Wege. Wir dürfen sie nicht verlieren. Dranbleiben strengt sehr an, kostet alle Kraft. Auf dem Heimweg springen und rennen sie bergab. Das Gelände ist unwegsam. Auch hier müssen wir rennen und haben alle Mühe dran zu bleiben. Die Ziegen kennen den Weg zurück. Man könnte meinen es wäre nicht so schlimm wenn wir sie verlieren. Aber weit gefehlt. Oft schwenken die Tiere plötzlich nach links oder rechts in ein anderes Tal ab und rennen dann eben nicht nach Hause. Zwischendrin, in der Mitte des Tages geht es etwas ruhiger zu. Dann fressen sie, gehen weiter, fressen wieder. Meist sind sie, wenn auch langsamer immer in Bewegung. Es ist Winter und das Futterangebot noch nicht so groß. Es kommt auch vor, sie bleiben mal eine Stunde an einer Stelle. Dann können wir uns ausruhen, das uns mitgegebenen Vesper essen oder uns auf der Flöte versuchen. Es ist mal eine ganz andere, sehr schöne und interessante Aufgabe für uns. Noch dazu in traumhafter Landschaft mit Blick auf die hohen, schneebedeckten Gipfel der Pyrenäen.

Wir schlafen in einem großen Holztipi auf Matratzen in unseren Schlafsäcken. Das Tipi hat mehrere offene Stellen. Es ist darin genauso kalt, wenn nicht kälter wie im Zelt. Der Boden ist belegt mit dickem Staub, nicht so gut für die Atemwege. Das Tipi befindet sich ein ganzes Stück vom Wohnhaus entfernt. Einige Meter darunter das Plumpsklo im Freien, was bereits fast voll ist. Klopapier darf grundsätzlich nicht verwendet werden. Mit kaltem Wasser waschen wir uns den Po. Außer uns sind noch drei Franzosen da, die im Haus von Paul und Silke schlafen. Sie heißen Vincent (35 Jahre), Francois (28 Jahre) und Milan (21 Jahre).

Auf unsere Frage an die Drei wo man sich waschen kann kommt ein Schulterzucken. Vielleicht unten am Fluss oder draußen am Wasserschlauch meinen sie. Dem Geruch nach zu urteilen waschen sie sich nie. Wir fragen Paul und Silke noch einmal. In ihrer Stube gibt es einen Herd der immer beheizt wird. Darauf steht ein Wasserfass mit kochend heißem Wasser. Das ist eigentlich nicht für die Arbeiter gedacht. Da ich eine Frau bin, können wir die Beiden jedoch überzeugen, uns jeden Abend eine große Schüssel Wasser heraus zu geben. Ein Stück Kernseife bekommen wir auch. Die Schüssel stellen wir dann draußen auf den Hof und waschen uns beide darin in der Dunkelheit mit der Stirnlampe auf dem Kopf. Hinterher waschen wir im gleichen Wasser ein Wäschestück heraus. Und ein bissel warmes Wasser fürs Zähneputzen nehmen wir uns vorher davon ab. Früh fällt das Waschen aus und Zähne werden mit kaltem Wasser geputzt. Haare waschen wird wohl in den vier Wochen die wir hier sind gar nicht gehen. Es ist abends einfach zu kalt und bis zur Dunkelheit arbeiten wir ja. Einen Spiegel gibt es nicht und ich glaube das ist auch besser so. Heute war ich allein Ziegen hüten. Wieder acht Stunden lang. Die 2,5 Jahre alte Tschinka hat dabei wieder prima geholfen und alles klappte gut. Dirk mistet unterdessen mit den anderen drei Jungs den ganzen Tag Ziegenstall aus, eine schwere Arbeit.

Was die Verpflegung angeht leben wir sehr gesund. Es wird gegessen was der Hof hergibt, nichts ist gespritzt oder sonst irgendwie chemisch behandelt, alles wirklich Biokost. Momentan werden Möhren geerntet. Und deshalb essen wir früh, mittags und abends frische Möhren. Früh gerieben auf selbst gebackenem Brot bzw. Chapati oder als Brei zusammen mit geriebenen, eingelagerten Schrumpeläpfeln (die hätten wir früher nicht einmal den Pferden verfüttert), Heidelbeeren und Maismehl. Mittags das gleiche nur ohne Brot. Und Abends gekocht entweder mit Kartoffeln oder Kraut oder Graupen oder frischem Lauch. Manchmal gibt es früh auch selbst gemachten Ziegenkäse oder

Schinken oder auch mal ein frisches, gekochtes Hühnerei. Mit Schinken und Käse wird aber sehr sparsam umgegangen. Getrunken wird Tee (oft zweimal aufgebrüht) und Wasser. Es gibt keinerlei Fettigkeiten wie Butter, Margerine oder Öl. Keine Süßigkeiten, keinen Kuchen, keinen Alkohol. Ab und an bekommen wir aber auch mal etwas Besonderes, wie gestern Spaghettis oder heute früh Rühreier, frisch von den Hühnern. Wenn es den Frühstücksbrei gibt, heben wir immer bissel die Zähne, und dann gibt es den ja auch mittags noch und wer Ziegen hüten geht bekommt ihn mit als Vesper. Sonst bekommt der Ziegenhirte immer Reste vom Vorabend mit und muss sie dann kalt essen. Das Essen ist immer reichlich, wir werden satt, haben aber nie ein Völlegefühl. Manchmal verlangt es uns nach etwas Süßem. Aber der Ort ist sieben km entfernt. Wir arbeiten bis abends und haben uns außerdem vorgenommen auf solchen Höfen (bis auf Hundefutter) nichts zu kaufen sondern ausschließlich von dem zu leben was wir bekommen. Wann immer es geht werden Frühstück und Mittagessen draußen eingenommen. Nur wenn das Wetter ganz schlecht ist und abends essen wir drinnen im Raum der drei Jungs wo ein Ofen wärmt. Abgewaschen wird im Freien unter dem kalten Wasserschlauch und ohne Spülmittel. Teller gibt es keine, alle löffeln aus einem großen Topf. Ich grabe heute den ganzen Tag um und habe Blasen an den Händen. Für Vincent wird gerade ein Holzhäuschen gebaut, alles von Hand und ohne Maschinen, denn Vincent will für immer hier bleiben. Dabei hilft Dirk mit. Vor allem entrindet er Baumstämme und schleppt sie aus dem Wald heran, zusammen mit den Jungs. Milan ist heute dran die Ziegen zu hüten. Dabei knickt er um und verstaucht sich den Fuß..

Am nächsten Tag ist Dirk der Ziegenhirte und auch er bringt die Herde gut zurück. Ich lerne etwas ganz anderes. Nämlich Holzrücken mit dem Pferd. Vincent zeigte mir wie es gemacht wird. Dann kommt er noch einmal mit. Und danach hole ich mit der Stute Mahala die Baumstämme allein aus dem Wald. Das ist wieder eine interessante Herausforderung.

Silke und Paul sind 47 und 55 Jahre alt, nette und sehr einfache Menschen. Sie betreiben den Hof seit etwa 30 Jahren, haben sich alles von Hand und ohne Maschinen aufgebaut. Sie verachten alles was der Umwelt und Natur schadet, leben entsprechend. Ihre Ansichten sind ziemlich extrem. So verabscheuen sie Autos, Flugzeuge und Züge, Menschen welche Lebensmittel einkaufen die nicht aus der Region stammen (weil diese transportiert werden müssen und mit den Abgasen die Umwelt belastet wird). Ebenso Briefe oder Karten schreiben, denn auch die werden transportiert. Des Weiteren Energieverschwendung und alle Chemie. Auf ihrem Hof gibt es deshalb keinen Strom, somit auch keine Waschmaschine, Kühlschrank, Fernseher, Computer, kein fließend warmes Wasser. Sie verwenden außer Kernseife keinerlei Kosmetika, keine Waschmittel oder ähnliches. Klopapier wird wegen der Rodung von Wäldern nicht verwendet, ebenso wenig Tempotaschentücher usw. Wenn sie dabei auch regelrecht fanatisch sind, eigentlich haben sie recht. Würden alle Menschen so denken und leben dann gäbe es keine Umweltverschmutzung, kein Ozonloch und wahrscheinlich keinen Klimawandel. Wir haben große Achtung vor diesen Leuten. Eigentlich fahren sie nie weg. Heute allerdings macht Paul eine Ausnahme. Mit Bus und Zug fährt er nach Deutschland zu seinen Kindern (sie wollten nicht so einfach leben). Die Enkel sind vier und elf Jahre alt. Er hat sie noch nie gesehen. Sieben Tage will er bleiben. Seine Kinder leben in „normalem" Komfort. Ihm graut davor. Wir fragen uns ob er den Luxus doch insgeheim ein wenig genießen wird. Silke bleibt da, beide können sie den Hof nicht verlassen. Paul zieht in seinen alten, zerschlatzten, ungewaschenen Sachen los. Für uns wird es ein harter Tag. Es ist sehr kalt geworden und hat in der Nacht geschneit. Tagsüber schneit und weht es weiter. Das Wasser im Hundenapf gefriert binnen weniger Minuten in unserem Tipi. Das Wasser auf dem Plumpsklo auch und wir kleben bald fest. Der Po wird jetzt mit Schnee gereinigt. Abwaschen und Möhren putzen im eiskalten Wasser macht keinen Spaß mehr. Uns selbst waschen wir heute nicht, im Schneesturm haben wir keine Lust dazu. Wir frieren nachts und auch am Tage, selbst im Raum der drei Jungs. Denn der Ofen wärmt nicht gut, es zieht herein und der Ofen wird nur morgens und abends beheizt. Erst einmal soll das Wetter so bleiben, hoffentlich wird es bald wieder wärmer. Dirk geht trotzdem Ziegen hüten, bekommt eine Thermoskanne heißen Tee mit.

Es schneit und schneit und schneit. Das Wasser in den Wasserschläuchen ist gefroren. Der Bach hat jedoch noch ein paar offene Stellen. Abwasch, Wasser für die Tiere, Möhren putzen, alles ist erschwert. Aussichtslos sich selbst zu waschen, ständiges Frieren, eine schwere Zeit.

Die Tiere werden liebevoll behandelt. Die große Ziegenherde wird täglich und bei jedem Wetter gehütet. Nachts kommen sie in einen schönen Stall. Geschlachtet wird nur selten und es gibt entsprechend selten Fleisch, Wurst gar nicht und Schinken nur sehr sparsam. Pferd Mahala ist für die Holzrücke-, Lasten- und Transportarbeiten da. Sie kann sich frei im Wald bewegen, kommt wenn sie will zurück zum Stall. Im Frühling soll noch ein weiteres Pferd gekauft werden, dann ist sie nicht mehr allein. Leider wird sie nie geputzt, die Hufe nicht gepflegt und unfachmännisch verschnitten. Hühner, Gänse und Enten laufen frei umher. Für Gänse und Enten existiert ein kleiner Teich, nachts sind sie im Stall. Die drei Katzen werden gefüttert und dürfen mit ins Haus. Auch die vier Hündinnen laufen draußen frei herum und können mit ins Haus wann immer sie wollen. Sie haben ein glänzendes Fell sind allerdings viel zu dick und deshalb auch ohne Kondition. Sie bekommen abends jeweils einen riesigen Topf mit Reis, Maismehl und Hundefutter. Leider sind sie nicht kastriert und bekommen ein- bis zweimal im Jahr Welpen, die dann getötet werden.

Francois wird heute 29 Jahre alt und hat alle Leute aus diesem Tal zu einer Fete eingeladen. Keiner weiß, wie viele nun kommen. Eigens zu diesem Anlass ernten wir eine ganze Schubkarre voll Karotten. Ich gehe erst mittags mit den Ziegen raus und bin bis dahin mit Möhren Putzen und Schnippeln beschäftigt. Francois' Mutter hat ihm einen Kuchen geschickt. Davon bekommen wir zum Frühstück ein Stück ab. Abends 20 Uhr steigt dann die Fete. Es kommen gerade mal 5 Gäste. Die Karotten und der riesige Topf Kartoffeln dürften noch einige Tage reichen. Eine Ziege ist vorgestern auch geschlachtet worden und es gibt heute Ziegenfleisch dazu. Das Essen wird sogar aus Schüsseln eingenommen. Silke hat einen Apfelkuchen gebacken. Es geht uns heute also kulinarisch gut. Auch Wein und Schnaps fließen an diesem Abend. Gläser gibt es natürlich keine. Die Flaschen machen die Runde. Nach dem Essen musizieren die Jungs. Es werden Querflöte, Saxophon, Gitarre und Trommel herausgeholt. Milan spielt recht gut, hatte Musikunterricht. Bei den anderen ist es eher ein Vergewaltigen der Instrumente. Aber alle haben Spaß und das ist ja die Hauptsache. 23 Uhr ist die Fete zu Ende und alle gehen schlafen.

Benji und Julie decken wir nachts mit einer extra Decke zu, damit sie nicht frieren. Mit den vier Hündinnen verstehen sich beide gut. Benji darf den ganzen Tag frei auf dem Hof herum dämmeln, ist bei den Mahlzeiten und abends im geheizten Raum dabei. Auch Julie ist abends und zu den Mahlzeiten bei uns. Sie gewöhnt sich so prima an fremde Leute und lässt sich schon von den anderen streicheln. Ihre Angst hat sie weitgehend abgelegt. Freilaufen darf sie allerdings nur morgens und abends wenn die Hühner im Stall sind. Mit allen Tieren verträgt sie sich prima, nur bei den Hühnern sind wir uns nicht sicher und wollen kein Risiko eingehen. So muss sie oft ein paar Stunden im Tipi ausharren. Ziegen hüten dürfen beide Hunde nicht mitgehen. Für Benji wäre das Tempo zu schnell (beim Wandern mit den schweren Rucksäcken laufen wir viel langsamer) und Julie würde die Herde durcheinander bringen. Heute bekommen beide in ihr Futter Brühe mit Fleischresten von der geschlachteten Ziege.

Vincent, Francois und Milan hatten alle drei ein Studium begonnen und wieder abgebrochen. Vincent Mathematik, Milan Philosophie und Francois irgend etwas mit Wirtschaft. Sie leben sehr untypisch für junge Männer in dem Alter. Vincent mit seinen Rastalocken war schon auf mehreren Biohöfen, auf einem zwei Jahre lang. Hier jedoch ist er hängen geblieben und will er bleiben. Francois ist seit Mai hier. Für wie lange noch weiß er nicht, vielleicht für immer. Milan kommt nur ab und zu für einige Wochen auf diesen Hof, lebt sonst bei seiner Mutter. Sie arbeiten hier täglich bis zur Dunkelheit, ohne dafür Geld zu verdienen. Freie Tage gibt es nicht. Sie leben in einfachsten Verhältnissen. Inzwischen wissen wir, wie sie das mit dem Waschen machen. Es existiert eine Blechbadewanne. Aller 14 Tage bekommen sie von Silke warmes Wasser und baden dann darin nacheinander im gleichen Wasser. Ansonsten waschen sie sich nicht, jedenfalls nicht im Winter. Ihre Wäsche scheinen sie nicht zu waschen. Wir sehen keine Wäschestücke, die zum Trocknen aufgehangen werden und sie haben immer das selbe an. Auf diesem Hof leben sie fernab von Disko, Kneipe, Kino, Fernseher, Hobbys, Mädels und Komfort. Ihr einzigster Luxus ist ein kleines Radio. Sie hören klassische Musik, Blues und Jazz, achten aber streng darauf, dass das Radio zu den Mahlzeiten abgeschalten ist. Gegen 21 Uhr gehen sie meist ins Bett. Sie trinken so gut wie keinen Alkohol, nur zu besonderen Anlässen wie Francois' Geburtstag. Allerdings rauchen und kiffen sie. Milan hat eine Freundin in Toulouse. Vincent hatte mal eine Freundin, es war sogar eine Studentin aus Chemnitz in Sachsen. Jetzt ist er solo, genau wie Francois. Hier besteht ja wohl keine Möglichkeit, Frauen kennenzulernen, höchstens mal eine WWOOFerin. Dabei sehen alle drei recht gut aus, das heißt wenn man sie sich gewaschen und gepflegt vorstellt. Wir wundern uns sehr was die Drei dazu veranlasst, freiwillig ein solches Leben zu führen. Jedenfalls machen sie einen sehr zufriedenen Eindruck. Mit den Tieren gehen sie liebevoll um. Auch wenn wir kein französisch sprechen verstehen wir uns gut mit ihnen. Sie sprechen etwas englisch. Vorgestern durften wir von der Badewanne auch Gebrauch machen und sie sogar in die beheizte Stube von Silke stellen. So konnten wir uns doch mal die Haare waschen. Das ging aber nur weil Paul gerade nicht da ist. Von Paul wissen wir, dass es in Frankreich dreimal so viel Sozialhilfe gibt wie in Deutschland. Wir haben keine Ahnung ob Vincent, Milan und Francois irgendwelches Geld von Ämtern bekommen. Glauben aber eher, sie verzichten darauf weil sie dieses Leben hier leben wollen.

In der ersten Woche auf dem Hof arbeiten wir an sieben Tagen, danach boxen wir einen freien Tag pro Woche durch. 07:30 Uhr klingelt unser Wecker. Wir bürsten Benji und Julie, geben den Ziegen Heu, Mahala Heu, Kraftfutter und Wasser. 08:30 Uhr treffen wir uns zum Frühstück. Das heißt, vorher müssen noch Möhren geputzt und gerieben werden. Erst 10 Uhr beginnt die eigentliche Arbeit. Normalerweise ist abwechselnd jeder mal mit dem Ziegen Hüten dran. Francois hat regelrechten Horror davor und auch Milan macht es nicht gern. Vincent zwar schon, aber er ist zur Zeit mehr an seinem Hausbau interessiert. Da wir gern Ziegen hüten, wechseln sich Dirk und ich nun einen Tag um den anderen damit ab. Der jeweils andere von uns erledigt Holzrücke- oder Transportarbeiten mit dem Pferd Mahala, sägt und hackt Holz, erntet und putzt Gemüse, gräbt um oder hilft bei Vincents Hausbau, je nach Wetter. Mittagspause ist gegen 15 Uhr. Natürlich vorher wieder Karotten raspeln. Der Ziegenhirte pausiert wenn die Ziegen Pause machen. Dann geht es weiter bis zur Dunkelheit. Gegen 20 Uhr essen wir Abendbrot. Danach waschen wir uns in der Schüssel oder auch nicht, je nach Wetter. Gegen 21 Uhr geht es ins Bett. Vincent hat mir seine kleine Wärmflasche geborgt. Das ist schön, so sind meine Füße nicht mehr kalt in der Nacht. Montags und freitags müssen Ziege Nummer 16 und 18 gemolken werden. Das ist mein Part. Eigentlich haben die Ziegen alle Namen. Noch können wir uns nicht alle merken. Die anderen Ziegen werden zur Zeit nicht gemolken da sie alle trächtig sind.

Einen Unterschied zwischen Sonntag und den anderen Tagen können wir nicht feststellen. Alles läuft wie immer ab, auch was das Essen an geht.

Nach einer Woche in Deutschland kam Paul gestern Abend zurück. „Ich bin so,so froh wieder da zu sein, das könnt Ihr Euch gar nicht vorstellen", sagt er. Der Überfluss in den Wohnungen seiner Kinder und in den Läden haben ihn erschlagen. Der meistens laufende Fernseher, der jegliches Gespräch kaputt macht, ermüdete und verärgerte ihn. Letzteres können wir gut verstehen, denn auch wir finden ständig laufende Fernseher überaus geschmacklos und hatten früher selbst keinen Fernseher. Pauls Enkel haben gesagt „Der Opa stinkt" und das wäre noch das Wenigste gewesen. Pauls Familie hat wenig Verständnis für das Leben was er führt und Paul hat wenig Verständnis für das Leben was seine Familie führt. Na ja, Pauls Rückkehr wurde gestern Abend jedenfalls gefeiert wie ein kleines Fest. An die abendliche Gemüsesuppe kamen sogar Zwiebeln ran. Wein machte die Runde und Instrumente wurden herausgeholt. Vincent, Francois und Milan schauen zu Paul empor wie zu einem Guru. Ihre Augen leuchten richtig. Wie kleine Jungs deren Vater lange Zeit weg war erzählen sie Paul jede Einzelheit, die sich in seiner Abwesenheit zugetragen hat, einschließlich jeder noch so kleinen Meinungsverschiedenheit untereinander.

Wir schreiben den 02.02.2011. Heute vor einem Jahr sind wir zu unserer großen Reise aufgebrochen. Wie doch die Zeit vergeht und was wir so alles erlebt haben. Hier auf dem Hof sind heute kalte -7 Grad. Nachts schlafen wir in voller Montur und mit Mütze.

Anfang der folgenden Woche haben wir nachts nach wie vor Frost. Aber tagsüber ist es in den letzten Tagen so warm geworden, dass wir kurzämelig gehen können und die Sonne strahlt herrlich. Einen Nachteil hat das aber auch. Wenn es so warm ist wird der Ofen nicht geheizt und wir bekommen kein warmes Wasser für unsere abendliche Waschschüssel. Die Hühner legen keine oder nur wenige Eier wenn es kalt ist. Jetzt aber sind sie fleißig am Legen und wir bekommen ab und an ein gekochtes Ei oder gebratene Eier zum Frühstück. Vorgestern Abend gab es gebratene Forellen, die Silke und Paul von einem Markt geholt haben. Eine leckere Abwechslung. Unser Tee ist nicht Bio, sondern ganz normale Teebeutel. Ein Teebeutel in einer großen Kanne muss für sieben Personen reichen und wird am nächsten Tag noch einmal aufgebrüht.

Vincents Geburtstag läuft ähnlich ab wie der von Francois. Nur, es kommen 25 Gäste und die passen kaum in den engen Raum hinein. Wieder gibt es selbst gebackenen Kuchen, reichlich Möhren und Kartoffeln werden zubereitet und eine Ziege wurde geschlachtet, deren gegrilltes Fleisch heute aufgegessen wird. Die Ziege tut uns leid, aber es ist nun einmal so, gehört dazu auf so einem Hof. Dirk hat ihr Fleisch zubereitet. Natürlich erklingen die Instrumente und die Feier geht dieses Mal bis weit in die Nacht hinein. Wir verziehen uns 22:30 Uhr, als die meisten schon zu viel Alkohol getrunken haben und die Atmosphäre für uns nicht mehr schön ist.

An unserem letzten Tag hier geben uns Paul und Silke frei. Wir ordnen unsere Sachen, sonnen uns und gehen mit den Hunden spazieren. Lediglich Mahala versorgen wir an diesem Tag. Zum Frühstuck gibt es Spiegeleier und Honig, den Vincent zum Geburtstag geschenkt bekam. Die Blechbadewanne holen wir in unser Tipi. Dann machen wir zwei große Töpfe auf einer Feuerstelle heiß und baden noch einmal.

Am 14.02. verlassen wir den Hof. Ein letztes Mal essen wir zum Frühstück frische Karotten auf Brot. Der Abschied ist herzlich. Wir sind jeder Zeit wieder willkommen, sagen uns Silke und Paul. Paul hatte die letzten Tage mehrfach Andeutungen gemacht, dass wir doch ganz oder wenigstens länger bleiben sollen. Er ist mit unserer Arbeit zufrieden und kann Leute wie uns gebrauchen. Aber uns zieht es weiter. Zum Abschied schenken uns die zwei einen großen, runden, harten Ziegenkäse. Und wir dürfen so viele Karotten und Kartoffeln mitnehmen wie wir tragen können. Somit sind unsere Abendbrote für die nächsten Tage gesichert bevor wir wieder zu Nudeln mit Ketchup übergehen. Wir laufen nach Massat und drei km weiter bis zum kleinen Ort Biert. Da heute Valentinstag ist, gönnen wir uns dort ein Zimmer in einer Pension bei einer sehr netten, englischen Familie. Im Preis inbegriffen ist das Frühstück. Es ist ein hübsches, sauberes, geschmackvoll eingerichtetes Zimmer. Wir genießen die heiße Dusche und das saubere Bett. Michael, der Besitzer, lädt uns gleich zu einem Tee mit Milch ein. Er spricht gut deutsch, war schon in Kuba, Nepal und lebte ein Jahr lang in Indien. Seine Frau ist Lehrerin in England gewesen. Nun sind sie seit einem Jahr hier hängen geblieben, haben sich die Pension aufgebaut. Von Biert aus spazieren wir mit den Hunden zu einer großen Höhle, in welcher wir viele Fledermäuse verschiedener Arten beobachten können.

3. Kapitel
Französische Gastfreundschaft

Der Käse von Paul und Silke ist innen leider total verschimmelt, schade. Unser Frühstück in der Pension dafür aber köstlich. Erst 13 Uhr brechen wir auf in Richtung unserem Wanderweg. Wir versuchen es per Anhalter, das soll in Frankreich recht gut funktionieren. Aber auch mit zwei Hunden? Wir müssen bis Carcassonne, wo wir wieder auf unseren Wanderweg treffen werden. Es ist ein weiter Weg. Mal sehen wie lange wir dafür brauchen. Erst einmal stehen wir nur 10 Min. Dann hält ein junger Mann im Lieferwagen an und nimmt uns mit bis St.Girons (36 km). Dort stellen wir uns vor einem Fruchthandel auf. Ein Mann mit Fahrrad winkt uns heran und zeigt uns Mülltonnen hinter dem Fruchthandel. Darin befinden sich Bananen mit nur leichten braunen Stellen. Er nimmt sich welche mit und wir tun es ihm gleich. Unser Vitaminbedarf ist also gedeckt für heute, die Bananen sind innen einwandfrei. Dann hält ein Forstarbeiter an. Er hat nur Platz für einen von uns. Also fahren ich und Benji mit bis Foix (ca. 45 km) und warten dort am Ortseingang auf Dirk und Julie. Er hat das Zelt, hoffentlich nimmt ihn jemand mit. Der Forstarbeiter zeigt mir seinen Garten kurz nach dem Ortseingang. Dort dürfen wir unser Zelt aufstellen in dieser Nacht. Doch ich warte und warte, Dirk kommt nicht. Als es dunkel ist, werde ich langsam unruhig. Ich gehe mir den Garten ansehen und finde einen Unterstand. Dort will ich schlafen, falls Dirk nicht auftaucht. Dann hefte ich einen Zettel ans Ortseingangsschild, laufe in die Stadt und esse wenigstens erst einmal einen Döner. Unsere Lebensmittel und den Kocher hat Dirk bei sich. Das Hundefutter habe ich. Als ich zurück laufe kommt mir Dirk entgegen. Nach langem Warten hat ihn ein Paar mitgenommen. Ich atme auf und wir schlafen gemeinsam in dem Unterstand. Vorher aber holen wir auch für Dirk noch einen Döner.

Wir lassen die Rucksäcke in dem Unterstand stehen, bummeln durch die Stadt und schauen uns die Burg von Foix an. Danach stellen wir uns wieder an die Straße. Nach ca. 45 Min. hält ein junger Mann an und nimmt uns 55 km mit. Fred erzählt uns stolz, dass er vor zwei Tagen Papa geworden ist. An einer Kaufhalle hält er an, holt Starkbier und gibt jedem von uns eine Dose aus. Er selbst trinkt während der Fahrt drei Dosen davon, was uns ein mulmiges Gefühl verschafft. Wir sind froh, als wir wieder aussteigen können. Nach ca. einer Stunde Warten nimmt uns eine nette Frau bis zu unserem Ziel, der 111 m hoch gelegenen Stadt Carcassonne, mit. 16 Uhr sind wir da. In Carcassonne befindet sich Europas größte Festung. Da es keinen Eintritt kostet besichtigen wir dieses sehr beeindruckende Bauwerk. Außerdem überqueren wir den 237 km langen Canal du Midi, der Atlantik und Mittelmeer verbindet. Um uns herum ist Frühling. Schneeglöckchen, Narzissen und Mandelbäume blühen wunderschön. Wir zelten auf einer Wiese mit Blick auf die nachts beleuchtete Festung. Es stehen noch weitere vier Zelte auf dieser Wiese, allerdings sehen wir deren Bewohner nicht.

Wir befinden uns nun wieder auf unserem Wanderweg. Dirk geht es schon seit drei Tagen nicht gut. Eine starke Erkältung mit Fieber hat ihn erwischt. Gestern regnete es ab Mittag in Strömen. Unsere Sachen sind nass, besonders Dirks Schuhe, die kaputt und undicht sind. Auch heute plätschert der Regen auf unser Zelt. Wir laufen nicht weiter, bleiben im Zelt, welches wir am Canal du Midi aufgestellt haben. Dirk soll seine Erkältung ein wenig auskurieren, denn mit einer verschleppten Grippe ist nicht zu spaßen. Er schläft und trinkt heißen Tee. Ich gehe mit den Hunden spazieren und erkunde die Gegend. Dirk hat mir vor zwei Jahren zum Geburtstag einen Gutschein für einen Frisörbesuch geschenkt, den ich einlösen wollte wenn wir unterwegs sind. Das Geld ist immer noch vorhanden. Da hier in der Nähe ein Frisör ist, löse ich es heute ein, lasse meine Haare waschen, färben, schneiden und föhnen.

Es regnet nicht mehr. Dirk geht es immer noch schlecht, doch er will weiter. Wir laufen durch Weinanbaugebiete und an vielen blühenden Mandelbäumen vorbei. Dirk ist total geschwächt, wir müssen alle 45 Min. Pause machen. 16 Uhr geben wir auf und errichten unser Zelt in einem Wäldchen, nach dem Ort Conques sur Orbiel.

Endlich geht es Dirk wieder besser, obwohl das Wetter nicht gerade gut für seine Genesung ist. Seit drei Tagen regnet es mehr oder weniger in Strömen. Wieder einmal sind all unsere Sachen nass. Dazu kommt ein kalter Wind und Nebel, ein ungemütliches Wanderwetter. Das Zelt bauen wir im Regen auf und wieder ab. Gestern sind wir über den 1211 m hohen Berg Pic de Nore gelaufen. Die eigentlich schöne Aussicht konnten wir wegen Nebel nicht genießen. Unser Wanderweg ist in Frankreich gut gekennzeichnet, auch in den Ortschaften. Allerdings nicht als E 4, sondern jeweils als der regionale Wanderweg, mit welchem der E 4 gleich verläuft. So sind wir bis jetzt dem GR 36 gefolgt. Nach dem Pic de Nore wechselt unser Weg auf den GR 7. So weit, so gut. Wir sind nun weiter auf dem GR 7 gelaufen. Heute in der Stadt Mazamet merken wir, dass es 15 km in die falsche Richtung waren. In Mazamet zelten wir direkt am Weg neben einem Gewerbegebiet.

In Frankreich ist das freie Zelten erlaubt, selbst in Naturparks, wo auf Schildern viele Verbote aufgezeichnet sind, steht nichts vom Verbot des Zeltens. Zwar versuchen wir trotzdem unser Zelt möglichst bissel versteckt aufzustellen, aber es ist auch neben dem Weg oder in einem Park kein Problem. Die Leute grüßen meist freundlich und verwickeln uns in Gespräche. Heute früh klopft es an unser Zelt und ein Mann ruft etwas. Wir denken schon es gibt doch Ärger. Aber er erkundigt sich nur ob alles o.k. ist. Ein anderer Mann grüßt freundlich als wir gerade das Zelt abbauen. Er kommt nach wenigen Minuten zurück und schenkt uns frische, gefüllte Croissants. Wir freuen uns. Dann stellen wir uns an die Straße und wollen die Strecke zurück trampen, die wir verkehrt gelaufen sind. Wir stehen nur wenige Minuten, dann nimmt uns ein netter, junger Mann mit. Wir glauben es kaum, aber alles passt in sein kleines Auto rein. Er fährt bis Lodéve. Dort führt unser Wanderweg durch. Die 165 m hoch gelegene alte Bischofsstadt liegt weiter weg als wir eigentlich wollen. Wir fahren trotzdem bis dorthin mit und lassen damit ca. 50 km Wanderweg aus. In Lodéve lacht die Sonne und es ist wärmer, wie schön. Wir bummeln durch die Stadt und zelten dann oberhalb davon auf einer Wiese.

Nach gerade mal ca. 3 km Laufen begegnen wir einer älteren Dame mit Hund. Wie so viele Leute fragt auch sie uns nach dem Woher und Wohin. Es stellt sich heraus, dass sie Deutsche ist und mit ihrem Lebensgefährten Eckerhard seit 20 Jahren hier lebt. Spontan lädt sie uns zum Mittagessen ein. Vor dem Essen dürfen wir noch duschen, bekommen Duschgel, Haarwaschmittel und frische Handtücher. Wir quatschen lange miteinander. Michelle ist schon über 80 Jahre alt, in Hanoi (Vietnam) geboren, lebte dann in Berlin und jetzt hier. Eckerhard ist 71 Jahre alt und hatte, bevor sie nach Frankreich zogen, ein Busunternehmen in Berlin. Ein paar Jahre lebte er in Kelbra (Thüringen), unweit von Dirks Geburtsort Bad Frankenhausen. Die zwei sind sehr liebenswürdig, mit einem hohen Allgemeinwissen. Es läßt sich gut mit ihnen unterhalten. Sie besitzen ein großes Wohnmobil, womit sie Frankreich erkunden. Als wir 15 Uhr weiter wollen, macht uns Ecki den Vorschlag, heute in seinem Wohnmobil zu übernachten. So ein Angebot schlagen wir nicht ab und beziehen das schöne, geräumige Gefährt. Außerdem dürfen wir die Waschmaschine des Paares benutzen (waschen allerdings nur Unterwäsche, Socken und T-Shirts, weil die anderen Sachen bis morgen nicht trocknen). Michelle gibt mir ein Buch zum Lesen für die Reise mit und Hundefutter für Benji und Julie. Dann gehen wir mit den Hunden spazieren und 19 Uhr sollen wir zum Abendbrot erscheinen. Am liebsten würde Michelle noch Pullover für mich herauskramen, aber so viele Dinge passen nicht in den Rucksack. Wir sind wieder einmal gerührt von so viel Herzlichkeit uns gegenüber, obwohl wir für sie wildfremde Menschen sind.

Nachdem wir Ecki und Michelle verlassen haben und 22 km weiter gelaufen sind, kommen wir mit einem Motocrossfahrer ins Gespräch. Er erzählt uns, dass er ein an unserer Wegstrecke gelegenes Haus hat. Es ist 7 km entfernt. Er lädt uns ein, heute Nacht dort zu schlafen. Mann, haben wir ein Glück. Er düst mit seiner Crossmaschine ab und wir laufen weiter. Auf halber Strecke kommt er uns mit dem Auto entgegen und nimmt uns mit. Sein Haus ist bissel chaotisch, eine typische Junggesellenbude. Aber auch hier dürfen wir duschen, bekommen ein Zimmer mit Bett, Radio, Ofen und Spüle. Außerdem bringt uns Francois noch Lauch, Nudeln und Yogurt, woraus wir uns ein Abendbrot bereiten können. Sein Haus will Francois verkaufen und nach Portugal ziehen. Er malt, überall stehen und liegen von ihm gemalte, recht seltsame, befremdliche Bilder herum. Aber auch vergammelte

Lebensmittelreste, viel Staub und Müll sind vorhanden. Was solls, das Bett, auf welches wir unsere Schlafsäcke legen, ist weich und einigermaßen sauber, die Dusche warm, draußen stürmt es heute kräftig. Da das Klo kaputt ist, müssen wir unsere großen und kleinen Geschäfte allerdings draußen erledigen. Francois bietet uns an, das ganze Wochenende bei ihm zu bleiben. Wir überlegen erst, entscheiden uns dann aber doch weiterzugehen.

Zum Frühstück haben wir eine neue Abwechslung für uns entdeckt, Polenta. Das ist ein Maismehl, welches es für ca. 1,50 Euro zu kaufen gibt. Eine Tüte langt zwei Tage. Mit heißem Wasser (wenn man hat auch Milch) ergibt es einen nahrhaften Frühstücksbrei. Auf dem Biohof haben wir zwar immer die Zähne gehoben wenn es den ab und an mal gab, aber dort wurden ja auch Karotten, vergammelte Äpfel und vergammelte rote Beete darunter gemischt. Ohne diese Dinge schmeckt die Polenta eigentlich gar nicht so schlecht. Und je nach Jahreszeit könnte man ja auch Mandeln, Nüsse oder Früchte rein mischen. Falls vorhanden auch Zucker oder Nugatcreme. Jetzt essen wir sie erst einmal nur mit Wasser. Ist auch in Ordnung. Francois schläft lange. Wir haben schon gefrühstückt und unsere Rucksäcke sind startklar als er freudestrahlend hereinkommt. Er bringt uns Reis für heute Abend, Eier und Brot für morgen früh. Er geht ganz selbstverständlich davon aus, dass wir übers Wochenende hier bleiben. Wir schauen uns an, was machen wir jetzt? Man soll die Feste feiern wie sie fallen und alles nicht so verbissen sehen. Also bleiben wir. Der 49 Jahre alte Francois kauft grundsätzlich nur Biosachen ein, er trinkt keinen Alkohol und raucht nicht. Extra wegen uns ist er heute 15 km bis zum nächsten Laden gefahren. Nachmittags bringt er uns von dort Biotagliatelle, Yogitee, Thunfisch aus der Dose, Äpfel, teures Biobrot und Rosinen. Auch wenn so viele vergammelte Lebensmittel überall herumliegen, diese Dinge sind einwandfrei. Er will kein Geld dafür. Seine Waschmaschine dürfen wir auch benutzen. Er sagt dass er sich freut, uns helfen zu können. An einem anderen Ort auf der Welt wird dann auch ihm irgendwann geholfen werden. So ist seine Einstellung. Wir sind beeindruckt.

Sonntag wandern wir von Francois aus ohne Rucksäcke 26 km. Und zwar jeweils 13 km hin und zurück bis zum Cirque de Navacelles. Das ist eine Art riesiger Trichter aus Felsen. Unten am Grund des Trichters befindet sich der kleine Ort Navacelles und ein kegelförmiges Felsgebilde. Das Ganze entstand durch die Kraft des Flusses LaVis und sieht phantastisch aus. Unser E 4-Weg führt ebenfalls dort hin. Da wir dieses Stück nun schon abgewandert haben, wollen wir morgen wieder ein Stückel trampen. Francois verwöhnt uns weiter, bringt Biohonig zum Frühstück, eine ganze Packung schwarzen Tee und irgendwelche proteinhaltigen Algen, die sehr gesund und energiespendend sein sollen zum Mitnehmen für morgen. Wir haben den Eindruck, er denkt ständig darüber nach, mit was er uns noch eine Freude machen könnte. Ein ganz lieber Mensch.

Am Montag schlägt uns Francois vor, noch eine ganze weitere Woche bei ihm zu bleiben. Wir wollen seine Gastfreundschaft jedoch nicht übermäßig strapazieren und lehnen ab. Nachdem wir ihm erzählt haben, dass wir heute bis zum Ort Le Vigan trampen wollen meint er: „Da fahre ich morgen hin." Wir sollen wenigstens bis morgen bleiben und er kann uns dann in seinem Auto mitnehmen. Also gut, bleiben wir einen weiteren Tag. Als Dankeschön helfen wir Francois heute Holz aus dem Wald heran zu schaffen. Bei den Arbeiten im Wald fragt er uns ständig, ob uns denn das auch nicht zu viel wird und wir lieber erst einmal was essen wollen. Bissel unheimlich ist es uns bei Francois vom ersten Tag an allerdings auch. Überall in seinem Haus sowie in und an seinem Auto befinden sich seltsamste Zeichnungen, Zeichen, Bilder und Bücher. Abgebildet sind abgetrennte Gliedmaßen, kuriose Sex- und eigentümliche Gewaltdarstellungen. Im Gegensatz dazu stehen aber wieder Bilder von Gemälden großer Meister. Francois selbst ist zwar sehr, sehr nett, gastfreundschaftlich und großzügig, doch von seiner Art her ebenfalls seltsam. Beruf hat er keinen, versucht seine gemalten Bilder zu verkaufen, bekommt sie aber nicht los. Seine Vorliebe für klassische Musik passt nicht zu dem sonstigen Umfeld hier. Anfangs, am ersten Tag, war es für mich so beängstigend in diesem Haus, dass ich am liebsten gleich wieder gegangen wäre. Ich hab mir ausgemalt wie wir ein Schlafmittel eingeflößt bekommen und dann gefesselt aufwachen. Und ich mochte mir nicht vorstellen was dann alles mit uns passieren könnte. Jedoch sind meine Ängste offenbar unbegründet und Francois scheint harmlos zu sein.

Es ist der 01. März. In der Nacht gab es Frost. Und prompt fragt uns Francois, ob wir in Anbetracht der Kälte nicht doch noch länger bleiben wollen. Aber nein, uns zieht es nun weiter. Francois nimmt uns in seinem Auto bis zur hübschen Kleinstadt Le Vigan mit. Nachdem wir uns die Stadt besehen haben, zelten wir oberhalb davon. Benji ist nun 16 Jahre alt geworden. Wir sind stolz darauf, dass er immer noch so fit ist.

Von ca. 300 m Höhe in La Vigan sind wir gestern und heute bis auf den 1565 m hohen, aussichtsreichen Berg Mont Aigoual aufgestiegen. Dabei passierten wir den kleinen Ort Aula und den Skiurlauberort L'Espérou. Von 20 Grad plus unten in La Vigan änderten sich die Temperaturen auf Minusgrade und Schnee. In einem Skigebiet herrscht reger Ski-und Rodelbetrieb. Wir befinden uns nun in dem Nationalpark der Cévennen. In den Naturparks ist das freie Zelten erlaubt, hier im Nationalpark nicht. Wir müssen das Zelt also versteckt aufbauen.

Wir laufen bis zur Stadt Les Vans. Von da aus führt unser Weg nun zwischen wunderschönen zerklüfteten Felsen hindurch und oberhalb des von diesen Felsen eingebetteten Flusses Chassezac entlang. Wir sind jetzt im Ardèche-Tal.

Zum Faschingsdienstag gönnen wir uns Pfannkuchen mit Kakao. Die Pfannkuchen sind in Frankreich nicht mit Marmelade sondern mit reichlich Schokolade gefüllt. Zum Schlafen finden wir eine unverschlossene Jagdhütte.

Der Weg führt uns am Fluss Ardèche entlang und vorbei am

bekannten Felsentor „Le Pont d'Arc", welches der Fluss durchspült hat. Einst machte er einen Bogen um den Felsen bis er diesen irgendwann durchbrach. Wir zelten auf einem geschlossenen Campingplatz.

Als einer der schönsten Orte Frankreichs ausgezeichnet ist Aigueze, durch den wir heute wandern. Aber auch Saint-Martin d'Ardèche ist wunderschön.

Wir kommen zu der hübschen, an der Rhone gelegenen Kleinstadt Viviers und besichtigen die dortige Kathedrale Saint Vincent. Es ist die kleinste Kathedrale Frankreichs in der noch Gottesdienst abgehalten wird. Kirchen besuchen wir wann immer es sich ergibt. In Frankreich sind die meisten offen und es erklingt im Inneren wunderschöne, gedämpfte Kirchenmusik. Wir finden das toll. Nach einem Spaziergang durch Viviers überqueren wir die Rhone und verlassen damit die Ardèche Region. Nun befinden wir uns in der Drome-Region. Wieder einmal kommen wir heute in den Genuss französischer Gastfreundschaft. In Viviers schenkt uns ein Mann frische, schokogefüllte Croissants. Ein wenig später werden wir von einer Zigeunerfamilie zu Salat, Baguettes, Wein und Mineralwasser eingeladen. Die Leute erzählen uns, dass sie Zigeuner sind. Wir selbst hätten das nicht bemerkt. Die Zigeuner, welchen wir bisher in den verschiedenen Ländern begegnet sind, waren immer freundlich und hilfsbereit. Sie fielen aber auch durch ihr ungepflegtes Äußeres und bergeweise Müll in und um ihre Behausungen herum auf, sowie ihre vielen, verwahrlosten Hunde. Diese Zigeuner hier leben zwar auch in Großfamilien und in sehr einfachen Verhältnissen. Sie bewohnen eine Wagenburg von Campingwagen und selbstgebauten, kleinen Holzhütten. Aber sie selbst und auch das Umfeld ihrer Behausungen sind sauber und ordentlich, ihre Hunde gepflegt. Unser Gastgeber macht sehr schöne Korbflechtearbeiten und verkauft sie danach auf den Märkten. Stolz zeigt er uns seine gut gearbeiteten Stücke. Beim Abschied geben sie uns ihre Adresse. Wir sollen ihnen mal eine Karte schreiben. Das werden wir tun.

Wir zelten heute nicht weit von einer vielbefahrenen Zugstrecke, auf der Hochgeschwindigkeitszüge fahren. Es klingt jedes Mal als ob ein Düsenflugzeug abstürzt.

Der Weg führt uns zum Kloster „Abbaye d' Aiguebelle". Wir besichtigen es und wohnen einer heiligen Messe bei. Es ist sehr interessant und ganz anders als bei den uns gewohnten Gottesdiensten. Die Basilika duftet dabei nach Weihrauch. In einem eigenen Geschäft verkaufen die Mönche selbst hergestellte Waren.

Beim Weiterwandern sehen wir viele Prozessionsraupen. Sie heißen so weil sie, wie in einer Prozession, in langen Reihen dicht hintereinander her laufen. Sowohl sie selbst als auch ihre Nester sind giftig. Berührungen damit rufen starke Verätzungen hervor, durch das Eiweißgift Thaumatopoein in ihren Brennhaaren. Im Lobopark (Spanien) ist mal ein Hund gestorben, weil er in ein Prozessionsraupennest gebissen hatte. Maul und Rachen waren verätzt, der Hund konnte nicht mehr gerettet werden. Aber selbst wenn man weder Raupen noch Nest berührt, kann es zu schlimmen Ausschlägen kommen, denn die Brennhaare werden vom Wind verweht und die Raupen können sie sogar in Richtung ihrer Feinde verschießen. Die Nester hängen an Nadelbäumen, vor allem Pinien und Kiefern, und sehen aus wie aus dichten Spinnweben gemachte Bälle. Wir sahen bereits in Spanien viele davon und jetzt in Frankreich wieder.

In den letzten drei Tagen haben wir ein Traumwetter, Sonne, warm und fast windstill. Heute geht es wieder in die Berge, auf 1300 m hoch. Wir genießen herrliche Aussichten bis zu den schneebedeckten Gipfeln der Alpen. Kurz vor dem an der Drome gelegenen Ort Saillans zelten wir mit Blick auf die Felsen des Bergmassives „Les Trois Becs". Diese drei Berge sind zwischen 1545 und 1589 m hoch. Im Wald blühen jede Menge wilde Primeln und Krokusse.

Heute früh bricht mir ein größeres Stück Backenzahn heraus. Außerdem geben sowohl der Reißverschluss unseres Innen- wie auch Außenzeltes entgültig den Geist auf. Bevor wir zu unserer großen Reise aufgebrochen sind hatten wir uns ein teures Zelt gekauft. Da es nun unser überwiegendes zu Hause ist, sollte es von guter Qualität sein und möglichst lange halten. Aber die Zelte sind wohl alle nicht für den ständigen Gebrauch und tägliches Auf -und Abbauen gedacht. Das Zeltgestänge ist bereits mehrmahls gebrochen. Mit Hülsen hatten wir es immer wieder geflickt. Kleine Löcher klebten wir mit Klebeband zu, die Zelthülle ist zerrissen und seit der langen Regenzeit in Spanien ist das Zelt nicht mehr dicht. Deshalb spannen wir bei Regen immer zusätzlich eine Plane darüber und legen eine weitere Plane ins Zeltinnere. Die beiden Reißverschlüsse von Innen- und Außenzelt muckern schon lange. Bisher brachten wir sie jedoch letztendlich immer wieder zum Schließen. Nun aber schließen sie beide gar nicht mehr. So ein Mist. Unsere Gaspatrone ist auch fast alle und kein größerer Ort in Sicht wo wir eine kaufen könnten. Wenn wir etwas Warmes essen oder trinken wollen, so müssen wir Feuer machen, was ja eigentlich verboten ist. Es läuft heute also nicht ganz so wie wir es gern hätten. Doch wenigstens lacht die Sonne nach wie vor und das Traumwetter hält an.

9 herrliche Sonnentage liegen hinter uns. Na, ewig kann das nicht so weiter gehen. Heute regnet es den ganzen Tag. Letzte Nacht haben wir in einem Flusstal auf einer Wiese gezeltet. Beidseitig ragen hohe Felsen empor. Von 358 m Höhe geht es nun wieder hoch bis auf 1146 m und da oben liegt noch Schnee. Unterwegs sehen wir Muffelwild und Rehe. Wir zelten auf über 1000 m Höhe und ich krame meinen Rollkragenpullover zum Schlafen wieder hervor. Wir befinden uns jetzt im Naturpark Vercors.

„Attention passage delicat" steht neben unserem Wanderschild. Und die Passage wird wirklich delikat. Ein ganz schmaler Pfad führt steil bergab. Rechts von uns hohe Felsen, links der Abgrund. Die Steine auf dem Weg sind auf Grund des gestrigen Regens glatt und schlüpfrig. Darüber liegt oft Laub, so dass die glatten Steine nicht zu sehen sind. Und dann erschweren noch umgefallene, über dem Weg liegende Bäume und Sträucher das Weiterkommen. Das

Ganze geht mächtig über die Knie. Aber der Blick nach unten ins Tal und nach oben zu den Felsen hinauf ist grandios. Es regnet nicht mehr. Unten im Tal scheint die Sonne und nach oben steigt der Nebel auf. Wir kommen wieder hinunter bis auf 211 m Höhe zum Ort Pont en Royans. Es ist ein wunderschöner, in der Felsschlucht, an einem Fluss gelegener Ort. Die Häuser wurden teilweise auf Felsen gebaut. Wir machen viele schöne Fotos. Doch am Abend bemerken wir, unser Fotoapparat ist weg. Irgendwo müssen wir ihn liegen gelassen oder verloren haben. Es war eine gute Digitalkamera. Wir laufen zurück bis zu dem Punkt, an dem wir die Kamera noch hatten. Das war im Ort Pont en Royans, nicht weit weg. Aber die Kamera ist unauffindbar. Sicher hat sie jemand gefunden. Er kann damit ohne Ladegerät jedoch nichts anfangen. So ein Mist. Das ärgert uns schon sehr. Sowohl im Touristenbüro als auch im Rathaus hinterlassen wir unsere Adresse.

Wir haben Anfang April, nach dem wir die Orte Choranche, Rencurel, Autrans und St. Nizier du-Moucherotte hinter uns gelassen haben und durch ein schluchtenreiches Gebiet gekommen sind, wandern wir nun in das prachtvoll an der Isere situierte Grenoble. Von oben schauen wir auf die große Stadt herab. Direkt hinter Grenoble erheben sich die 2000 bis 3000 m hohen, zur Hälfte schneebedeckten Berge des Vercorgebirges. (Vorgebirge der Alpen) Bei strahlendem Sonnenschein ist die Sicht grandios. Wie schade, dass wir keinen Fotoapparat mehr haben. In Grenoble herrschen sommerlich warme Temperaturen (28 Grad). Wir sehen die ersten Touristen mit Sonnenbrand. Wir laufen an einem Wochenmarkt vorbei der gerade zu Ende ist. Die Händler bauen ab und auf dem Boden rollen allerlei Früchte herum. Leute stehen schon bereit, lesen die leicht angeschlagenen Früchte auf und packen sie in ihre Körbe. Auch wir nehmen ein paar Orangen und eine Honigmelone mit. Unterwegs bekommen wir von einer netten Frau selbstgemachte Johannisbeermarmelade und Walnüsse geschenkt.

4. Kapitel
Reiseunterbrechung

Wir unterbrechen unsere Reise, da wir in Deutschland einige Dinge erledigen müssen. Als erstes möchten wir Ostern mit der Familie verbringen. Deshalb versuchen wir nun, nach Deutschland zurück zu trampen. Wir marschieren zur Autobahnauffahrt. Blöderweise stehen dort bereits zwei Tramper. Aber nicht so schlimm, der erste wird bald mitgenommen. Kurz darauf hält auch für den zweiten ein Auto. Es hat so viel Platz, dass wir ebenfalls mit rein passen. Es sind zwar nur 10 km die wir weiter kommen, doch nun stehen wir günstig an einer Mautstelle. Unser Mittramper will in die Schweiz. Er gibt uns ein Stück Pappe, worauf wir unser nächstes Ziel schreiben sollen. Ja, er hat Recht, das ist besser so.

Wir fangen gerade an mit großen Buchstaben Lyon auf die Pappe zu malen und winken noch nicht einmal, da hält schon wieder ein Auto an. Auch unser Schweizer wird kurz vor uns mit genommen. Wir fahren nun bei einem netten, jungen Kerl ca. 250 km bis weit nach Lyon mit. Er gibt uns noch geräucherte Rippchen und frisches Brot mit auf den Weg. In der Nähe der „Senfstadt" Dijon zelten wir im Wald.

Wieder stellen wir uns an einer Autobahnmautstelle auf. Diesmal haben wir nicht ganz so viel Glück wie gestern. Wir stehen vier Stunden bevor uns ein Mann nur 20 km bis nach Dole mit nimmt. Und vorher kommt noch die Polizei. Unsere Reisepässe werden überprüft. Die Beamten klären uns auf. Es ist verboten, hier an der Autobahn zu stehen. Dirk weist sie darauf hin, dass wir uns doch auf einem Parkplatz und nicht direkt an der Autobahn befinden. Sie überlegen und geben uns dann Recht. Wir dürfen bleiben. In Dole werden wir an der Landstraße von zwei

Marokkanern 44 km bis zur Stadt Besancon mitgenommen. Dort zelten wir auf einer Wiese.

Auch am nächsten Tag stehen wir einige Stunden an einer Autobahnmautstelle bevor uns ein Mann bis zur Stadt Belfort mit nimmt. Der Mann ist Kurierfahrer und kommt viel herum. Er erzählt uns, dass man ab einer Geschwindigkeitsüberschreitung von 50 km/h in Frankreich nicht nur den Führerschein los ist, sondern auch im Gefängnis landet. Das Auto wird eingezogen und versteigert. Da es sich dann meist um schnelle Wagen handelt, gelangen diese oft zur Polizei als Dienstfahrzeuge. Bei kleineren Sünden würde die Polizei dagegen meist ein Auge zu drücken. Von Belfort bis zur Grenze sind es nun nur noch ca. 50 km. Doch heute haben wir kein Glück mehr. Erst stehen wir an der Autobahnauffahrt, dann versuchen wir es auf der Landstraße. Kein Auto hält. Wir zelten im Wald. Vorher fragen wir in einer Weinkellerei nach Wasser. Der nette Mann füllt unsere Trinkflaschen auf. In eine davon füllt er jedoch Rotwein statt Wasser und schenkt ihn uns. Wir freuen uns, obwohl wir eigentlich alle vier 1,5 Literflaschen Wasser benötigen. Denn die Hunde und wir haben den ganzen Tag nichts getrunken und deshalb viel Durst, kochen und Zähne putzen wollen wir auch. So stiefelt Dirk nach dem Zeltaufbau und nachdem die erste Wasserflasche leer ist noch einmal los und fragt in einem Haus nach Wasser. Die Leute wollen wissen woher wir kommen. Dirk erzählt und sie sind begeistert. Neben dem Wasser bekommt Dirk noch eine große Flasche Cola, ein Baguette und Käse geschenkt. Wir genießen das Abendbrot. Die 1,5 Liter Wein schaffen wir nicht, so haben wir morgen noch einmal welchen.

Nachts hören wir Rehe bellen. Darauf folgen Schüsse ganz in der Nähe. Und im Anschluss ruft und pfeift der Jäger stundenlang nach seinem Hund. Müsste nicht eigentlich jetzt Schonzeit sein? Sind die Rehe zu dieser Zeit nicht trächtig? Wir wissen es nicht so genau, auch nicht wie die Gesetze diesbezüglich in Frankreich sind. Wir fragen uns nur warum die Menschen nicht einfach mal Rücksicht auf die Tiere des Waldes nehmen und sie in Frieden lassen können. Geradezu grotesk erscheinen uns ab und an auch Schilder, die auf Leinenpflicht für Hunde in Naturparks hinweisen. Die meisten Hunde der Spaziergänger wildern nicht. Und der Besitzer dessen Hund doch wildert wird in aller Regel von allein auf seinen Hund achten und ihn an die Leine nehmen. Denn wer will schon ständig auf seinen Hund warten und ihn suchen bei jedem Spaziergang. Natürlich kann es schon mal passieren dass ein Hund abschwirrt. Wer die Tiere des Waldes jedoch wirklich beunruhigt und stört, das sind die Jäger und ihre Jagdhunde.

Das Trampen klappt heute nicht. Als 15 Uhr immer noch niemand angehalten hat laufen wir in die Stadt, gehen erst einmal ins Internet und fahren dann mit dem Zug bis Muhlhouse (ca. 40 km). Dort irren wir umher, finden keinen rechten Platz zum Zelten. Da es sehr mild ist setzen wir uns auf eine Parkbank, bereiten unser Abendbrot zu, füttern die Hunde, trinken unseren Wein und schlagen das Zelt erst 22:30 Uhr in dem Park auf. In dem sehr belebten Park kehrt erst jetzt Ruhe ein. In einem Fluss am Park beobachten wir viele Bisamratten mit Jungtieren und auch andere Ratten. Sie sind possierlich anzusehen und werden von den Leuten gefüttert wie anderswo die Enten.

Gleich neben unserem Zelt befindet sich ein Volleyballplatz. 24 Uhr kommt eine Horde junger Leute und spielen bis weit nach Mitternacht laut grölend Volleyball. Endlich wird es ruhig, doch morgens werden wir wieder von lautem Grölen und den Ballgeräuschen wach. Wir schauen auf den Wecker, 05 Uhr. Es sind dunkelhäutige, junge Leute mit Frauen und Kindern. Schlafen die denn gar nicht? Wir drehen uns trotzdem noch einmal um, schlafen bis 08 Uhr. Dann bauen wir das Zelt ab, frühstücken auf der Parkbank und laufen Richtung Autobahnauffahrt. Dieses Mal stehen wir nicht lange. Eine nette Frau nimmt uns mit nach Neuenburg am Rhein im Hochschwarzwald. Es ist eine Französin und sie wohnt kurz vor der Grenze, fährt aber extra noch ein paar km weiter für uns. Wir sind also wieder in Deutschland. Die Frau gibt uns ihre Adresse. Wenn wir zurück kommen sollen wir bei ihr vorbei schauen. Vorher in Frankreich erleben wir noch eine sehr nette Geste. Ein Auto hält neben uns an, der Mann kurbelt die Scheibe herunter und winkt uns heran. Er drückt uns 30 Euro in die Hand und wünscht „Bonne Route" (Gute Reise). Wir freuen uns sehr. Dank dieses Geschenkes leisten wir uns in Neuenburg ein nettes Zweibettzimmer mit Dusche, WC, Fernseher und inclusive Frühstück. Es ist schon ein komisches Gefühl nach so langer Zeit wieder in Deutschland zu sein.

Die folgenden drei Wochen verbringen wir bei der Familie, verleben dort das Osterfest, besuchen Verwandte und Freunde. Ich lasse mir meinen ausgebrochenen Zahn in Ordnung bringen, ein neuens Zelt und ein neuer Fotoapparat werden gekauft, wenn auch diesmal preiswertere Modelle.

Nach diesen drei Wochen arbeiten wir drei weitere Wochen für freie Kost und Logis auf unserem ehemaligen Stammreiterhof in Sachsen und freuen uns, die Pferde einmal wieder zu sehen die wir früher regelmäßig dort geritten sind.

Doch auf dem Reiterhof passiert etwas sehr Schlimmes. Unser Benji wird von einem Auto überfahren. Wir sind sehr, sehr traurig und begraben Benji auf dem Hof.

Vor 15 Jahren und acht Monaten hatte ich ihn aus dem Tierheim geholt, im Alter von einem halben Jahr. Er war unser Familienmitglied und überall dabei. So viele Länder und Gegenden wie Benji hat wohl kaum ein anderer Hund gesehen. Sein Herz war beim letzten Tierarztbesuch vor zwei Wochen noch top in Ordnung, seine Kondition unschlagbar. Um so schlimmer und unfassbar nun sein Tod.

Und doch versuchen wir der ganzen Sache auch etwas Positives abzuverlangen. So wie Benji aussah war er sofort tot und musste nicht leiden. Er hatte bei uns ein sehr schönes Hundeleben und erreichte mit 16 Jahren und zwei Monaten ein hohes Hundealter. Vielleicht wären nun langsam die altersbedingten

Krankheiten losgegangen und er hätte sich irgendwann quälen müssen. Das blieb ihm erspart.

Einer der Gründe warum wir unsere Reise unterbrochen haben ist die Kastration Julies. Wir wollten Julie nicht im Ausland kastrieren lassen und sie sollte genug Zeit haben sich davon zu erholen. Wenn wir wandernd im Ausland unterwegs sind ist es einfach besser eine kastrierte Hündin zu haben. Sie übersteht die Operation gut.

Unsere Wanderung wollen wir erst im Herbst fortsetzen. Dirk und ich sind Rettungsschwimmer und hatten vor unserer Kündigung regelmäßig bei der Wasserwacht trainiert und unsere Rettungsschwimmerprüfungen absolviert. Diese Prüfungen haben jedoch immer nur zwei Jahre Gültigkeit, dann müssen sie neu gemacht werden. In dieser Sommersaison sind sie gerade noch gültig. Aus diesem Grund beschließen wir, in diesem Jahr eine ganze Saison lang als Rettungsschwimmer an der Ostsee zu arbeiten. Das ist eine schöne Arbeit und wir können damit unsere Reisekasse wieder auffrischen. Zwar arbeiten wir dabei nur ehrenamtlich, können aber frei wohnen und bekommen eine Verpflegungspauschale von 20 Euro pro Tag und Person. Wir arbeiten an sieben Tagen pro Woche, haben kein frei. Unsere Arbeitszeit geht von 09-18 Uhr. Von 06 - 09 Uhr machen wir außerdem noch in einer kleinen Kneipe sauber und verdienen uns damit ebenfalls etwas dazu.

Wir haben eine schöne Zeit an der Ostsee. Und doch zählen wir am Ende schon die Tage bis wir endlich wieder wandern können. Es zieht uns weiter. Im Moment könnten wir uns nicht vorstellen, wieder sesshaft zu werden.

Am 25.09. setzen wir unseren E 4 Wanderweg in Frankreich fort. Wir sind so glücklich wieder unterwegs zu sein. Nachdem wir an der Rhone entlang gelaufen sind erreichen wir mit dem Ort Coluz den südöstlichen, französischen Jura.

Nun geht es stetig bergan, bis auf den 1531 m hohen Berg Grand Colombier. Von hier aus sehen wir den Mont Blanc. Kurz vor dem Dunkelwerden kommen wir an einer Herbergshütte vorbei. Da rundherum Kuhweiden sind, das Gelände sehr steinig und uneben und überall Kuhmist liegt, wollen wir fragen ob wir unser Zelt an der Hütte aufstellen dürfen. Der Besitzer ist nett, kein Problem meint er und zeigt uns einen passenden Platz. Das Zelt ist aufgebaut, die Rucksäcke ausgeräumt und es ist dunkel, da kommt ein Auto angefahren. Offensichtlich die Frau des Besitzers der Herberge. Ein Geschrei geht los. Sie gibt uns zu verstehen, dass wir sofort verschwinden sollen. Wir verweisen auf ihren Mann und holen ihn hinzu. Jedoch gegen diese Frau ist er machtlos. Wir müssen also das Zelt wieder abbauen und suchen uns nun auf der Kuhweide einen nicht so tollen Platz.

Mit unserem neuen Zelt kommen wir bisher gut klar. Trotzdem freuen wir uns heute Abend ein kostenloses Refuge zu finden. Diese Hütten stehen offen und sind als Unterschlupf für Wanderer gedacht. In unserer Hütte sind ein Tisch, eine Bank und Stühle vorhanden. Zum Abendbrot gibt es wie an den vorrangegangenen Abenden Pilze. Wir müssen gar nicht danach suchen, finden sie massenhaft am Wegesrand. In den letzten zwei Tagen kamen wir durch keine Ortschaft und fanden auch kein Wasser. Die Bachläufe sind ausgetrocknet. Aber Waldarbeiter füllen unsere Wasserflaschen aus ihrem Kanister auf und ein Farmer hilft uns auch weiter. Nur waschen können wir uns nicht. Auch heute ist dazu keine Gelegenheit. Durch einen hübschen Ort kommen wir jedoch heute, er heisst Giron. Hier decken wir uns mit Polenta (Maisbrei) ein, entsorgen den Müll und füllen die Wasserflaschen auf. Unseren Vitaminbedarf decken wir mit Birnen die wir in Giron finden. Das Wetter kann nach wie vor nicht besser sein.

Wir laufen bergauf und bergab durch den Wald immer unserem rot/weissen Zeichen hinterher. Nach ca. 12 km sind wir wieder in Giron, na sowas. Ein Blick auf die dortige Wandertafel verrät uns, ab dem Refuge sind wir versehentlich auf einen ebenfalls rot/weiss markierten Rundwanderweg geraten. Na prima.

Zähneknirschend machen wir uns ein weiteres Mal auf den Weg zu unserem nächsten Ziel, dem Ort Lélex.

Unsere letzten französischen Orte heissen Lélex und Mijoux. Danach geht es auf den 1320 m hohen Col de la Faucille. Von hier aus sehen wir wieder sehr schön die Alpen und den Mont Blanc.

3. Abschnitt
SCHWEIZ

Am 1677 m hohen Berg la Dole überqueren wir die Grenze zur Schweiz, wo unser Wanderweg nun weitergeht. Eine Stunde von dem Berggipfel entfernt zelten wir auf einer Kuhweide. In der Schweiz soll freies Zelten unter hoher Geldstrafe verboten sein. Wir müssen also aufpassen, können das Zelt nicht mehr wie in Frankreich einfach so am Wegesrand aufstellen. Wir befinden uns im Waadtlaender Jura und im französischsprachigen Teil der Schweiz. Abends sehen wir eine Gämse ganz aus der Nähe und hören Hirsche röhren. Am nächsten Tag steigen wir auf den 1677 m hohen Gipfel des la Dole und haben von da aus eine phantastische Aussicht über die Alpen mit dem Mont Blanc in der Mitte sowie den riesigen Genfer See unterhalb der Alpen. Wir laufen weiter. Jetzt auf dem Jurahöhenweg, immer über 1000 m und mit schönen Aussichten. Nach dem wir die Berge „de la Neuve" 1494 m und „Mont Tendre" 1683 m erklommen haben erreichen wir den abflusslosen See „Lac du Joux". In dem sauberen See schwimmen wir erst einmal 'ne Runde. Eine Stunde vor dem Ort

Vallorbe finden wir eine Schutzhütte, an einem Fluss gelegen. Es ist zwar erst 16 Uhr, doch wir bleiben hier. Das Wetter ist bis jetzt ausnahmslos schön und sommerlich warm. Nun hat der Wetterbericht jedoch Regen bzw. sogar Schnee angemeldet, wie uns Leute berichten. Da kommt die Schutzhütte gerade recht, denn es ziehen schon dunkle Wolken auf. Während Dirk Holz für ein Lagerfeuer sammelt, laufe ich schon mal zum Ort Vallorbe und erkunde die Lage. Wir wollten eigentlich wieder jede zweite Woche eine Unterkunft nehmen für ein oder zwei Nächte. Auf Grund der schlechten Wetterprognose dachten wir an Vallorbe, wollten morgen und eventuell übernorgen dort bleiben, einkaufen und ins Internet gehen. Doch die billigste Übernachtungsmöglichkeit kostet 70 Franken pro Person. Das können wir knicken. Auch mit dem Internet wird es nichts werden bei 5 Franken für 30 Min. Einen Einkaufsmarkt durchforste ich auch. Fast alles doppelt so teuer wie in Frankreich. Da kommen also erst mal magere Zeiten auf uns zu. Ich laufe zurück, wir machen ein schönes Lagerfeuer an unserer Hütte und waschen uns im Fluss.

In Vallorbe suchen wir die Touristeninformation auf. Nach langem Hin und Her und Herumtelefonieren finden wir doch noch eine einigermaßen erschwingliche Unterkunft bei Privatleuten. Sie ist allerdings zwei Ortschaften weiter. Wir bezahlen dort 25 Franken pro Nacht und Person, Julie ist frei. Und wir bleiben zwei Nächte. Es lohnt sich. Wir bekommen ein sehr hübsches Zimmer mit Fernseher. WC und Dusche benutzen wir mit den Leuten gemeinsam. Sie bieten uns Halbpension (Frühstück und Abendbrot) an für 12 Franken pro Person. Das ist für die Schweiz mehr als preiswert. Wir haben mal die Preise in den Gasthäusern verglichen, da wir auch alle zwei Wochen gern mal landestypisch essen gehen. Hier wäre das bisher nicht gegangen. Ein normales Gericht (nichts Besonderes) kostet zwischen 20 und 40 Franken pro Person. Das preiswerteste Getränk, eine kleine Cola, bekommt man für 3 Franken. Das Abendbrot in der Pension nehmen wir mit den netten Leuten gemeinsam ein. Die Frau spricht ein wenig deutsch, ihr Mann Francois nur französisch. Das Essen ist super. Es gibt ein landestypisches Essen, nämlich Käsefondue.

Gut erholt ziehen wir weiter. Es geht bergan bis auf 1588 m. Es regnet ab und an, ist kalt und nebelig. Oben liegt ein wenig Schnee. Bei einem Farmer finden wir für nur ein paar Franken eine Übernachtungsmöglichkeit in einem Bettenlager auf dem Scheunenboden, können WC und Waschbecken benutzen. Die Farm hat auch eine Gaststätte wie die meisten größeren Bauernhöfe in der Schweiz. Wir dürfen uns, obwohl wir nichts bestellen, in die warme Gaststube setzen solange wir wollen. Der nette Kellner gibt uns eine ganze Kanne Tee und Mandelkuchen aus.

Nach dem wir durch den Ort Sainte Croix und über den 1607 m hohen Berg Chasseron gewandert sind kommen wir auf den 1465 m hohen Berg Le Soliat. Im Wald finden wir einen Kübis. War wohl jemandem zu schwer geworden. Und so gibt es zum Abendbrot für uns Kürbissuppe.

Auf unserem Weg treffen wir Leute, die Enzianwurzeln sammeln, weil sie daraus Schnaps brennen wollen. Traditionell suchen sie jeden Herbst fünf Tage lang nach den Wurzeln. Und natürlich ist auch eine Flasche Schnaps vom Vorjahr im Gepäck. Wir bekommen eine Kostprobe, schmeckt lecker.

Oft laufen wir von einer Kuhweide zur nächsten. Die Wanderwege führen immer mitten durch. Manchmal beachten uns die Kühe nicht, dann wieder laufen sie hinter uns her oder wollen gar Julie attackieren.

Die Farmer von den Bauernhäusern, an denen wir in den Bergen oft vorbeikommen, wohnen meist nur von Frühling bis Herbst hier oben. Im Winter ziehen sie ins Tal. Viele Farmhäuser sind bereits jetzt nicht mehr bewohnt. Letzte Nacht verbrachten wir im offen stehenden Stall eines solchen Farmhauses.

Heute kommen wir auf den 1439 m hohen Mont Racine. Von da aus genießen wir eine traumhafte Aussicht auf die Alpen und den Neuchateler See. Die Kuhweiden durch welche wir laufen sind meist durch Drehkreuze oder sehr enge, Stacheldraht umzäunte Durchgänge verbunden. Mit unseren dicken Rucksäcken passen wir da kaum durch. Unsere Julie ist beim Wandern „Feuer und Flamme". Wir merken ihr an wie glücklich sie ist und wie wohl sie sich fühlt. Auch am Abend spielt sie noch mit dem Stöckchen und am Morgen weiß sie mit dem Übermut nicht wohin. Im Gegensatz zu Spanien und Frankreich treffen wir in der Schweiz sehr viele Wanderer. An jedem Berg sind auch mindestens zwei Bergschänken. Preislich für uns jedoch leider unerschwinglich.

Mit dem 1609 m hohen Berg Chasseral gelangen wir an die französisch-deutsche Sprachgrenze. Jetzt wird es mit der Verständigung einfacher. Schon an den letzten zwei Abenden konnten wir in unserem kleinen Radio deutschsprachige, Schweizer Radiosender empfangen. So hören wir nun wieder Nachrichten und den Wetterbericht. In der französischsprachigen Schweiz sind auch die Radio-und Fernsehsender auf französisch. Auf dem Chasseral haben wir tolle Aussicht auf den ganzen Alpenkamm und sehen neben dem Mont Blanc dieses Mal ganz von Ferne auch die Spitze des Matterhorn. Vor einem kleinen Ort finden wir einen Rastplatz mit Sitzgarnitur und einer Holzhütte. In dieser Hütte schlafen wir. Unterwegs schenken uns zwei Schweizer ihre mit Frischkäse und Feigensenf bestrichenen Brote.

Letzte Nacht zelteten wir auf einem Bergkamm auf 1400 m Hohe und heute auf 1230 m an einem Aussichtspunkt mit Feuerstelle. Feuer im Wald ist in der Schweiz erlaubt und wird sehr oft praktiziert. So entfachen auch wir ein Lagerfeuer. Absolut faszinierend ist immer wieder der Blick auf die Alpen in den verschiedenen Lichtverhältnissen. Im Abend- oder Morgenrot und darunter ein dichtes Wolkenband. Es gibt viele große Seen im Tal und wahrscheinlich dadurch in dieser Jahreszeit fast täglich dichte Nebelfelder im Tal und Sonne auf den Bergen. Wenn wir bergab laufen tauchen wir in den Nebel ein und es wird kühl, berghoch sind wir plötzlich im strahlenden Sonnenschein mit warmen Tamperaturen, klasse dieser Wechsel. Heute kommen wir zum in unserem Buch als Höhenkurort beschriebenen Weissenstein, 1284 m hoch. Tatsächlich ist das gar kein Ort sondern lediglich ein Berg mit Berggasthof und ehemaligem Kurhaus.

Die Berge des Juragebirges werden nun sanfter und wir bewegen uns unter 1000 m Höhe. Nachdem wir in den letzten Tagen durch Balsthal, Bärenwil und Hauenstein kamen, erreichen wir die 569 m hohe, am Fluss Aare gelgenen Stadt Brugg. Hier steht das Geburts-und auch das Sterbehaus des Schweizer Pädagogen Johann Heinrich Pestalozzi. Kurz vor der Stadt Baden finden wir eine leerstehende Hütte mit Tisch, Bank und Kerzen. Wir bleiben für die Nacht. Es ist recht kalt geworden mit Nachtfrost. Am Mittwoch gibt es erst Regen, dann dicke Schneeflocken. Unterwegs finden wir viele Birnen, Kartoffeln und Maiskolben. Daraus zaubern wir unsere Abendbrote. Zum Frühstück gibt es nach wie vor meist Polenta (Maisbrei), denn das ist auch in der Schweiz erhältlich. Baguette leisten wir uns nur ganz selten, es ist teuer. In Spanien bekamen wir ein Baguette für 40 Cent, in Frankreich für 80 Cent. Hier in der Schweiz bezahlt man umgerechnet 2,50 bis 3 Euro. Wir erreichen die Stadt Baden. Der Name weist auf die schon von den Römern benutzten Quellen hin. Wir setzen die Rucksäcke ab, besuchen den Gottesdienst in einer Kirche und bummeln den halben Tag lang durch die Stadt. Danach geht es wieder bergauf bis auf 800 m Höhe mit Alpenaussicht. Hier lernen wir ein sehr nettes Ehepaar mit zwei Hunden kennen. Dörte und Rudolf laden uns spontan zu sich nach Hause ein, bieten uns an, bei ihnen zu schlafen. Dafür müssen wir zwar mit ihnen zurück bis kurz vor Baden laufen, aber das ist es uns wert. Dörte ist Musik-und Bewegungspädagogin. In ihrem beheizten Musikzimmer dürfen wir unsere Schlafsäcke ausbreiten, haben eine eigene Dusche und WC. Ebenfalls benutzen dürfen wir ihre Waschmaschine und den Wäschetrockner. Wir sollen uns duschen und die Waschmaschine anwerfen, danach erwarten sie uns zum Abendbrot. Mensch, haben wir wieder ein Glück. Auch bei den zwei lieben Menschen gibt es Käsefondue mit gutem Wein, Tee, einem Kirschwasser und hinterher Apfelkuchen. Es schmeckt alles super lecker. Wir sind hinterher mehr als satt und haben einen netten Abend. Dörte und Rudolf sind schon sehr viel gereist, meist auf eigene Faust. Sie waren in den verschiedensten Ländern unterwegs und genossen ebenfalls vielerorts Gastfreundschaft. Aus einer Nacht bei Dörte und Rudolf sind drei geworden. Wenn es nach den beiden gegangen wäre, hätten wir noch die ganze Woche oder sogar den ganzen Winter bleiben können. Die zwei haben uns verwöhnt ohne Ende. Am Morgen gab es gutes Frühstück mit Brot, Butter, Käse, Marmelade, Yoghurt, Honig und Ovomaltinemilch. Am Nachmittag Tee und selbst gebackenen Kuchen. Montag Abend wurden wir mit Lachs, Knoblauchbohnen, Kartoffeln und Salat verwöhnt und gestern mit Rösti, Bratwurst, Zwiebeln sowie Salat. Immer dazu Wein und Tee. Nichts mussten wir für all das bezahlen. Aber damit noch nicht genug. Das Internet durften wir benutzen so lang wir wollten, Julie bekam reichlich Leckerlis, ich einen Yakpullover von Dörte. Zum Abschied schenkt uns Dörte Trüffelpralinen und Rudolf ein Schweizer Taschenmesser. Wieder sind wir sprachlos was diese lieben, herzensguten Leute für uns tun, obwohl sie uns vorher nicht kannten. Wir wollen uns wenigstens ein bisschen revanchieren und im Garten oder Haushalt helfen. Aber das lassen sie nicht zu. Nur ein paar Weintrauben habe ich entbeert und Dirk Wurzeln im Garten ausgegraben und Äpfel aufgelesen. Gestern sind wir im Thermalbad von Baden gewesen. Die ganze Zeit hatten wir schon gescherzt: „In Baden gehen wir Baden". Dachten aber nicht, dass es wirklich dazu kommt. Rudolf und Dörte borgten uns Badetasche, Badelatschen und Badehandtücher. Wir erfahren von den beiden einiges über die Schweiz. In dem relativ kleinen Land gibt es vier Sprachen. Die deutschsprachige, französischsprachige, italienischsprachige und romanischsprachige Schweiz. In der romanischsprachigen Schweiz sprechen die Leute untereinander romanisch können aber auch deutsch. In der französisch- oder italienischsprachigen Schweiz sprechen die Menschen nur jeweils französisch oder italienisch. Zwischen diesen Landesteilen und der deutschsprachigen Schweiz verläuft ein symbolischer Graben, der „Röstigraben", sagen die Schweizer. Sie wollen untereinander nicht so viel miteinander zu tun haben, es sind unterschiedliche Mentalitäten. Heute nun nehmen wir Abschied von Dörte und Rudolf, es fällt ein wenig schwer. Sie geben uns noch Leckerlis für Julie mit, für uns Brötchen und Bergbündnerfleisch. Bald schon werden wir sie wiedersehen. Aber das wissen wir zu diesem Zeitpunkt noch nicht. Da wir am Sonntag schon fast bis Dielsdorf gelaufen warenfährt uns Rudolf mit dem Auto dorthin. In Dielsdorf endet auch der Jurahöhenwanderweg, den wir nun komplett abgewandert haben. Wir starten erst 14 Uhr, nach einer Gemüsesuppe und Apfelkuchen. Es waren herrliche Tage, wir sind gut erholt und sauber. Von Dielsdorf aus laufen wir bis nach Bülach. Unterwegs sehen wir erstaunlicherweise viele Störche. Am Ortsausgang von Bülach fragt uns eine junge Frau woher wir kommen. Nachdem wir es erzählt haben lädt auch sie uns zu sich nach Hause ein. Sie muss nur noch ihren Mann fragen sagt sie. Der stimmt sofort zu. Schon wieder haben wir eine beheizte Schlafstelle, dürfen duschen und werden zum Abendbrot eingeladen. Pascal ist Mathematiklehrer, seine Frau Biologielehrerin. Die beiden sind Eltern dreier, kleiner Kinder. Eines davon ist zur Zeit krank und ihr Haus wird gerade renoviert. Pascal muss am anderen Morgen auf Arbeit, seine Frau das älteste Mädchen in den Kindergarten bringen. 07:00 Uhr sollen die Handwerker da sein. Und trotz allem werden wir eingeladen. Immer wieder geraten wir an solch uneigennützige, hilfsbereite und großzügige Menschen. Es überwältigt uns. Bevor die Kinder zur Welt kamen, arbeiteten Pascal und seine Frau drei Jahre lang in Chile an einer Schweizer Schule. In den Ferien erkundeten sie Südamerika.

Wegen der Handwerker stehen wir 06:00 Uhr auf, duschen nochmals und frühstücken mit der netten Familie. Pascal gibt uns eine Wanderkarte mit, die unseren Weg bis Stein am Rhein anzeigt, sowie ein Briefkuvert mit Briefmarke. In Stein am Rhein sollen wir die Karte wieder zurücksenden. Wir laufen heute an Weinbergen vorbei. Die Trauben sind schon abgeerntet, jedoch noch genug dran für uns. Wir kommen durch Andelfingen und andere hübsche Orte mit wunderschönen Riegelhäusern. Die Landschaft ist nun leicht hügelig. Nach vier Nächten in beheizten Zimmern schlafen wir heute wieder mal im Zelt im Wald.

Wir kommen nach Stein am Rhein und nehmen uns viel Zeit zur Besichtigung dieses wunderschönen Ortes. Es ist eine mittelalterliche Stadt mit Riegelhäusern und herrlich bemalten Häusern, sanfter Uferlandschaft und vielen Wasservögeln. Wir sehen uns auch die Insel Wend an, auf welcher sich ein kleines Kloster befindet. Unser Weg verläuft nun weiter am Rhein entlang. Hier eine Stelle fürs Zelt zu finden, wird schwerer als im Jura. Doch heute klappt es gut. Wir zelten direkt am Rhein, versteckt hinter Umkleidekabinen einer privaten Badeanstalt. So können wir uns auch im schon recht kalten Fluss waschen und sitzen noch eine ganze Weile auf einer Bank mit Blick über den Rhein bis nach Deutschland auf der anderen Seite.

Nach den Orten Steckborn und Ermatingen erreichen wir Kreuzlingen, wo der Rhein den Bodensee verläßt. Eine Brücke verbindet den Schweizer Ort mit der deutschen Bodenseestadt Konstanz. Wir fragen einen Bauer ob wir unser Zelt auf seinem Grundstück am Rheinufer aufbauen dürfen und erhalten dafür die Erlaubnis. Kurz vor Ermatingen werden wir von einer netten Frau zu Yogitee und Gebäck eingeladen. Sie hat einen Yorkshireterrier der an Nierensteinen leidet. Sie musste deshalb das Futter umstellen und gibt uns das vorherige Futter sowie Leckerlis für Julie mit. Es sind etwa fünf kg, da kommen wir eine Weile hin. Für uns ist das Abendbrot auch gesichert. Wir kommen an Karotten- und Lauchfeldern vorbei, Birnen- und Apfelplantagen sowie Weinbergen.

Es ist Anfang November. In den letzten Tagen legten wir nur wenige Kilometer zurück, obwohl der Weg einfach und flach immer am Bodensee entlang führt. Das liegt einmal an der Zeitumstellung. Eine Stunde vor dem Dunkelwerden suchen wir uns einen Schlafplatz. Und das ist jetzt schon 17 Uhr. Früh kommen wir jedoch trotzdem nicht eher in die Gänge, laufen meist erst 09 Uhr los. Zum anderen ist die Gegend dichter besiedelt, wir laufen durch viele wunderschöne Orte. In jedem hübschen Ort stellen wir die Rucksäcke ab, bummeln herum, schauen uns die Riegelhäuser und den Hafen an, sitzen auf einer Bank, genießen den Blick über den Bodensee und besichtigen die Kirchen. So kommen wir nur langsam voran. Doch was solls, wir haben Zeit. Gestern machten wir einen Abstecher in die deutsche Stadt Konstanz, kauften dort bei Aldi preiswert ein. Abends zelten wir wieder auf dem Grundstück eines Bauern mit dessen Erlaubnis. Heute kommen wir über Romanshorn und Arbon nach Rorschach. Bei einem Bauern dürfen wir im Strohschauer schlafen, haben es so von unten warm und weich auf den Strohballen. Unterwegs finden wir diesmal neben Äpfeln auch Kohlrabis und Fenchel.

Unser letzter Ort in der Schweiz ist Rheineck. Danach überqueren wir eine Brücke und sind in Österreich. Die eigentliche Wanderung durch Österreich wird später kommen. Jetzt geht es erst einmal ein ganz kleines Stück durch dieses Land.

Der erste Ort hier heißt Geißau. Weiter geht es am Bodensee und dem Rheindelta entlang in Richtung Bregenz. Wir kommen durch den hübschen Ort Hard und zelten danach am Fluss Ach. In der Schweiz ist uns aufgefallen, dass es keine Billigeinkaufsketten wie Aldi, Plus, Spar usw. gibt. Nur Lidl haben wir ein einziges Mal gesehen. Aus den Nachrichten im Radio erfahren wir aber, Lidl will sich aus der Schweiz zurückziehen. Der Umsatz ist zu gering. Hier in Österreich gibt es diese Einkaufsmärkte wieder und überhaupt ist alles wieder viel, viel preiswerter. Vielleicht ein ganz klein wenig teurer wie in Deutschland, es nimmt sich jedoch nicht viel.

Wir erreichen die Vorarlberger Landeshauptstadt Bregenz, unseren letzten Ort am Bodensee. Nun ist es vorbei mit dem Flachland und es geht wieder bergauf durch den Bregenzerwald.

Beim Gasthaus Dreiländerblick haben wir eine herrliche Aussicht. An dem Gasthaus befindet sich ein Bauernhof. Wir kommen mit der Bäuerin ins Gespräch. Sie bietet uns an, diese Nacht in der Scheune zu schlafen. Wir richten uns dort ein und dann kommt die herzensgute Frau alle paar Minuten herein, um uns etwas Gutes zu tun. Erst weist sie uns auf einen Wasserschlauch hin den wir benutzen können. Dann macht sie uns darauf aufmerksam, dass wir von den Äpfeln und Birnen, die in der Scheune gelagert sind, essen können. Danach bringt sie eine Schüssel, Handtücher, Seife und zwei Gießkannen mit warmem Wasser. Nachdem wir uns gewaschen haben serviert sie uns Milchkaffee, Zucker, Brot, Teller, Besteck und eine große Pfanne Spiegeleier mit Schnittlauch. Die Eier frisch von den eigenen Hühnern, ganz lecker. Nach ein paar Minuten folgen warme Buchteln, dann eine Flasche selbstgemachter Most. Noch etwas später meint die liebe Frau: „Ich habe ja den Hund ganz vergessen" und bringt Hundefutter für Julie. Die freut sich über die doppelte Ration heute. Und zu guter Letzt bekommen wir noch Brot und Wurst für morgen früh und unterwegs.

Bevor wir aufbrechen bringt uns die Bäuerin noch einmal warme Buchteln, Milchkaffee und reichlich Hundefutter für Julie. Wir sind schon am Gehen, da überreicht sie uns auch noch Gemüsemayonnaise zum Mitnehmen.

4. Abschnitt
DEUTSCHLAND

1. Kapitel
Winterüberbrückung

Am 06.11.2011 überqueren wir die Grenze nach Deutschland. Die nächsten 550 km führt unser Weg durch Deutschland. Wir sind jetzt in den bayrischen Voralpen und erschwitzen uns den 1834 m hohen Berg Hochgrat. Danach geht es oben am Kamm entlang weiter, wo wir ein wenig ungeschützt zelten. Mit dem Wetter haben wir Glück. Für November ist es ungewöhnlich mild. Die Sonne scheint und wir haben eine schöne Aussicht.

Der Grat auf dem wir entlanglaufen nennt sich Nagelfluhkette. Es sind einige steile Abschnitte dabei. wir überwinden die Berge: Rindalphorn (1821m), Gündleskopf (1748m), Buralpkopf (1772m), Sendererstuiben (1737m), Stuiben (1749m) und Steineberge (1660m). Bei jeder Rast sind sofort Alpendohlen bettelnd zur Stelle. Gämsen sehen wir den ganzen Tag, sie zeigen kaum Scheu. Gezeltet wird heute auf 1200m Höhe. Letzte Nacht war es auf über 1800 m Höhe mild. Heute Abend bei sternenklarem Himmel ist es recht kalt.

In den letzten Tagen kamen wir durch Sonthofen, den Kurort Hindelang, hinauf zur Hirschalpe, wieder runter nach Unterjoch, ein kleines Stück durch Österreich, im Vilstal entlang bis nach Pfronten an der Vils (900 m hoch). Die Nächte im Zelt sind schon recht kalt. In Pfronten laufen wir an einem Bauernhof vorbei. Wir unterhalten uns mit den Leuten, erzählen von unserer Reise und dass wir in Bauernhöfen schon für freie Kost und Logis gearbeitet haben. „Dann könntet ihr das doch auch bei uns tun", meint die Bäuerin. Sie haben zur Zeit mehr als genug Arbeit. Wir vereinbaren, ein paar Tage bei ihnen für freie Kost und Logis zu arbeiten. Als Logis bekommen wir eine schöne, große Ferienwohnung mit allem drum und dran zur Verfügung gestellt. Erst 08:30 Uhr beginnt unsere Arbeit. Die Leute wollen ihren Hof auf Bio umstellen. Gerade wird ein neuer, großer, moderner Kuhstall gebaut sowie eine Scheune. Die Firma, welche damit beauftragt wurde, lässt sich das teuer bezahlen. Deshalb sollen die Aufräumarbeiten nicht auch noch von der Firma erledigt werden. Wir helfen beim Aufräumen, Holzreste Aufladen und befördern Bretter auf einen Spitzboden. Die Holzreste sollen als Brennholz verwendet werden. Wir stapeln das Feuerholz. Dann reinigen wir noch ein Auto und bereits 16:30 Uhr ist Feierabend. Über die Verpflegung können wir uns nicht beschweren. Mittags wird frisch gekocht. Heute gibt es Spaghetti Bolognese, dazu Brötchen und hinterher Yoghurt. Frühstück und Abendbrot bereiten wir uns selbst in der Küche unserer Ferienwohnung zu. Die Lebensmittel dafür bekommen wir gestellt. Wir fühlen uns hier wohl. Von unserer Ferienwohnung aus haben wir einen schönen Blick auf die Berge.

Sonntags wird nicht viel gearbeitet, erklärt uns die Bäuerin. Wir sollen lediglich ein paar Säcke ineinander stopfen, einen Grill reinigen und Balkonpflanzen umtopfen. Ich gebe noch den Enten, Hühnern und Kälbern Wasser. So bleibt uns genug Zeit zum Entspannen. Wir laufen zur eine Stunde Fußmarsch entfernten Burgruine Falkenstein bei strahlendem Sonnenschein. Von da aus haben wir tolle Aussicht bis zur Zugspitze, über den Ort Pfronten und bis nach Füssen sowie die bei Füssen liegenden Seen und das Schloss Neuschwanstein. Nach vier Tagen verlassen wir den Hof. Dirk hat hauptsächlich auf der Baustelle vom neuen Kuhstall mitgeholfen (Betonschleifen, Aufräumarbeiten, Schraubarbeiten und Arbeit mit dem Presslufthammer). Bei mir waren es überwiegend Säuberungsarbeiten wie Fenster und Fliesen putzen, Milchbehälter säubern sowie Geranien herunter schneiden, Holz stapeln und Äpfel auflesen. Daneben halfen wir beim Ausmisten des Kuhstalls, Füttern und Wasser geben. Wir bekamen auch gezeigt, wie das Melken mit der Melkanlage funktioniert und durften es selbst ausprobieren. Die Bäuerin sagte zu uns: „Euch schickt der Himmel". Sie erzählt, dass die Arbeit in der letzten Zeit kaum noch zu schaffen war. Doch: „nd wenn Du denkst es geht nicht mehr kommt irgendwo ein Lichtlein her" meint sie. Unsere Hilfe kam also gerade recht und darüber freuen wir uns sehr. Jederzeit sind wir auf dem Hof willkommen, auch falls wir mal länger bleiben wollen. Die Bäuerin schenkt mir zum Abschied eine nagelneue schöne Mütze mit Handschuhen. Eine Mitarbeiterin gibt uns einen vorfristigen Nikolausbeutel mit Nüssen, Mandarinen und kleinen Salamis mit auf den Weg. Und von dem Fliesenleger auf der Baustelle des Kuhstalles bekommen wir warme, gefütterte Parkas geschenkt. Wie schön.

Es ist schon mitte November und wird vom Wetter her ungemütlich.

Wir haben beschlossen, unsere Wanderung erst im Frühjahr fortzusetzen und wollen den Winter mit Arbeit für freie Kost und Logis überbrücken. Vorher aber besuchen wir die Familie, denn meine Tochter hat ihren 20. Geburtstag, den wir gern mit ihr feiern wollen.

Im Anschluss geht es für uns in den Schwarzwald. In einem auf 850 m Höhe, mitten im Wald und vier Kilometer vom nächsten Ort (Oberried) entfernt gelegenen Biohof werden wir die nächste Zeit arbeiten. Wir waren hier bereits im Januar vor zwei Jahren, kurz vor Beginn unserer Reise für zwei Wochen. Da es uns so gut gefiel, entscheiden wir uns, noch einmal auf diesen Hof zu gehen. Der Hof wird betrieben von der 55 Jahre alten Uschi, einer sehr netten, kompetenten Frau. Sie hat Hühner, Schafe, Schweine, Katzen, drei Esel, eine Kuh, ein größeres Kalb, zwei Hunde und sechs Pferde (1 Shetlandpony, eine Islandponystute mit Fohlen, zwei Reitponystuten und einen Kaltblüter). Uschi macht selbst Käse, Quark, Marmelade, Kräuterbutter und bewirtschaftet einen Garten. Im Sommer bietet sie Eseltrekking und Kräuterwanderungen an. Da der Hof keinen Strom hat, stehen alle erst mit dem Hellwerden auf und gearbeitet wird bis zur Dunkelheit. Abends erleuchtet in jedem Zimmer eine Kerze das Haus. Fürs Kochen steht ein Gasherd zur Verfügung und mit Gas wird auch die Dusche betrieben. Allerdings heißt es fix duschen, sonst langt das warme Wasser nicht. Zum Wäsche Waschen fährt Uschi einmal pro Woche in die Wohnung ihrer Tochter. Auch wir dürfen Schmutzwäsche mitgeben. Während unserem Aufenthalt hier sind wir für die Pferde, Kühe und Esel zuständig. Reiten dürfen wir auch wann immer wir Lust dazu haben.

Mischlingshündin Kessy bringt während unseres Aufenthaltes neun Welpen zur Welt. Uschi ist eine der wenigen Bauern in Deutschland, die versuchen, ihre Schweine wenigstens einigermaßen tierschutzgerecht zu halten. Das heißt Freilandhaltung in einem Außengehege mit Unterschlupfhütte. Doch nach einer behördlichen Kontrolle werden ihr Steine in den Weg gelegt. Die Freilandhaltung wird ihr vorläufig verboten. Als Grund dafür nennen die Behörden die Lage des Hofes mitten im Wald. Wildschweine könnten kommen und die Schweine eventuell mit Schweinepest anstecken. Abgesehen davon, dass noch nie Wildschweine am Hof waren, liegt Uschis Hof vier Kilometer entfernt vom nächsten Ort und genauso weitab vom nächsten Bauernhof. Sollten ihre Schweine also tatsächlich mit Schweinepest oder anderen Krankheiten angesteckt werden, so beträfe es allein Uschis Bestand. Eine Ansteckung anderer Schweine wäre ausgeschlossen, doch das interessiert keinen. Auch nicht, dass die armen Schweine jetzt in einem engen Verschlag, in vollkommener Dunkelheit dahinvegetieren müssen. Nur wenn das ganze Gehege nach strengen Auflagen neu gebaut wird, kann Uschi einen Antrag auf Genehmigung ihrer Freilandschweinehaltung stellen. Dazu gehört eine absolut sichere, feste Umzäunung und mit Zwischenraum noch eine zweite Umzäunung mit Maschendraht sowie abschließbare Türen. Dirk und ich versuchen nun das Ganze zu bauen. Seit Donnerstag sind wir damit beschäftigt die alte Umzäunung heraus zu reißen. Wir waten im tiefen Schlamm und Schweinescheiße herum. Der Zaun besteht aus Baupaletten. Viele davon sind kaputt. Wir reparieren sie, nageln Bretter wieder an, ziehen hervorstehende Nägel heraus und versuchen einen ordentlichen Zaun aus dem vorhandenen Matierial zu bauen. Da es in den letzten Tagen von früh bis abends regnet ist das kein Genuss. Doch wir wollen es so bald wie möglich schaffen, damit die Schweine wieder raus dürfen. Nur der Eber Zeus wird zur Zeit tagsüber heraus gelassen. Er rennt und buckelt voller Übermut. Und genau das brauchen Schweine auch. Früh und abends versorgen wir weiterhin die Pferde, Kühe und Esel. Es sind nur noch zwei Esel, denn Eselfohlen Hermine wurde verkauft. Ich putze täglich Kuh Luisa und gewöhne auch Kalb Luna an Halfter, Anbinden und Putzen. Die Pferde putze ich ab und an. Das Islandponyfohlen gewöhnen wir an das Laufen am Halfter.

Heute ist der dritte Advent, doch leider spüren wir nach wie vor rein gar nichts von Adventsstimmung auf dem Hof. Die Adventssonntage laufen ab wie jeder andere Tag auch. Unsere dicken Jacken brauchen wir täglich und können sie so nicht mit zum Waschen geben, ebenso die Arbeitshosen. Mittlerweile sind wir von oben bis unten voll Schweinemist. Nur der Regen spült den ein wenig ab. Da der Ofen nur spärlich beheizt wird und es auch nur in Uschis Stube und Küche einigermaßen überschlagen wird, trocknen die Sachen kaum. Zum Glück haben wir warme Betten, in die wir uns abends immer schnell verziehen.

Nach viel Regen, Sturm, Orkanböen, Gewitter und Graupel ist seit Samstag der Winter eingekehrt. Reichlich Schnee und kalte Temperaturen erschweren nun die Arbeit. Den Schweineauslauf haben wir trotz allem fast fertig bekommen. Nur Kleinigkeiten fehlen noch. Das Islandponyfohlen läuft inzwischen ganz lieb am Halfter und Kalb Luna genießt das Putzen.

Am 23.12. verlassen wir den Biohof im Schwarzwald und verbringen Weihnachten und Silvester bei der Familie. Im Anschluss arbeiten wir noch einmal in unserem ehemaligen Stammreiterhof in Sachsen.

In der Zwischenzeit erreicht uns eine E Mail von dem netten Schweizer Ehepaar Dörte und Rudolf, die uns während unserer

Wanderung eingeladen hatten. Sie fahren nach Südafrika und fragen, ob wir in dieser Zeit das Haus und die beiden Mischlingshunde Zora und Jacko hüten würden. Sie bieten uns an, die gesamte An- und Abreise zu bezahlen. So müssen sie die beiden Hunde in der Zeit nicht in ein Tierheim geben. Wir nehmen an und sind am 30.01. wieder in der Schweiz. Am 02.02. reisen die beiden ab. So bleibt noch Zeit sich mit den Hunden vertraut zu machen und die zwei können uns in alles einweisen.

Wir dürfen uns in dem Haus bewegen als wäre es unser eigenes. Das heißt in allen Räumen ein- und ausgehen, alles benutzen was sich im Haus befindet, in alle Schränke schauen, Bücher lesen, Klavier spielen, in der Badewanne baden oder die große Dusche nutzen, auf dem Sofa fletzen und fernsehen oder Radio hören, backen, kochen, den Computer benutzen. Auch dürfen wir alle Lebensmittel aufessen oder trinken, die sich im Haus befinden. Das betonten Dörte und Rudolf mehrfach. Und dies einschließlich dem Inhalt der Tiefkühltruhe, Backzutaten, Käsefondue, einer großen Auswahl an Lindtschokoladen, Wein, Saft oder Bier aus dem Weinkeller und vieles mehr. Die Auswahl ist groß. Auch das Hundefutter von Zora und Jacko dürfen wir für Julie mitnehmen sowie die große Auswahl an Hundeleckerlis. Das Geld für die Zug Hin- und Rückfahrt haben wir erhalten und noch 50 Euro mehr. Aber damit nicht genug. Wir bekommen auch noch 250 Franken für zusätzliche Lebensmittel hier. Damit können wir leben wie die Maden im Speck und leisten es uns auch pro Woche einmal, ins städtische Schwimmbad zu gehen sowie in die Sauna. Und was müssen wir dafür tun? Nicht viel. Die beiden Hunde füttern, Wasser geben und sie täglich bürsten. Früh und abends mit ihnen raus gehen sowie tagsüber ausgiebige Spaziergänge machen, den Briefkasten leeren und die Pflanzen gießen. Nur falls wir Lust haben noch die Weinreben herunterschneiden und die Haselnusssträucher sowie den Holunderstrauch ausdünnen und einen Baum verschneiden. Natürlich werden wir das tun. Ja und das wars dann schon. Wir fühlen uns hier pudelwohl, genießen den Luxus und sind Dörte und Rudolf unendlich dankbar.

17 wunderschöne, erholsame und komfortable Tage liegen hinter uns. Wir haben es genossen. Nun wartet schon die nächste Aufgabe auf uns. Vor einiger Zeit telefonierte ich mit einer ehemaligen Kollegin aus der Reiterstaffel und erzählte ihr von unserer Arbeit für freie Kost und Logis und wie wir den Winter überbrücken. „Da hättet ihr auch zu uns kommen können, wir würden auch gern mal ein paar Tage in den Urlaub fahren und haben niemanden der dann die Pferde versorgt", sagte sie. Und so kümmern wir uns bis Anfang März bei den beiden um 11 Pferde, zwei Hunde und Kater Paulchen.

Danach aber kribbelt es bei uns schon wieder in den Beinen und wir können es kaum erwarten unsere Wanderung endlich fortzusetzen. Zurück geht es nach Pfronten da, wo wir im November letzten Jahres unsere Wanderung unterbrochen hatten. Doch ein bischen müssen wir uns noch gedulden, denn es liegt sehr viel Schnee, selbst hier auf 900 m Höhe. Deshalb arbeiten wir wieder auf dem Bauernhof für freie Kost und Logis. Wir wissen noch nicht wie lange wir hier bleiben. Sobald es die Schneeverhältnisse zulassen wandern wir los.

Zwei Wochen sind wir nun schon wieder in Pfronten. Wir erledigen die verschiedensten Arbeiten. So stapeln wir Holz, putzen viele Fenster, lesen Äste und Zweige von den Weideflächen, reparieren Weidezäune, putzen ein Auto, kalken Wände und Dirk repariert eine Abflussrinne. Der neue Kuhstall, welcher sich im November noch im Bau befand, ist fertig und die Kühe sind umgezogen. Der Hof wurde auf Bio umgestellt. Den alten Kuhstall haben wir gesäubert, ausgekärchert und geweißt. Ich versorge täglich drei Enten und sechs Hühner. Wir richten einen neuen Enten- und Hühnerstall ein, bringen Sitzstangen für die Hühner an und misten den alten Stall. Die Enten und Hühner quartieren wir um. Im Winter mussten sie im Stall bleiben. Bevor das Geflügel nun das erste Mal wieder in den Freilauf darf bringen wir das

Außengehege in Ordnung, reparieren die Tür, setzen eine Badewanne ein für die Enten und bauen ein Häuschen für die Hühner. Wir bekommen von der Bäuerin Arbeitssachen und Gummistiefel gestellt, damit wir unsere Wandersachen schonen können. Der Bauer ist begeistert was wir so alles geschafft haben. Zum Dank dafür spendiert er uns in der ersten Woche den Eintritt in das Alpenbad Pfronten. Und in der zweiten Woche eine Fahrt mit der Kabinenseilbahn zum Breitenberg und zurück. In der zweiten Woche haben wir ausschließlich Sonnenschein, milde Frühlingstemperaturen und somit Tauwetter. Von unserem Balkon aus sehen wir den Breitenberg und da liegt allerdings immer noch viel Schnee. Heute hat es sehr abgekühlt und den ganzen Tag geschneit. Aber laut Wetterbericht soll es wieder wärmer werden. Morgen wollen wir Pfronten verlassen und endlich wieder weiterwandern. Ob wir schon überall durchkommen wissen wir jedoch noch nicht. Wir werden es probieren.

2. Kapitel
Erschwertes Durchkommen im Schnee

Am 20.03., 13:30 Uhr marschieren wir los. Der Abschied fällt wie meistens etwas schwer. Wir sind jederzeit wieder willkommen, auch für längere Zeit oder gar für immer. Die Sonne lacht und wir laufen über den Salobergrat, an der österreichischen Grenze entlang, bis zum Alatsee und schlafen kurz danach seit langem wieder einmal im Zelt.

In der Nacht können wir den Rufen von Käutzchen und sogar einem Uhu lauschen, Rehe bellen, ein Fuchs ist zu hören und früh weckt uns ein Frühlingskonzert der Vögel. Genau das ist es, was wir an den Nächten im Zelt so lieben, die Geräusche der Natur. Wir laufen über Bad Faulenbach nach Füssen. Weiter zum Schwansee und nach Hohenschwangau. Hier befinden sich die Königsschlösser Hohenschwangau und Neuschwanstein. Wenn wir schon mal da sind, wollen wir auch eines der Schlösser besichtigen. Doch leider schließen sie um diese Jahreszeit bereits 16 Uhr. Wir kommen zu spät. Also schlafen wir in der Nähe und wollen morgen die Besichtigung vornehmen. Wir besichtigen das von König Ludwig II erbaute Schloß Neuschwanstein. Die Führung ist sehr interessant. Schloß Hohenschwangau sehen wir uns nur von außen an. Danach erkundigen wir uns im Touristenbüro über unseren weiteren Weg. Der führt eigentlich über den Tegelberg und andere Aussichtsberge im Ammergebirge nach Unterammergau. Doch laut Touristenbüro und Bergwacht ist der Weg um diese Jahreszeit auf keinen Fall begehbar. Die Berghütten haben geschlossen, so dass die Wege nicht begangen und gespurt sind. Es liegt noch sehr viel Schnee da oben, der Weg ist teilweise schwierig und noch dazu herrscht im Moment große Lawinengefahr durch das Tauwetter. Erst gestern hatte die Bergwacht einen Rettungseinsatz. Also, es wird uns nahe gelegt, keinesfalls diesen Weg zu nehmen. Und an dieser Situation wird sich auch in den nächsten Tagen und Wochen nichts ändern. Ganz im Gegenteil, es kann immer noch schneien. Wir hatten es ja schon befürchtet. Schade, aber wir müssen die Berge umgehen und anders nach Unterammergau laufen.

Wir besichtigen die Wieskirche im kleinen Ort Wies. Dieses Rokokokleinod wurde zum Weltkulturerbe erklärt. Laut unserem Wanderbuch ist ein Abstecher dorthin ein lohnendes „Muß". Es wäre allerdings ein sehr weit abgelegener Abstecher gewesen, den wir normalerweise nicht gemacht hätten. Nun aber, da wir das Ammergebirge umgehen, sind es nur drei km Umweg. Und die haben sich gelohnt. Die Wieskirche ist wirklich sehr sehenswert und kostet keinen Eintritt. Danach laufen wir einen Forstweg (Königsstraße genannt) entlang, teilweise im Schnee bis nach Unterammergau, wo wir wieder auf den E 4 treffen. Es regnet und gewittert. So sind wir froh, dass wir kurz nach Unterammergau eine leerstehende Scheune finden in der wir schlafen können. Da das Dach nicht ganz dicht ist stellen wir unser Zelt trotzdem in der Scheune auf. So ist es auch wärmer und zugfreier.

In den letzten Tagen hatten wir ausschließlich strahlenden Sonnenschein. Wir wandern den Hörnleberg hinauf mit seinen 3 Spitzen und der 1390 m hoch gelegenen Hörnlehütte. Hochzu, auf der Südseite ist das kein Problem, runterzu kämpfen wir mit dem Schnee. Weiter geht es durch den hübschen Ort Grafenaschau und das Murnauer Moos (eine Sumpflandschaft) bis nach Eschenlohe. Nochmals finden wir eine offenstehende Scheune zum Übernachten. Von Eschenlohe aus machen wir einen Abstecher nach Garmisch-Partenkirchen, erkunden die Stadt und bestaunen die Zugspitze aus nächster Nähe. Die Alpspitze daneben haben wir vor einigen Jahren gemeinsam mit meiner Tochter Virginia erklommen. Heute nun laufen wir bis zum Walchensee und um diesen herum durch die hübschen Orte Einsiedl, Walchensee und Urfeld. Wir zelten am See mit wunderbarem Blick auf die Berge. Unser Weg würde nun eigentlich über den Herzogsstand weiterführen. Doch das ist wegen dem vielen Schnee noch nicht möglich. Wieder müssen wir den E 4 verlassen und die höheren Berge umgehen. Die Bärlauchzeit hat angefangen. Wir finden die zarten, jungen Blätter und verarbeiten sie zum Abendbrot.

In Lenggries treffen wir wieder auf unseren E 4-Weg. Es regnet den ganzen Tag und auch letzte Nacht hat es durchweg geregnet. Es stellt sich heraus, dass unser neues und imprägniertes Zelt nicht dicht hält. Gut, dass wir noch unsere Plane im Gepäck haben. Wenn das auch alles Gewicht ist. Trotzdem schwimmt heute morgen das Vorzelt und die Schlafsäcke sind feucht. Am Abend quartieren wir uns in einer trockenen Scheune auf weichem Heu ein. In dieser Gegend gibt es sehr viele alleinstehende Scheunen, die nicht verschlossen sind, unser Glück.

Der E 4 führt uns bis auf 1317 m hoch, erst das Hirschbachtal entlang und dann über den Hirschbachsattel. Laut Touristeninformation ist das gerade so machbar. Wir gehen es an, stapfen durch tiefen Schnee und brechen immer wieder ein. Doch wir schaffen es und kommen nach Bad Wiessee am Tegernsee. Unterwegs beobachten wir viele, viele Kröten, die paarweise versuchen über die Schneemassen zu kommen. In Bad Wiessee spielt Julie mit einem Golden Retriever. Wir kommen mit dem Herrchen ins Gespräch. Michel ist begeistert von unserer Reise. Er bietet uns an das Zelt bei ihm im Garten aufzubauen. Wir stellen erst einmal bei ihm ab und erkunden Bad Wiessee ohne Balast. Als wir zurück kommen ergibt es sich, dass wir in Michaels Gartenhäuschen schlafen dürfen und so das Zelt nicht aufbauen müssen. Wir trinken gemeinsam noch ein Glas Wein, können den Kamin benutzen sowie die Dusche in Michaels Haus. Er lässt die Haustür offen, so dass wir Zugang zur Toilette haben. Außerdem dürfen wir Waschmaschine und Wäschetrockner nutzen. Wir freuen uns sehr über diese Gastfreundschaft, hätten so etwas in Deutschland ehrlich gesagt nicht erwartet.

Über Ostern haben wir uns eine kleine Ferienwohnung in Schliersee genommen. Danach führt unser Weg eigentlich über den Wendelstein. Doch es hat noch einmal kräftig geschneit und wir müssen den Wendelstein umgehen. Über die Orte Hundham und Bad Feilnbach gelangen wir nach Brannenburg und dort sind wir wieder auf unserem E 4. Bei Nußdorf schlafen wir auf einer überdachten Bühne. An diesem Tag regnete es den ganzen Tag und auch in der Nacht. Unser nächster Berg ist der 1569 m hohe Hochries und den wollen wir trotz Schnee versuchen. Wir stapfen durch tiefen Schnee, der Aufstieg ist beschwerlich und wir kommen nur langsam voran.

Ein ganzes Stück unterhalb des Gipfels finden wir glücklicherweise eine unbesetzte Almhütte und stellen das Zelt unter deren Vordach. Wir hatten schon befürchtet es im tiefen Schnee aufstellen zu müssen. Am Morgen pfeifen ganz in der Nähe die

Murmeltiere und wir können sie beobachten. Offensichtlich ist ihr Winterschlaf vorbei. In Dirks Rucksack schleicht sich über Nacht eine Maus. Die Nudeltüte hat nun ein großes Loch und die Nudeln liegen lose verstreut im Rucksack. So ein kleiner, frecher Dieb. Wir quälen uns bis auf den Hochries, geschafft, trotz abratender Ratschläge von der Touristeninformation. Leider haben wir heute dichten Nebel. Wir sehen nur wenige Meter weit, von schöner Aussicht keine Spur. Aber da auch eine Seilbahn auf den Berg fährt hat die Berghütte geöffnet. Wir kommen mit dem Wirt ins Gespräch. Er spendiert Julie einen Teller voll Würstchen und uns jeweils ein Stück Eierlikörkuchen und ein Stück Rotweinkuchen, selbstgebacken. Dann laufen wir den Berg runter bis nach Hohenaschau, sehen das Schloß schon von weitem. Der Wetterbericht hat für die nächsten Tage starken Regen angesagt. Für heute Nacht finden wir ein Abrißhaus und haben es trocken. Trotzdem ist die Nacht ungemütlich und kalt. Alle Fenster sind eingeschlagen und wir somit der Zugluft ausgesetzt.

Bei Penny wollen wir einkaufen. Dirk kommt auf die Idee und schaut in eine Mülltonne davor. Uns trifft fast der Schlag. Er findet darin Käse, Wurst, Kartoffeln, Radieschen, Tomaten und Weintrauben. Alles in einwandfreiem Zustand. Unser Abendbrot ist gesichert. Für uns ist es gut, doch insgesamt finden wir schlimm, was so alles weggeworfen wird. In Zukunft werden wir wohl öfters mal in solche Tonnen schauen. Unser Weg führt nun über die 1669 m hohe Kampenwand und weitere Aussichtsberge bis nach Ruhpolding. Eigentlich wollten wir das in Angriff nehmen. Doch der Wetterbericht meldet Regen für die nächsten Tage und Schneefall bis auf 600 m Höhe. Und auch der Wirt von der Hochrieshütte hat uns abgeraten, da dort auf Grund von Nordhängen noch mehr Schnee wie auf dem Hochries zu erwarten ist. Also umgehen wir diese Berge wieder einmal. Wir laufen weiter und fragen in einem Bauernhof nach Wasser. Der Bauer bietet uns einen Raum zum Schlafen an. Es ist zwar noch früh am Tage doch wir freuen uns und sollen es nicht bereuen. Wir dürfen unsere Schlafsäcke und Isomatten in einer Küche ausbreiten und die Küche mit allem was drin ist benutzen. Und dann führt uns der Bauer herum: „Hier sind Kohlen und Holz für den Ofen, hier ist Tee, da Bier und Säfte, hier findet Ihr frische Eier und Milch, da in der Truhe sind Brötchen und Pizza, in diesem Schrank sind Gewürze, dort findet Ihr das WC und in diesem Raum die Dusche". Ich frage vorsichtshalber was das kostet. „Passt schon alles", meint der Bauer und auch die Lebensmittel sind umsonst. Die Frau des Bauerns war längere Zeit in Amerika und hat dort überall Gastfreundschaft erfahren. Das geben sie jetzt zurück. Wir freuen uns und genießen den Rest des Tages. Heute haben wir die Qual der Wahl beim Essen und Trinken. Wir verzehren erstmal die Sachen aus der Tonne, machen uns dazu Spiegeleier, Brötchen und trinken ein Bier.

Der Sonntag beginnt mit einem guten Frühstück aus Brötchen, frischen Hühnereiern, Milch und Radieschen. Dann laufen wir weiter bis zum Chiemsee und an diesem entlang. Wir kommen durch die Orte Bernau, Feldwies und Übersee. Es regnet wie angekündigt den ganzen Tag. Deshalb fragen wir bei einem Bauern nach einem trockenen Plätzchen im Heu. Der erste Bauer schickt uns weg. „Mit dem Hund bringt Ihr nur Krankheiten rein", sind seine Worte. Aber beim nächsten Bauern dürfen wir es uns im Heu gemütlich machen. Nachdem wir uns ausgebreitet haben, bringt uns der Bauer auch noch Käsetoast, gekochte Eier und Limonade. Ein wenig später bekommen wir von seiner Schwiegermutti Apfelkuchen und Cappuccino. Na, so lässt es sich doch wieder aushalten. Die Stallmietze kuschelt sich mit zwischen unsere Schlafsäcke. Am nächsten Morgen wird uns die liebe Schwiegermutti nochmals Cappuccino sowie belgte Käse- Marmeladen- und Honigschnitten bringen.

Unser letztes Wanderstück in Deutschland führt uns nach Bergen, Ruhpoldingen, Inzell, Bad Reichenhall und Bayerisch Gmain. Von Inzell nach Bad Reichenhall laufen wir auf dem Salineweg. Dort entlang führte die erste Pipeline der Welt (von Bad

Reichenhall nach Trauenstein, 31 km). Sie wurde 1619 erbaut. Der Ortsname Reichenhall bedeutet so viel wie Reich an Salz (Hal=Salz, kommt aus dem Keltischen).

5. Abschnitt
ÖSTERREICH

1. Kapitel
Österreichs Gastfreundschaft

Am 20.04.2012 erreichen wir die Grenze zu Österreich. Die nächsten 780 km geht es in diesem Land weiter. Die erste Nacht in Österreich schlafen wir in einer kleinen Schutzhütte, etwas kalt und zugig zwar, aber trocken. Dann laufen wir nach Salzburg und verbringen den Nachmittag in dieser schönen Stadt, die wir allerdings schon früher einmal besucht haben. Zuvor werden wir am Wegesrand von einem netten Ehepaar zum Mittagessen eingeladen.

Abends wundern wir uns über das Ausrücken zahlreicher Feuerwehren und Polizeiautos sowie einem Hubschrauber. Heute früh hören wir im Radio, dass zwei junge Frauen auf dem Gaisberg im Schnee stecken geblieben waren und gerettet werden mussten. Na prima, der Gaisberg ist unser nächstes Ziel. Doch wir erreichen seinen 1288 m hohen Gipfel ohne Probleme. Er ist der Hausberg von Salzburg. Oben schneit es ein wenig und es liegt auch Schnee. Aber so, dass man darin stecken bleiben könnte keinesfalls. Noch dazu führt auch eine freie Straße bis hinauf. Wer weiß wie das mit dem Rettungseinsatz gestern war. Wir laufen auf der anderen Seite wieder runter, dann das Mühlental entlang bis nach Ebenau. Kurz vor der Strubklamm schlagen wir das Zelt auf. Wir sind jetzt im Salzkammergut. Das Salzkammergut ist wunderschön mit seinen vielen klaren Seen und den Bergen. Wir waren in den letzten Tagen in Faistenau, am Fiblingsee, in Fuschl am Fuschlsee und in St. Gilgen am Wolfgangsee. Überall halten wir uns länger auf, weil es einfach so herrlich ist. In Faistenau kaufen wir uns beim Bäcker wieder einmal ein Brot. Die nette Bäckersfrau gibt uns dazu noch eine große Paprikawurst mit. Nun quälen wir uns auf den 1783 m hohen Schafberg rauf. Da es die Südseite ist kommen wir gut oben an und es lohnt sich. Bei Sonnenschein und warmen Temperaturen haben wir eine atemberaubend schöne Aussicht auf die Bergkulisse, den Wolfgangsee, den Mondsee und den Attersee. Unterwegs treffen wir zwei Spanier und den jetzt in Spanien lebenden Österreicher Bobby. Wie so viele Leute fragt uns auch Bobby wegen den großen Rucksäcken nach unserem Weg. Er will wissen ob wir beleidigt sind wenn er unsere Reise ein wenig unterstützt und schenkt uns 35 Euro. Natürlich sind wir nicht beleidigt sondern freuen uns. Auf der Bergspitze kommen wir mit einem Mann von der Bergwacht ins Gespräch. Er meint es sei unmöglich auf der anderen Seite (Nordseite) wieder runter zu gehen. Viel zu viel Schnee. Wir sehen es ja selbst. Das heißt also den gleichen Weg zurück und den ganzen Berg umlaufen bis zum Ort Weißenbach am Attersee, wo wir eigentlich runter gekommen wären. Von St. Wolfgang aus am Wolfgangsee fährt eine Zahnradbahn auf den Schafberg. Die ist momentan noch nicht in Betrieb. Aber eine Dampflok mit Anhänger bringt Bauarbeiter und den Mann von der Bergwacht, dem auch die Berghütte da oben gehört rauf und runter. Als wir die Schiene überqueren wollen kommt das Gefährt gerade an, fährt nach unten. Wir haben Glück, dürfen bei den Bauarbeitern Platz nehmen und runter nach St. Wolfgang fahren. Der Mann von der Bergwacht sitzt mit dabei. Von St. Wolfgang aus bringt er uns dann noch mit seinem Auto bis nach Unterach am Attersee. Doch damit noch lange nicht genug. In Unterach lernen wir Stefanie kennen. Auch sie spricht uns wegen der Rucksäcke an. Sie kommt gerade von der Arbeit und lädt uns ein bei ihr zu Hause (15 km entfernt) zu übernachten. Wir fahren also mit, dürfen duschen und Stefanie lädt uns zum Abendbrot ein. Es gibt Spirellis mit Kraut, Holundersaft und Süßigkeiten hinterher. Stefanie ist erst seit kurzem wieder in Österreich. Mit ihrem Freund war sie ein Jahr lang in Amerika und die beiden wurden dort sehr oft eingeladen. Deshalb lädt sie auch uns heute ein. Ihre Vermieterin ist allerdings nicht so erfreut über Julie. Das ganze Haus ist mit Parkettfußboden ausgelegt, sie fürchtet Kratzer. Julie muss deshalb auf dem überdachten Balkon schlafen und wird dahin getragen. Da sie keine Ruhe finden würde so ungewohnt allein auf dem Balkon schläft Dirk mit ihr draußen.

Heute heißt es 06:00 Uhr aufstehen, denn Stefanie muss auf Arbeit und nimmt uns wieder mit zurück. Zuvor bekommen wir aber noch ein gutes Frühstück. Unser Weg würde nun durch das Höllengebirge und über einige hohe Berge, unter anderem den Feuerkogel bis nach Ebensee führen. Der Mann von der Bergwacht gestern hat uns davon ausdrücklich abgeraten. Ein Durchkommen bei dem Schnee sei keinesfalls möglich und gefährlich. Also umgehen wir das Höllengebirge, laufen ein ganzes Stück am riesig großen Attersee entlang, weiter auf der Straße und dann auf einem Forstweg bis zum Langbathsee. Darin beobachten wir zwei grazile Ringelnattern. Bei einem Gasthaus fragen wir ob wir unser Zelt dort aufstellen dürfen, denn ringsherum ist zelten strengstens verboten (Naturschutzgebiet). Überall weisen Schilder darauf hin. Der Besitzer des Gasthofes hat 18 Pferde und wir dürfen auf einer Pferdeweide zelten. Seine Pferde sind in Österreichs Springsport erfolgreich, wir schauen sie uns an. Dann werden wir zu einem deftigen Abendbrot aus Spiegeleiern, Speck und Schinken, Brötchen sowie einem großen Salatteller eingeladen. Dirk bekommt dazu ein Bier und ich einen Gspritzten (Wein mit Mineralwasser). Im Anschluss dürfen wir noch duschen. Na, wenn das nicht wieder ein schöner Tag war. Die Österreicher erweisen sich als sehr gastfreundlich. Das Wetter spielt auch mit, Sonnenschein und 30 Grad, ungewöhnlich für April.

Es geht weiter nach Ebensee am Traunsee, wo wir ein paar Stunden verweilen. Von da weg kommen wir nur einige Meter bis schon wieder eine Einladung folgt. Ein netter Mann fragt ob er uns etwas zu trinken anbieten kann. Bei Sonnenschein und 30 Grad sind wir dankbar für eine große Flasche gekühlten Traubenmost. Dann bekommen wir noch einen großen Bioknoblauchkäse und eine harte Wurst mit auf den Weg. Der liebe Mann entschuldigt sich sogar, dass er keine Süßigkeiten im Haus hat. Und auch er bietet uns seine Dusche an. Zwar konnten wir gestern Abend erst duschen und haben uns heute früh an einer Quelle gewaschen aber bei der Hitze sind wir schon wieder verschwitzt und willigen gern ein. Wir wissen ja auch nicht wann die nächste Duschgelegenheit kommt. Nun wandern wir die wunderschöne Rindbachklamm entlang und zelten an einer Forsthütte mit Brunnenwasser.

Weiter laufen wir zum Offensee. Danach über den Gschirrsattel (1029 m) und runter zum Almsee. Wir sehen eine schöne, große Kreuzotter. Unterwegs kommen wir mit einem netten Paar aus Oberfranken ins Gespräch. Unser Zelt stellen wir am Almsee hinter einer Gaststätte mit Erlaubnis des Wirts auf. Direkt am See ist das Zelten verboten. Nachdem wir die Rucksäcke abgestellt haben bummeln wir noch ein wenig ohne das Gewicht um den schönen See. Als wir zurück kommen finden wir bei den Rucksäcken zwei Flaschen Bier, Salzstangen und Tempotaschentücher. Ein Zettel liegt dabei worauf steht: „Viele Grüße von den Oberfranken von heute früh, gute Weiterreise". Wie nett, wir freuen uns.

Unser nächstes Ziel ist die 11 km entfernte Almtalhütte. Beim Loslaufen kommen wir mit zwei freundlichen Polizisten ins Gespräch. Sie bieten uns an, die Rucksäcke bis zur Almtalhütte zu fahren. Das ist ja toll. Unbeschwert laufen wir also ohne den Ballast zur Hütte, ist schon ein riesiger Unterschied. Es geht vorbei am kleinen und großen Ödsee. Nachdem wir die Rucksäcke wieder aufgenommen haben, noch einen Sattel hinauf und auf der anderen Seite wieder runter, zelten wir an einer Forsthütte.

Ein wunderschöner Weg am Fluß entlang und zwischen Felsen führt uns nach Steyerling, weiter dann um den Klauser See herum zum Ort Klaus. Kurz danach zelten wir im Wald. In letzter Zeit vergeht kein Tag ohne dass uns jemand etwas Gutes tut. Heute werden wir von einem netten Mann zu Gspritztem mit einem Schuss Aperol und Erdnüssen eingeladen. Gemütlich sitzen wir auf seiner Terrasse und plaudern. Er selbst ist Extremskifahrer und Mountainbiker.

Wir laufen nach Molln und befinden uns nun im Nationalpark Kalkalpen. Laut einem Prospekt gibt es hier noch Tiere und Pflanzen die man anderswo kaum mehr findet. So zum Beispiel Luchse, Alpenbockkäfer, Auer-, Birk- und Haselhühner, Wanderfalken, Steinadler, Fischotter, Rotwild, Schwarzstörche und Siebenschläfer. Ab und an verirrt sich auch mal ein Bär hier her. Kaum glauben können wir, dass es 1467 verschiedene Schmetterlingsarten hier geben soll. Im Prospekt steht es jedenfalls so drin. Auch gibt es in diesem Gebiet viele Schlangen, wie Ringelnattern, Kreuzottern, Äskulaptnattern und Glattnattern. Die Kreuzottern kommen außer der uns bekannten Färbung auch in ganz schwarz und braun vor. In Molln nehmen wir uns eine Ferienwohnung für zwei Nächte. Sie ist ein absoluter Glückstreffer. Riesengroß und wunderschön, mit allem was man sich vorstellen kann. Wie eine richtige Wohnung. Nur die Waschmaschine fehlt. Aber die sehr nette Vermieterin wäscht unsere gesamte Wäsche in ihrer Waschmaschine. Sie bringt uns außerdem Bier, Saft und Cola vorbei, abends dann noch Eier, Brot, Brötchen, Mehl, Marmelade und Süßigkeiten.

Gestern Abend haben wir uns von der netten Vermieterin bereits verabschiedet, da sie heute arbeitet. Ihre Familie betreibt eine Instrumentenwerkstatt: „Von der Maultrommel bis zur Harmonika". Seit 1679 besteht der Betrieb. Wir bekommen zum Abschied eine Maultrommel geschenkt. Heute nun sind wir gerade beim Packen, die Bettwäsche ist bereits abgezogen, da klingelt es an der Tür und der Vermieter steht dort. Er bietet uns an, noch eine Nacht länger in dieser tollen Ferienwohnung zu bleiben. Wir sind eingeladen, müssen nichts dafür bezahlen. Wir machen Luftsprünge, können es kaum glauben. Und so genießen wir einen weiteren Tag im Luxus.

2. Kapitel
Arbeit in Österreich

Erst 12 Uhr verlassen wir die schicke Ferienwohnung. Doch weit kommen wir nicht. Der Wetterbericht hat Regen und Gewitter für ganz Österreich angekündigt. Schon zucken die Blitze und der Regen prasselt hernieder. Wir sind gerade kurz vor einem Bauerngut. Danach geht es in die Berge und wahrscheinlich kommt keine Möglichkeit für ein trockenes Plätzchen mehr. Also fragen wir im Bauernhof. Und wieder erfahren wir ganz herzliche Gastfreundschaft. Wir dürfen uns in einer leerstehenden Wohnung, die mal zu einer Ferienwohnung werden soll, ausbreiten. Wir bekommen Läufer als Unterlage damit wir nicht so hart schlafen. In der Wohnung sind keinerlei Möbel, aber ein WC, eine Dusche und eine große Badewanne (das Bad ist fertig), die wir nutzen können. Und dann werden wir wieder einmal mit köstlichem Essen verwöhnt. Es gibt Brotsuppe, Spiegeleier, Kartoffeln mit Sellfleisch, Palatschinken und dazu Saft und Kakao.

Der Bauer bietet uns am nächsten Tag an, vier Wochen bei ihm für freie Kost und Logis zu arbeiten. Die gesamte Familie ist sehr sympathisch. Wir wandern also vorerst nicht weiter sondern bleiben da.

Heute jedoch ist Sonntag. Und in der sehr gläubigen, katholischen Familie wird da nicht gearbeitet. Wir bekommen ein gutes Frühstück und haben dann Zeit für uns, gehen mit Julie spazieren und sehen zwei sehr große (ca. 1,5 m lange) Äskulaptnattern. Gegen 16:30 Uhr bekommen wir nochmal was zu essen und helfen danach im Stall. Die Tiere müssen auch sonntags versorgt werden, was aber das einzige ist. Es gibt Kühe, Kälber, einen großen Bullen (Fernando ist mit in der Herde), Hühner und Enten sowie Katzen und zwei Schweine.

Es ist Mitte Mai. Nun sind wir schon wieder seit einer reichlichen Woche auf dem Bauernhof und fühlen uns sehr wohl. In unsere leerstehende Wohnung haben wir einen Tisch, zwei Stühle und eine Eckbank bekommen, außerdem ein Bett, Kopfkissen, Zudecken und frische Bettwäsche sowie frische Handtücher. Unsere Wäsche dürfen wir zum Waschen geben wenn es nötig ist. Auch können wir jederzeit an den Computer. Die Verpflegung ist mehr als gut. Wir bekommen Frühstück, Mittagessen und Abendbrot, nehmen alles gemeinsam mit der sehr sympathischen Familie ein. Früh gibt es immer Kakao aus frischer Kuhmilch. Mittags Suppe, danach ein Hauptgang und selbstgemachten Saft. Bäuerin Maria kocht sehr gut und wir kommen so in den Genuß regionaler oberösterreichischer Küche. Oft gibt es zwischendurch noch selbstgebackenen Kuchen, Eis oder Salat, abends ab und an ein Bier. Fast alles was wir essen ist aus eigener Herstellung, das Gekaufte grundsätzlich Bio. 08 Uhr treffen wir uns zum Frühstück, erst gegen 09 Uhr beginnen wir mit der Arbeit. Maria und Hannes erwarten sechs Stunden Arbeit pro Tag von uns. Meist arbeiten wir freiwillig wesentlich länger. Unsere Arbeit besteht bis jetzt aus Gartenarbeit (Rasen mähen, Unkraut jäten), Weidezäune bauen, Kühe raus- und wieder reintreiben, Hilfe im Haushalt, Kartoffeln einsetzen, und jede Menge Gras für Silage zusammenrechen. Es geht aber alles ohne Streß ab und die ganze Familie (Bauer Hannes, Bäuerin Maria, Sohn Markus, Enkel Mike sowie die polnischen Angestellten Eva und Jannek) strahlt eine innere Ruhe und Gelassenheit aus. Es ist eine herzensgute Familie, bei der wir uns geborgen fühlen. Auch Julie fühlt sich wohl und ist beim Gras Rechen immer mit dabei. Dirk freut sich, dass er Traktor fahren darf. Vom 02.06.-17.06. haben Eva und Jannek Urlaub. Wir werden deshalb gefragt, ob wir noch zwei Wochen länger bleiben würden. Na ja, warum nicht. Bleiben wir also insgesamt sechs Wochen hier. Fast täglich beobachten wir mindestens eine Äskulapnatter. Die weiblichen Exemplare dieser ungiftigen Schlangenart können bis zu zwei Meter lang werden. Und wir sehen tatsächlich sehr große Tiere. Das begeistert uns. Jetzt im Mai haben sie Paarungszeit.

In dieser Woche werden wir ins Melken mit der Melkmaschine eingewiesen. Das macht sonst meist Jannek. Wenn er auf Urlaub ist, sollen wir es selbständig tun, bis dahin erst einmal nur abends. Bei den 20 Milchkühen müssen dafür erst die Euter mit warmem Wasser gereinigt und dann getrocknet werden. Dann wird aus jeder Zitze mit der Hand etwas Milch herausgemolken, um zu sehen, ob die Milch in Ordnung ist. Sollte sie gelb oder dickflüssig/flockig sein, so darf sie nicht verwendet werden. Bei drei Kühen gleichzeitig wird danach die Melkmaschine angeschlossen. Ist die Kuh fast fertig, streicht man das Euter aus, damit die Milch vollständig herausgepumpt wird, es nicht zu Euterentzündungen kommt und die Milchleistung nicht zurückgeht. Zum Schluss müssen die Euter noch mit Jod desinfiziert werden. Vor dem Melken sind Milchkannen und Behälter zu reinigen. Nach dem Melken schaltet man die automatische Reinigung der Melkanlage ein und wechselt einen Filter. Zwei Kühe sind gerade krank und die Milch darf wegen der Medikamente nicht verwendet werden. Gemolken werden diese Kühe aber trotzdem, in eine extra Kanne, sonst bildet sich eine Euterentzündung. Die eine Kuh hat Gebärmutterentzündung, weil sich nach dem Kalben die Nachgeburt nicht vollständig gelöst hat. Und die andere hat ein Problem mit den Klauen. Auch wenn eine Kuh Fieber hat, darf die Milch nicht verwendet werden. Mehrmals im Jahr kommt eine unangemeldete Kontrolle, wobei Hygienebedingungen und Keime in der Milch kontrolliert werden. In dieser Woche war aber ein anderer Kontrolleur da. Dieser kontrolliert die Milchmenge jeder einzelnen Kuh sowie bei der Milch jeder Kuh den Fettgehalt, Eiweißgehalt und Harnstoffgehalt. Milchproben werden dafür mit ins Labor genommen. Diese Kontrollen sind freiwillig für den Bauer, werden ca. alle neun Wochen durchgeführt und kosten den Bauern pro Kuh und Jahr 420 Euro. Das sind also bei 20 Milchkühen 8400 Euro im Jahr, eine ganz schöne Summe. Es scheint sich aber zu lohnen. Denn die Milchmenge und Qualität schlägt sich beim Preis der auf Auktionen verkauften Kälber nieder und die Qualität der Milch beim Preis der Milch selber. Drei Kalbinnen (tragende Kühe) von Hannes stehen zusammen mit Kalbinnen und Ochsen von anderen Bauern auf 1100 m Höhe bei der Grünburger Hütte. Wir helfen mit, sie von einer Weide auf die andere zu treiben. Dirk baut in dieser Woche wieder Weidezäune, holt Kraftfutter, kärchert einen Kuhstall aus und mistet Kälberboxen. Ich helfe im Haushalt und Garten. Am Donnerstag, zum Himmelfahrtstag, haben wir frei und wie immer auch am Sonntag. Samstag sind wir zur Firmung von Mike, dem 15-jährigen Enkel von Maria und Hannes eingeladen. Die Zeremonie in der Kirche ist sehr interessant. Die Firmlinge mit ihren Paten marschieren feierlich die Straße entlang, davor eine Kapelle. Alle, auch die Verwandten haben hübsche, bunte Trachtenkleider bzw. Lederhosen und karierte Hemden an. Ich bekomme von Maria für diesen Anlass ein Kleid geborgt und Dirk von Hannes gute Schuhe. In der Kirche dann der feierliche Gottesdienst. Die Firmlinge erneuern ihr Taufversprechen und empfangen den heiligen Geist. Das Ganze dauert 1,5 Stunden. Danach gibt es vor der Kirche noch ein gemeinsames Zusammensein, Essen und Trinken. Der Firmling erhält ein Geschenk von seinem Paten. Und abends wird dann in der Familie gefeiert. Daran nehmen wir allerdings nicht teil, sondern besuchen ein Jazzkonzert in Molln. Die Karten für die „Blue Danuble Jazz Music" schenkt uns Maria. Und sie gibt uns extra noch 20 Euro mit, damit wir uns in der Pause an der Bar etwas holen können. Doch das Geld müssen wir gar nicht ausgeben, denn wir werden von anderen Leuten eingeladen. Es ist ein sehr gutes Konzert. Wir genießen es.

Dank Maria und Hannes wird Dirks 46-igster Geburtstag zu einem besonderen Tag. Zum Mittagessen wird das gute Geschirr aufgetafelt und es gibt ein Glas Sekt zum Anstoßen. Dirk bekommt von Maria und Hannes außerdem eine Flasche guten Wein, Süßigkeiten, indische Seife, Socken und eine ganz lieb geschriebene Geburtstagskarte. Eva und Jannek schenken ebenfalls eine Flasche Wein. Wir arbeiten nur bis zum Mittagessen. Danach fährt Maria mit uns in die sehenswerte Stadt Steyr. Wir besichtigen die Stadt, werden auf einen Eisbecher eingeladen und extra noch zum Abendbrot in ein Gasthaus. Es ist ein sehr schöner Geburtstag, so als würden wir mit zu dieser lieben Familie gehören.

An einem Freitag Abend lädt uns Maria zu einem polnischen Abend in die Schule von Molln ein. Eva und die zwei Polinnen Margoscha und Ivona erzählen etwas von ihrem Land und dazu gibt es polnisches Essen. So die Aussage von Maria. Doch als wir ankommen entpuppt sich die Sache als Kochkurs. Ca. 20 Leute aus Molln organisieren einmal pro Monat einen Kochkurs. Diesmal soll unter Anleitung der Polinnen polnisch gekocht werden. Ich, die alles andere als gerne kocht bin ein bisschen erschrocken. Aber es wird ein sehr schöner und lustiger Abend. Wir kochen eine saure Suppe (Zupa ogorkowa), Pierogis mit verschiedenen Füllungen und backen den polnischen Apfelkuchen Szarlotka. Gar nicht so einfach, die Teigtaschen für die Pierogis richtig zu formen. Das anschließende, gemeinsame Essen schmeckt vorzüglich. Dazu gibt es Saft mit polnischem Wodka drin und es ertönt Musik von Chopin. Den Unkostenbeitrag für uns übernimmt Maria.

Maria engagiert sich sehr für eingewanderte Ausländer. An einem Samstag werden wir von ihr zu einem türkischen Fest eingeladen. Dieses Fest findet einmal im Jahr statt, organisiert von einem türkisch/österreichischen Verein. Die Türken verkaufen Waren und verschiedenste, bei uns unbekannte türkische Gerichte. Maria bezahlt wieder alles was wir essen. Ein Festzelt ist aufgebaut und eine Band spielt türkische Musik. Wir lernen dabei Maja kennen. Sie ist Vorsitzende eines Integrationsvereines. Sie und ihre Eltern sind Vegetarier. Maja hat noch nie in ihrem Leben Fleisch, Wurst oder Fisch gegessen. Ihr Hausarzt wundert sich immer wie kerngesund sie trotzdem oder gerade deshalb ist.

Ihr Blut wird regelmäßig kontrolliert, die Werte sind immer in Ordnung. Auch ihre Eltern erfreuen sich bester Gesundheit.

Eines Abends sind wir bei Eva und Jannek zum Dartspielen eingeladen. Auch die Polin Ivona ist dabei. Zuvor hatten wir bei Maria und Hannes Abendbrot gegessen. Nichts ahnend dass auch Eva Abendbrot vorbereitet hat. Und das mit sehr viel Mühe und Liebe. Die leckersten, polnischen Speisen gelangen auf den Tisch, so viele verschiedene Sachen. Wir essen und essen und essen, vor, zwischen und nach dem Dartspielen. Vertragen können wir das viele Essen nur dank dem polnischen Wodka dazu und den Wodka nur durch das viele Essen. Eines ohne das andere wäre nicht gegangen. Es wird ein lustiger und langer Abend.

An Pfingsten müssen wir nicht arbeiten.. Am Pfingstsonntag sind wir, gemeinsam mit der ganzen Familie zu einem nachträglichen Muttertagsbrunch eingeladen. Und schon wieder gibt es die köstlichsten Sachen. Am Abend gehen wir mit Maria und Hannes zu einer Pfingstandacht. Pfingstmontag schlafen wir richtig lang aus, beobachten und fotografieren Äskulaptnattern und sind am Nachmittag zu Kuchen und Tee bei Rosi eingeladen. Das ist unsere derzeitige Nachbarin. Sie hat die Wohnung neben uns gemietet und heute ein nettes Ehepaar mit eingeladen, welches sich sehr für unsere Reise interessiert. Die beiden gaben ihre gut bezahlten Jobs (eigenes Geschäft sowie Golfplatzbetreiber) ebenfalls auf und bewirtschaften nun einen Biohof. Rosi schenkt Dirk ein paar Sandalen, sie hat gesehen, dass Dirks Sandalen vollkommen abgelaufen sind und ein Loch haben. Da wir die Fahrräder von Maria und Hannes benutzen dürfen, fährt Dirk fast täglich mit Julie Fahrrad. Ihr macht das riesige Freude und sie hat eine Wahnsinnskondition.

Anfang Juni hat Hannes seinen 60. Geburtstag und wir feiern mit als gehörten wir zur Familie. Aus Deutschland lassen wir uns ein Räuchermännel schicken und schenken es ihm als Andenken an uns. Die erzgebirgischen Weihnachtsschnitzereien sind hier unbekannt. In Österreich beginnt das Rentenalter mit 60.

Eine Freundin von Maria hat Pferde. Es sind Haflinger, die auf Vielseitigkeitsturnieren vorgestellt werden. Wir dürfen mit ihnen ins Gelände reiten.

Aber auch den braunen Wallach Balu, der sonst ebenfalls auf Vielseitigkeitsturnieren geritten wird, darf ich reiten.

An meinem 47-igsten Geburtstag erreichen mich viele Anrufe und Geburtstagskarten. Dirk bäckt mir einen „Kalten Hund" und schenkt mir drei Rosen. Wir müssen an dem Tag nicht arbeiten. Maria und Hannes haben uns Eintrittskarten für einen ganzen Tag freien Eintritt in Bad und Saunalandschaft der Therme von Bad Hall geschenkt. Mit ihrem Auto dürfen wir dort hin fahren und machen uns einen schönen Tag. Der Fronleichnamstag am Donnerstag ist ein Feiertag in Österreich und so brauchen wir auch da nicht arbeiten. In dieser Woche schaffen wir Dirks Rucksack zum Schuster. Eine Naht vom Träger ist gerissen. Der Schuster meint es gut, verklebt auch ein paar Löcher, repariert andere Stellen und berechnet nur 10 Euro dafür. Aber er meint es ein bisschen zu gut, vernäht auch die Öffnungen für das Tragegestell gleich mit. Wir merken es erst, als wir wieder zurück sind. Nun müssen wir entweder noch einmal hin oder sehen ob es auch ohne das Tragegestell geht.

Unsere sechs Wochen in Molln sind um. Eine schöne, abwechslungsreiche und interessante Zeit. Nun kribbelt es bei uns schon wieder in den Beinen und wir freuen uns aufs Weiterwandern.

3. Kapitel
Abstecher in die Slowakei

An einem Montag verlassen wir den Hof und sind froh wieder unterwegs zu sein. Die Woche ist geprägt von schwül-heißen Tagen (bis 36 Grad) und starken Gewittern. Einem Gewitter entkommen wir gerade noch rechtzeitig in einem Abrisshaus. An diesem Tag beenden wir die Wanderung schon zeitig und nächtigen gleich in dem Haus. Eine saubere Matratze und ein Sofa darin ermöglichen uns sogar bequemen Schlafkomfort. An einem anderen Tag finden wir einen Unterstand für die Nacht. Die Wanderung führt uns über die Grünburger Hütte nach Ternberg, durch den Nationalpark Ennstal nach Maria Neustift, wo wir uns eine Wallfahrtskirche ansehen. Weiter geht es über Konradsheim und einige Aussichtsberge nach Waidhofen an der Ybbs. Die Landschaft hat nun Mittelgebirgscharakter, eine wunderschöne, sanfte Hügellandschaft. Wir sehen viele Rehe und Feuersalamander, laufen durch Kuhweiden, kommen mit den großen Rucksäcken wieder kaum durch die engen Ein-und Ausgänge der Weiden und durchwandern wunderschöne, bunt blühende Blumenwiesen. Wir befinden uns jetzt in Niederösterreich.

Aus einem Prospekt über Biohöfe in Österreich, die Helfer für freie Kost und Logis nehmen, erfahren wir von einem Hof ganz in der Nähe von Waidhofen. Er liegt in Kematen an der Ybbs. 10 Pferde, Gewinnung von Stutenmilch, Reiten, Kutschfahrten, Heublumensauna, Meditation, Unterbringung in Zimmer mit Dusche und WC, so steht es in dem Prospekt. Klingt interessant. Wir haben Lust, wieder einmal mit Pferden zu arbeiten, das mit der Stutenmilch interessiert uns auch. Also rufen wir an und können kommen. Eine Woche wollen wir bleiben. Am Hof angekommen, lernen wir die Besitzer Frank und Hildegard mit ihren vier Kindern kennen, eine nette Familie. Einer der Jungs muss sein Kinderzimmer räumen, denn da schlafen wir jetzt. Wir haben schöne Betten, frische Bettwäsche und ein Badehandtuch. Dusche und WC teilen wir mit den Kindern. Am Freitag bekommen wir auch noch einen Fernseher ins Zimmer. Allerdings stellt sich heraus, das alles nicht so ist wie in dem (schon etwas älteren) Prospekt. Es gibt nur noch drei Pferde statt 10. Das mit der Stutenmilch wird schon lang nicht mehr gemacht. Und die Pferde werden weder angespannt noch geritten. Sie stehen in einem großen Offenstall, können raus auf die Weide und wieder rein wie sie wollen. So gibt es kaum Arbeit mit den Pferden, bis auf Ausmisten und Füttern, schade. Frank und Hildegard haben sich auf Gemüseanbau sowie Getreide spezialisiert. Sie bauen unter anderem Dinkel an und backen daraus leckeres Dinkelbrot, außerdem Sonnenblumen und Kürbisse sowie Luzerne. Auf Märkten verkaufen sie das Brot, geröstete Sonnenblumen- und Kürbiskerne sowie verschiedene selbstgemachte Schnäpse. Ihr Walnussschnaps verkauft sich dabei am besten. Wir dürfen ihn probieren, er schmeckt sehr gut. Unsere Arbeit besteht aus dem Entunkrauten des Kürbisfeldes, Aufräumarbeiten, Gras hauen, Brennesseln entfernen, Reparaturarbeiten und Pferdestall Misten. Na ja, eigentlich hätten wir gern richtig mit Pferden gearbeitet. Trotzdem fühlen wir uns hier wohl. Und was auch mal schön ist, hier müssen wir täglich nur fünf bis sechs Stunden arbeiten. 07 Uhr treffen wir uns zum Frühstück, 07:30 Uhr geht die Arbeit los. Nach dem Mittagessen (nun niederösterreichische Küche) haben wir schon Feierabend und Sonntag ganz frei. So bleibt noch genug Freizeit. Die verbringen wir meist am Fluss Ybbs, schwimmen und liegen am Strand. Denn auch in dieser Woche ist es sehr heiß. (bis zu 38 Grad). Die Heublumensauna ist leider nicht in Betrieb. Hildegard und Frank beschäftigen sich intensiv mit mystischen Dingen wie zum Beispiel Kornkreiszeichen in den Feldern. Sie betreiben ein kleines, sehr interessantes Museum darüber und sind selbst schon nach England gereist, um sich mit eigenen Augen solche Kornkreiszeichen anzusehen. Wir erfahren von ihnen viel Interessantes zu dem Thema. So sind laut Frank und Hildegard bislang in nahezu 50 Ländern über 7000 riesengroße, ganz exakt geformte Muster in Kornfeldern erschienen, fast immer über Nacht, oft mit bedeutungsvollen Symbolen. Unter Kornkreisforschern ist unbestritten, diese faszinierenden Symbole können nicht irdischen Ursprungs sein. Die meisten Kornkreise erscheinen jedes Jahr in England, aber auch in Österreich und Deutschland gab es einige.

Seit Freitag haben die Kinder in ganz Österreich Schulferien. Die Sommerferien in Österreich dauern 9 Wochen. Hitzefrei gibt es hier aber nicht.

Am Sonntag Abend werden wir von einer sehr lieben Frau nach Seitenstetten eingeladen. Im dortigen Benediktinerstift besuchen wir gemeinsam erst eine Abendmesse und anschließend ein Benefizkonzert zu Gunsten eines Orgelbaus. Es singen zu diesem Konzert verschiedene Chöre. Maike, welche uns eingeladen hat, war selbst einmal Chorleiterin. Es wird ein schöner Abend. Heute zum Montag ist unser letzter Arbeitstag auf dem Hof. Dirk hilft beim Bau eines Regals, in dem Kuhdung getrocknet werden soll. Frank will versuchen, durch besondere Zeremonien seinen Ernteerfolg zu verbessern. Jeweils früh mit Sonnenaufgang und abends bei Sonnenuntergang wird rituell getrockneter Kuhdung verbrannt und dann die Asche auf die Felder verstreut. Dieses Ritual versuchen Frank und Hildegard erst seit ein paar Tagen unter Anleitung eines Buches. Da sie selbst keine Kühe haben holen sie sich den Dung von anderen Bauern. Ja, und dann muss er getrocknet werden. Dazu benötigt Frank das Regal. Der in Vierecke geschnittene Dung darauf sieht aus wie Schokoladenkuchen.

Ich entkerne mittels einer Maschine Sonnenblumenkerne.

Es kommen neue Pensionsgäste an. Arbeiter (Ungarn), die in einem Hühner-KZ die Käfige abbauen, denn Käfighaltung ist glücklicherweise seit diesem Jahr in Österreich verboten. Aber in Ungarn bauen sie die Käfige dann wieder auf, wie absurd.

Am 03.07. verlassen wir den Hof. Vorher aber haben wir noch Pressetermin. Hildegard hat einen Journalisten der Regionalzeitung angerufen und der zeigt Interesse an unserer Reise. In den nächsten Tagen wird also ein Artikel über uns in der Regionalzeitung erscheinen. Damit wir nicht zurück nach Waidhofen müssen fährt uns Hildegard anschließend zu unserem nächsten Ort St. Leonhard/Wald. Hier sind wir wieder auf unserem Weg. Der Abschied von Frank und Hildegard ist herzlich.

Noch bevor wir loslaufen lädt uns der nette Konditor von St. Leonhard, der eigentlich heute Ruhetag hat, auf Kuchen und Kakao ein. Er vertritt die Meinung, dass man jeden Wanderer einladen sollte. Wir unterhalten uns nett. Als wir uns verabschieden sagt er uns, dass er jetzt leider zu einer Beerdigung muss mit seiner Familie. Die Leute hatten also eigentlich momentan ganz andere Sorgen als uns einzuladen. Wir sind beeindruckt, dass sie es trotzdem getan haben. Nun laufen wir aber endlich los, ein Stückel nur, dann gewittert es und wir stellen uns bei einem Bauern unter. Nach wieder einem Stückerl finden wir mitten im Wald eine junge Katze. Ganz verängstigt hockt sie da. In der Nähe kein Haus oder Bauerngut wo sie hingehören könnte. Sicher ist sie ausgesetzt worden. Was tun? Im Wald würde sie verenden oder vom Fuchs geholt. Dirk wartet mit Julie bei den Rucksacken, ich laufe mit der Katze ein Bauerngut suchen. Als ich eins gefunden habe sagt die dortige Bäuerin: „Wir haben selber schon genug Katzen". Dann aber: „Das ist so a liebes Katzerl, wenn ich das meiner Tochter zeige gibt sie es nicht wieder her". Und ich antworte: „Dann müssen wir es schnellstens Ihrer Tochter zeigen". Sie holt die Tochter und meint: „Na ja, auf eine Katze mehr oder weniger kommt es nun auch nicht mehr an". So hat die kleine Mietze ein neues zu Hause und wir sind erleichtert. Die Wanderung kann weiter gehen. Wir kommen bis Gresten. Da es schon wieder gewittert fragen wir bei einem Bauern nach einer Bleibe für die Nacht. Wir dürfen in einer Garage schlafen und werden zum Abendbrot eingeladen. Hinterher gibt es noch selbst gebackenen Kirschkuchen. Wieder lernen wir eine sehr nette Familie kennen und sitzen noch den ganzen Abend beisammen.

Weiter wandern wir durch das sogenannte Mostviertel, bekannt für seine vielen Apfel- und Birnenbäume und den Most, welcher aus diesen Früchten gemacht wird. Viele Bauern verkaufen ihren selbstgemachten Most. Heute kommen wir an einem Brunnen vorbei. „Mach 'ne Pause und zieh Dir Deinen Most" steht daran. Am Boden des Brunnens befinden sich Kästen mit Most und Apfelsaft. Mittels einer Kurbel kann man sie nach oben befördern und in eine Kasse des Vertrauens das Geld dafür einwerfen. Eine gute Idee. Heute Abend gibt es bei uns Pilze. Die Pilzzeit ist in vollem Gange.

Am Morgen kommen wir mit zwei netten Frauen ins Gespräch. Sie schenken uns Salzgebäck und 10 Euro. Wir laufen dann bis Plankenstein, besichtigen die dortige Wallfahrtskirche und bummeln um die Burg Plankenstein herum. Von den 10 Euro, die uns die Frauen geschenkt haben, wollen wir uns in der Burgtaverne etwas gönnen. Doch das Geld können wir sparen. Wir kommen mit dem netten Kellner ins Gespräch und der lädt uns auf ein Bier bzw. Most ein. Dann fragt er ob wir Hunger haben, er würde uns auf Toast mit Spiegelei einladen. Als er es uns serviert, ist aus dem Toast mit Spiegelei ein Teller mit zwei großen Fleischspießen, Kartoffelsalat, Tomaten und Gurken geworden. Das ist ja wieder mal toll. Der Kellner empfiehlt uns auch eine Stelle zum Schlafen. Hinter der Burg befindet sich eine Ruine und darin finden wir sogar weiche Matratzen. Nur ein paar Schritte entfernt gibt es ein öffentliches WC mit Waschbecken. Die Nacht ist also gesichert. Gut so, denn auch heute hat der Wetterbericht schwere Gewitter gemeldet. Weit sind wir allerdings heute nicht gekommen. Schon 14:30 Uhr waren wir in Plankenstein und blieben hängen. Der nette Kellner kommt abends noch einmal zu unserem Schlafplatz. „Wenn Euch fad ist dann könnt Ihr gern in die Taverne kommen. Ich geb noch ein Bier oder Most aus", meint er. Schön, und so sitzen wir abends in der Taverne. In der Nacht gesellt sich das Burgkätzchen zu uns und schläft in unserer Mitte. So ganz gefällt das Julie nicht, aber sie duldet es. Zwei junge Schafe rennen frei herum und wollen mit zu uns. Doch das geht nicht, die kacken sonst unsere Schlafsäcke voll. Wir verbarrikatieren uns deshalb mit Bänken.

Wir laufen weiter über den Assangkogel, Walzberg (866 m) und den Grüntalkogel (886 m) bis zum Ort Rabenstein. Wieder grollt es und der Wetterbericht hat Gewitter gemeldet. Also fragen wir bei Bauern nach einem trockenen Plätzchen. Sie bieten uns eine Garage an. Wir breiten uns aus, dann werden wir auf ein Radler eingeladen und bekommen eine große Flasche frische Kuhmilch. Wir unterhalten uns nett. Die Frau ist Tierärztin und Pferdeliebhaberin. Sie haben eigene Pferde, Pensionspferde, eine Reithalle und einen Reitplatz. Wir schauen uns die Pferde an. Danach können wir unsere Sachen in der Garage wieder zusammen packen. Die lieben Leute laden uns ein, in einem Zweibettzimmer mit Dusche und WC zu schlafen, einfach toll.

Noch immer ist es tagsüber heiß und abends gibt es Gewitter. Bisher finden wir aber immer rechtzeitig einen Unterschlupf, der uns vorm Gewitter schützt. Am Montag fragen wir bei einem Bauern nach einem Schlafplatz. Wir dürfen dort in einem leerstehenden Haus schlafen, haben WC und Wasser. Der Bauer bringt uns weiche Matratzen zum Schlafen sowie am Abend wie am Morgen frische Kuhmilch, Brot, Butter, Marmelade und frischen Käse. Er bietet uns an, ein paar Tage bei ihm zu bleiben. Doch wir ziehen weiter. Dienstag schlafen wir unter der überdeckten Terrasse der geschlossenen Liasenböndlhütte. Der Wirt, welcher eine Kontrolle macht, sieht uns, hat aber nichts dagegen. An diesem Tag beenden wir die Wanderung schon 15 Uhr, gerade rechtzeitig bevor das Gewitter niedergeht. Am Tag danach ist unser Schlafplatz erhöht und mit toller Aussicht. Eine Skiliftüberwachungshütte auf dem 1341 m hohen Unterberg steht offen. Darin finden sich Decken, Bank und Sessel. Und ein Fernglas. Damit beobachten wir von unserer Erhöhung aus Rotwild, was aus dem Wald auf die Lichtung kommt. Zuvor werden wir von einem Pilgerer, der nach Mariazell wandert, in der Unterberghütte zu Weißbier, Weißwürstchen und Brezel eingeladen. Da er ein Pilgerer ist, muss er eine gute Tat vollbringen. Damit begründet er seine Einladung. Der Wirt der Hütte stammt aus Bayern, darum das bayrische Essen.

Wir laufen zur 1107 m hohen Enzianhütte auf dem Kieneck, weiter über den Hochriegel bis hinauf zum 1037 m hohen Hocheck. Der Hüttenwirt der Enzianhütte erlaubt es uns, bei ihm kostenlos zu duschen. Seife und frische Handtücher bekommen wir auch. Die Hocheckhütte hat geschlossen, aber ein Vorraum ist offen mit Tisch, Eckbank, Kerzen und Getränken sowie einer Kasse des Vertrauens. Das ist auf den Hütten hier so üblich. Wir schlafen in diesem Vorraum und gönnen uns ein Bier. Natürlich bezahlen wir wie es sich gehört. Von einem Aussichtsturm aus können wir schon Wien sehen und freuen uns darauf. Denn unterwegs treffen wir ein nettes Paar aus Wien. Sie schenken uns Brot und Kaugummis und laden uns für drei Nächte zu sich nach Hause ein, wenn wir nach Wien kommen. Das ist prima. Wir wollten uns Wien sowieso ansehen, denn unser Weg führt mitten durch. Eine preiswerte Unterkunft zu bekommen wäre sicher schwierig und mit großer Sucherei verbunden gewesen.

Wir wandern nach Altmarkt und auf den 716 m hohen Kletterberg Peilstein. Weiter geht es ins geschichtsträchtige Mayerling mit einem kleinen Kloster und dann nach Heiligen Kreuz mit seinem großen Kloster. Dann laufen wir durch den Naturpark Föhrenberge und zum Weinort Perchtoldsdorf (256 m). Perchtoldsdorf ist schon ein Vorort von Wien. Eigentlich bräuchten wir nur eine Straße hinunter laufen und wären schon in Wien. Doch wie so oft macht unser Weg noch große Umbögen. Wir laufen um den Lainzer Tiergarten herum und um einen großen Teil Wiens, was immer rechts von uns liegt. Auf einem Hügel mit herrlichem Blick auf Wien zelten wir.

Am 19.07. kommen wir in Wien an und suchen das nette Paar auf, welches uns zu sich eingeladen hat. Astrid, Tino und Sohn Moritz wohnen im Bezirk Floridsdorf. Drei Nächte bleiben wir bei ihnen, schlafen auf einem ausklappbaren Sofa in eigenem Zimmer, können Dusche, WC und Waschmaschine benutzen. Auch zum Frühstück und Abendbrot sind wir jeweils eingeladen. So können wir uns Wien in aller Ruhe ansehen. Einen ganzen Tag verbringen wir im Tiergarten Schönbrunn. Schon immer war das Wichtigste von jeder großen Stadt für uns der Zoo. Daneben befindet sich gleich das riesige Schloss Schönbrunn. Wir bummeln drum herum. Den zweiten Tag nutzen wir für einen Stadtbummel. Wir schauen uns die vielen alten Gebäude an, schlendern über den „Naschmarkt", besichtigen den Stephansdom und den Petersdom und laufen an der Donau entlang. Selbstverständlich suchen wir auch die Spanische Hofreitschule auf, in der Hoffnung, einen Blick in den Stall werfen zu können oder sogar eine Vorführung zu sehen. Doch wir sehen die Lipizzaner nur in einer großen Führanlage bzw. auf dem Bildschirm des Souvenirshops. Eine Besichtigung der Stallanlagen ohne Reitvorführung hätte 16 Euro pro Person gekostet. Das war uns dann doch zu viel.

Unser weiterer Weg führt die nächsten 60 km an der Donau entlang bis nach Kittsee, dem Grenzort zur Slovakei und ihrer Hauptstadt Bratislava. Wir mogeln und überwinden die 60 km auf der Donau mit dem Schiff. Wir fahren bis Bratislava. Dort suchen wir uns eine preiswerte Unterkunft für drei Nächte. Das gestaltet sich anfangs schwierig. „Bratislava ist nun mal teuer", erfahren wir in der Touristeninformation. Die preiswertesten Hotels und Pensionen kosten 70 Euro pro Nacht. Eine wäre für 50 Euro zu haben gewesen, aber dafür hätte dort Julie zusätzlich 20 Euro pro Nacht gekostet. Bei einer anderen wurden wir darauf hin gewiesen das Julie sich im Zimmer nicht bewegen darf oder auf den Balkon muss. Die preiswerteren Hostals haben meist Massenunterkünfte und Hunde sind nicht erlaubt. Es gewittert und regnet und wir resignieren schon langsam. Doch dann finden wir doch noch ein Hostal. Hier bekommen wir ein Zweibettzimmer mit Dusche, WC und Fernseher, Kühlschrank und Wasserkocher für 15 Euro pro Person und Nacht. Julie ist erlaubt und kostet nichts. Na, geht doch. Bloß gut, dass wir nicht weich geworden sind und so ein teures Zimmer genommen haben. Kurios ist, dass die Touristeninformation uns auf Wien verwiesen hat, dort wären die Unterkünfte billiger. Das hätten wir ja nun gar nicht erwartet.

Auch in Bratislava verbringen wir einen ganzen Tag im Zoo. An dem zweiten Tag schauen wir uns die Stadt an, die Burg und das historische Zentrum.

Und was wir dann tun, wird wohl kaum jemand so richtig nachvollziehen können. Nach dem Ausschlafen entschließen wir uns, noch eine weitere Nacht in Bratislava zu bleiben. Nicht etwa weil wir hier noch irgend etwas vor hätten oder anschauen wollen. Ganz einfach weil Sonntag ist und im Fernseher zwei Märchen kommen. Und weil das Zimmer so billig ist. Wir genießen also einen richtig tollen Gammeltag.

Doch danach geht es aber wirklich weiter. Wieder zurück nach Österreich und bis Kittsee wo wir auf unseren Weg treffen. In Kittsee gibt es eine Schokoladenfabrik mit Fabrikverkauf. Wir schauen hinein. Von sämtlichen Schokoladen -und Pralinensorten stehen kostenlose Proben bereit. Wir kosten uns durch bis wir voll sind und kein Verlangen mehr nach Süßigkeiten haben. Es ist ein Gaumenschmaus. Dann laufen wir bis Pama und zelten dort auf einer Wiese. Die Besitzer der Wiese, ein nettes Ehepaar mit Hund laden uns gleich noch zum Abendbrot ein. Es gibt frische Hörnchen, Butter und Marmelade, dazu Tee mit Rum und hinterher Apfelstrudel, für Julie Hundefutter. Wir sind nun im Burgenland und bewegen uns momentan in absolutem Flachland. Leute erzählen uns, dass Slowaken hier Häuser bauen weil Bauland in Österreich wesentlich billiger sei als in der Slowakei. Auch das hätten wir eher umgekehrt vermutet. Am nächsten Morgen kurz nach 07:00 Uhr (wir schlafen noch), ruft es an unserem Zelt „Hallo". Es ist der nette Mann von gestern. „In 20

Min. ist das Frühstück fertig", meint er. So frühstücken wir in Ruhe auf der Terrasse dieser Leute und dürfen uns danach auch bei ihnen duschen, wie schön.

Wir kommen in die Stadt Neusiedl am Neusiedler See. Ideale Windverhältnisse und das mediterrane Klima machen den Neusiedler See (Länge 36 km, Breite 7-14 km) zum Toprevier für Segler und Surfer. Es ist der größte Steppensee Europas und wurde zum Weltkulturerbe erklärt. Im Nationalpark Neusiedler See-Seewinkel gibt es salzige Lacken und einen breiten Schilfgürtel der unzählige seltene Vogelarten beherbergt. Drum herum ist eine große Steppenlandschaft bzw. Weinanbaugebiet. Man sieht noch von Hirten gehütete Rinderherden. Auf riesigen eingezäunten Flächen sorgen Pferdeherden, graue ungarische Steppenrinder, Wasserbüffel und weiße Esel für das Zurückhalten des Schilfes. Auch eine Przewalskipferdeherde gibt es, ein Auswilderungsprojekt. Die Pferde werden zum Teil in der Mongolei ausgewildert.

Wer Glück hat, kann unter anderem Goldschakale, Ziesel, Löffler, Großtrappen, Silberreiher, Rotschenkel oder Eisvögel beobachten. Es ist Sommer, heiß und der See lädt zum Baden ein. So sind wir schon seit ein paar Tagen hier am See geblieben, schwimmen und aalen uns auf der Liegewiese. Die Badestelle welche wir gefunden haben ist offenbar Treffpunkt sämtlicher Hundebesitzer aus der Umgebung. Hunde aller Rassen und Größen rennen hier frei herum, spielen miteinander und tummeln sich im Wasser, Julie mittendrin. Sie fühlt sich pudelwohl. Bisher war sie ins Wasser immer nur bis zum Bauch gegangen. Sobald der Boden unter den Füßen schwindet nichts wie ins Flache. Doch durch die vielen Hunde und mit Hilfe ihres Tennisballs überwindet sie alle Angst und schwimmt immer wieder. Wir sind stolz auf sie. Alle unsere vorherigen Hunde waren Wasserratten. Nur Julie fällt aus dem Rahmen.

Wir wandern weiter und kommen nach Frauenkirchen. Dort besichtigen wir die Wallfahrtskirche „Maria auf der Heide". Daran befindet sich ein Franziskanerkloster. Dann geht es zum Zicksee, wo wir auch baden. Mit Schwimmen wird dort nicht viel, denn das Wasser ist ganz flach. Am Zicksee gibt es einen Campingplatz. Und hier tummeln sich ganz viele Ziesel und schauen frech aus ihren Löchern. Auf einer Wiese, wo früher gezeltet wurde, ist nun das Zelten verboten damit die Ziesel nicht gestört werden. Sie stehen unter Naturschutz. Auch Hunde dürfen wegen der Ziesel nicht mit auf den Campingplatz. Als nächstes kommen wir in die Kernzone des Nationalparkes hinein und zum See „Lange Lacke". Der ist momentan so gut wie ausgetrocknet. Für die Nacht finden wir eine kleine Schilfhütte, daneben eine Sitzgarnitur und ein Ziehbrunnen. In den Brunnen haben Menschen leider Müll geworfen und ihn damit unbrauchbar gemacht. Wasser ist noch drin. In der Schilfhütte bauen wir unser Innenzelt auf wegen der Mücken. Als wir darinnen liegen surren die Mücken rund um uns herum und ärgern sich, dass sie nicht reinkommen. Wir können heute Abend viele Fasane beobachten und ihre Rufe hören. Auch sehen wir Störche, Silberreiher und Rotschenkel.

In Apetlon lädt uns ein Bäcker auf einen Apfelsaft ein und schenkt uns ein Zupfbrot. Dann kommen wir nach Illmitz. Da wir noch etwas gespartes Urlaubsgeld haben, wollen wir uns eine Pension für 5 Nächte nehmen. Doch von Samstag auf Sonntag ist in unserer Preisklasse nichts zu haben. Ab morgen sieht es schon ganz anders aus, erfahren wir von der Touristeninformation. Doch wohin dann in der heutigen Nacht? Wir finden eine nette Winzerfamilie, bei der wir kostenlos in der Garage schlafen, sowie WC und Waschbecken nutzen dürfen. Außerdem laden sie uns auf einen Weinabend ein und dabei kosten wir fünf verschiedenen Weinsorten. Ein Urlauberehepaar aus Bayern ist auch dabei. Sie schenken uns Käse, Salami, Schinken und eine Prinzenrolle. Abends geht ein kräftiges Gewitter nieder und wir sind froh im Trockenen zu sein. Am nächsten Morgen werden wir dann auch noch auf ein sehr reichliches Frühstück, einschließlich selbstgebackenem Kuchen eingeladen. Dann ziehen wir um in eine Pension auf einem Reiterhof. Zimmer mit Frühstück für fünf Nächte sind ausgemacht. Eine Ferienwohnung wäre teurer gewesen und ohne Frühstück. Doch als wir ankommen bekommen wir die todschicke Ferienwohnung zum Preis des Zimmers und trotzdem mit Frühstück inbegriffen. Allerdings nur für drei Nächte, dann müssen wir in das auch sehr gemütliche Zimmer umziehen, da neue Gäste kommen. In der Ferienwohnung haben wir allen Luxus, eine Badewanne, einen großen Fernseher, riesige Stube, Küche und auch eine Waschmaschine. Das Frühstück ist so reichlich, dass es gleich fürs Abendbrot mit reicht. Abends werden wir auch hier auf Wein eingeladen, denn der Sohn ist Winzer. Am schönsten aber ist, dass wir für ein wenig Mithilfe beim Misten und Pferde- auf- Koppel- Bringen zweimal für zwei Stunden kostenlos in den Nationalpark reiten dürfen. In dem flachen Gelände haben wir schöne Trab- und Galoppstrecken, es ist ein Traum. Ansonsten gehen wir im See baden und machen ausgedehnte Spaziergänge im Nationalpark. Dabei sehen wir auch die Przewalskipferdeherde, die weißen Esel, die Steppenrinder und Wasserbüffel sowie Löffler und Reiher. Bis zum Seebad sind es vier km vom Ort aus. Heinz und Fiona, die Reiterhofbesitzer, borgen uns dafür ihre Fahrräder.

Die Reiterhofbesitzer bieten uns an, kostenlos in einem Abstellraum mit Liege und Dusche noch länger zu bleiben. Wir überlegen erst, gehen dann aber doch weiter. Denn übers Wochenende sind genug Reiter da und auch Helfer für den Stall. Wir würden nicht gebraucht und Reiten wäre auch nicht noch einmal möglich. Ins Seebad kommt man nur kostenlos mit der Seecard rein die wir hatten weil wir angemeldet waren. Nun aber gilt sie nicht mehr. Alles was wir sehen wollten haben wir schon gesehen. Na ja, so eine Entscheidung ist immer schwer, doch nun sind wir wieder unterwegs. Mit der Fähre geht es von Illmitz bis nach Mörbisch, von da aus laufen wir weiter bis kurz vor Rust. Dort finden wir eine überdachte Sitzgarniturgruppe mit Feuerstelle und Wasser. Wir erfahren, dass es eine Hütehütte ist. Früher wurden Leute abgestellt, welche die Weinberge von solchen Hütten aus beobachteten und einfallende Vogelschwärme mit Warnschüssen vertrieben. Heute werden die Vögel teilweise mit elektronischen Pfeiftönen verscheucht, die Angstschreie von Vögeln nachahmen und teilweise durch Druckluftgeräte, die in bestimmten Abständen schußähnliche Geräusche von sich geben. Der Winzer von Illmitz erzählte uns jedoch, dass beide Varianten nur kurze Zeit wirksam sind, dann haben sich die Vögel daran gewöhnt. Viele Winzer binden ihre Reben mit Netzen ein, doch auch da hängen sich die Vögel ran und picken durch. Das Anbringen der Netze ist zu dem zeitaufwendig und die Netze teuer. Wir schlafen heute in der Hütehütte, machen schon 16 Uhr Schluss, da Gewitter gemeldet sind.

Samstag früh kommt ein Mann unseren Alters und bereitet alles für eine Grillparty vor, die am Abend hier in der Überwachungshütte im Kreise seiner Kollegen stattfinden soll. Er lädt uns dazu ein. Weil heute den ganzen Tag jemand bei der Hütte bleibt und auf die Musikanlage, Getränke usw. Aufpasst, können wir ganz beruhigt die Rucksäcke da lassen und uns Rust anschauen. Diese Kleinstadt am Neusiedler See ist absolut sehenswert. Sie hat eine sehr schöne Altstadt und auf den meisten Dächern befinden sich besetzte Storchennester. Ein wunderschönes Bild. Die Störche klappern in ihren Nestern, immer wieder fliegt einer auf oder landet. Die Grillparty im Anschluß beginnt angenehm. Es gibt leckere Sachen, es wird nett geplaudert, schöne Musik kommt aus der Musikanlage, wir haben Spaß. Da alle mit den Autos gekommen sind gehen wir davon aus, dass nicht viel Alkohol getrunken wird und die Party auch nicht all zu lang dauert. Wir wollen wieder in der Hütte schlafen. Doch weit gefehlt. Einige Gäste wollen in ihren Autos schlafen oder auch in der Hütte. Es fließt viel zu viel Alkohol. Zwar gehen die Vernünftigen gegen 22 Uhr heim so auch der Organisator, der uns eingeladen hat), doch der harte Kern bleibt und trinkt und trinkt. Irgendwann kommt es zum Streit zwischen zwei Gästen und dann auch zu einer handfesten Schlägerei. Es gibt Verletzte, Dirk verbindet deren zum Teil tiefe Schnitt- und Platzwunden. Julie steht tausend Ängste aus wegen dem Geschrei. Noch dazu gewittert es heftig, so dass wir auch nicht einfach so zusammen packen und gehen können. Immer wieder schaukelt sich die Lage hoch. Gegen 02:30 Uhr fährt plötzlich ein Auto los. Es ist einer der Steithähne, sturzbetrunken. Er hat 60 km zu fahren bis nach Hause. Ob das gut gegangen ist wissen wir nicht. Was Teufel Alkohol doch aus den Menschen machen kann. Heute früh steht der Organisator der gestrigen Fete 07 Uhr auf der Matte. Wir haben kaum geschlafen. Er bringt Eier mit und es gibt Spiegeleier zum Frühstück. Einer der Kerls trinkt dazu erst einmal zwei Bier. Wir wandern weiter und verlassen den Neusiedler See. Es geht nach St. Margereten, Draßburg und Zagendorf. Der Tag wird sehr heiß. Am Waldrand zelten wir und finden reichlich Steinpilze fürs Abendbrot. Dazu gibt es Brombeeren und Weintrauben. Letztere werden langsam reif. Zwar spritzen die Winzer laufend gegen einen Pilz und wir wissen nicht wie schädlich das Gift ist. Doch wir können nicht widerstehen.

 Über den Marzer Kogel (388 m), Rohrbach und Sieggraben kommen wir nach Kobersdorf. Dort gibt es einen Badeteich, als Schwimmbad eingezäumt. Eigentlich kostet der Eintritt 2,50 Euro und Hunde sind verboten. Aber wir dürfen umsonst und mit Julie rein, können in dem 27 Grad warmen See schwimmen und dann sogar dort zelten, Duschen und WC benutzen.

 Am nächsten Morgen schwimmen wir noch einmal ausgiebig. Zu dem Schwimmbad gehört ein Gasthaus. Der Betreiber Mario lädt uns zu einem „Wiener Frühstück" mit Kakao ein. Dann gibt er uns einen Beutel voll kleiner Marmeladen, Butter und Wurst mit. Wir verabschieden uns und bekommen vorher noch zwei Kugeln Eis. Wir sind jetzt wieder im Mittelgebirge, laufen zur Burgruine Landsee und den Orten Landsee, St. Martin und Stang bis zum wunderschönen Ort „Krichschlag im buckeligen Land".

Auch hier gibt es eine große Burgruine, die wir besichtigen. Ein Stückchen unterhalb zelten wir.

Hurra, wieder ein Land geschafft. Die 740 km durch Österreich liegen hinter uns. Das letzte Stück führt von Krichschlag aus durch den Wald nach Hochstraß (421 m). Weiter bis Liebing und unser letzter Ort in Österreich ist Rattersdorf. In Österreich fühlten wir uns sehr wohl, von der Gastfreundschaft waren wir überwältigt. Von Anfang bis Ende gab es fast keinen Tag, an dem uns nicht irgend jemand etwas Gutes getan hätte. Und selbst heute, im letzten Ort winkt uns eine Frau herein, bietet Limonade und Wein an und gibt uns eine Flasche Wein mit auf den Weg. Als wir uns verabschieden meint sie :"Jetzt gebt aber die alten Handtücher her, ich schenk' euch frische". Mit frischen Handtüchern marschieren wir dann zur Grenze. In Oberösterreich meinten die Leute, in Niederösterreich wäre ein anderer Schlag Menschen, nicht mehr so gastfreundlich. Von den Niederösterreichern hörten wir das Gleiche über die Wiener. Und eine Burgenländerin war der Ansicht, die Burgenländer sind viel gastfreundlicher als alle anderen Österreicher. Wir jedoch konnten keine Unterschiede feststellen. In jedem Teil Österreichs war die Gastfreundschaft und Hilfsbereitschaft super. Ein ganz herzliches Dankeschön an alle Österreicher, die unseren Weg so angenehm für uns gemacht haben. Eins ist natürlich Fakt, abgenommen haben wir in Österreich nicht.

6. Abschnitt
UNGARN

1. Kapitel
Bei Ornithologen

In Köszeg (Güns) überqueren wir die Grenze zu Ungarn. In diesem Land umfasst unser Wanderweg ca. 1320 km. In Ungarn gibt es noch den Forint. Für einen Euro bekommen wir zur Zeit 271 Forint. Köszeg ist eine sehr hübsche Kleinstadt. Laut unserem Wanderbuch zählt sie zu den reizvollsten ungarischen Städten. Wir nehmen uns viel Zeit für ihre Besichtigung. Die österreichische Gastfreundschaft erreicht uns auch noch in Ungarn. Ein Ehepaar aus Österreich schenkt uns 500 Forint für ein Eis.

Von Köszeg laufen wir durch Wald und Puztalandschaft zum kleinen Ort Tömörd. Wir treffen auf eine Gruppe Hobbyornithologen und diese laden uns ein, mit bei ihrer Vogelwarte zu zelten. Wir dürfen ihnen bei der Arbeit zuschauen und erfahren viel Interessantes. Die Gruppe wird geleitet von Peter, einem Biologielehrer. Eine Woche lang bleiben sie bei der Vogelwarte, haben überall Netze aufgebaut, womit sie Vögel fangen. Vom Morgengrauen an bis zur Dunkelheit werden die Netze stündlich kontrolliert. Nach dem Fang der Vögel erfolgt die Artbestimmung, das Wiegen, Kontrolle der Bemuskelung, Geschlechtsbestimmung und Bestimmung des Gesundheitszustandes. Alles wird genau dokumentiert, danach die Vögel beringt und wieder frei gelassen. Die Ergebnisse werten auch Ornithologische Institute aus, um Artenvorkommen, Gesundheitszustand und Zugverhalten der Vögel zu bestimmen. Ins Netz gehen bei unserer Anwesenheit außer Amseln und verschiedenen Meisenarten auch eine Nachtigall und ein Wendehals. Letzterer macht seinem Namen alle Ehre und verdreht seinen Hals auf ulkige Art und Weise in alle Richtungen. Wir wußten nicht, dass es einen solchen Vogel gibt.

Eine Amsel ist schon beringt vom Vorjahr. Peter erzählt uns aber nicht nur von den Vögeln, sondern auch von seinem Land Ungarn. Laut seinen Aussagen gehörte bis zum 1. Weltkrieg ein großer Teil der Slowakei zu Ungarn, sowie Teile Rumäniens und Österreichs. Die Wunde schmerzt die Leute immer noch, so Peter. Zu der Vogelwarte gehört auch eine selbstgebaute Dusche (Kanister mit Gießkannenkopf). Wir dürfen sie benutzen und uns Wasser auf einem Gaskocher warm machen.

2. Kapitel
Verschiedenste Schlafgelegenheiten

Erst zwei Monate später, Mitte September, setzen wir unsere Wanderung in Ungarn fort. In der Zwischenzeit arbeiten wir auf einem Tiergnadenhof in Österreich, besuchen liebe Freunde an der deutschen Ostsee und unsere Familie in Deutschland.

Danach fahren wir mit dem Zug zurück nach Ungarn. Mit dem Einfach-Raus-Ticket (32 Euro für uns drei) fahren wir durch Österreich, steigen um in Linz, St. Valentin, Wien Hütteldorf, Wien Meidling, Wiener Neustadt und kommen 15:47 Uhr im ungarischen Sopron an. Es regnet und wir müssen uns beeilen, am Rande der Stadt eine Schlafmöglichkeit zu finden. Wir fragen eine junge Frau nach einer günstigen Stelle für unser Zelt. Sie verweist uns auf einen Campingplatz, der um diese Jahreszeit zwar nicht in Betrieb ist, wo man jedoch trotzdem zelten darf und sogar kostenlos in kleinen, offen stehenden Hütten schlafen kann. Als wir dort ankommen sind die Hütten jedoch verschlossen. Bis auf zwei, darin hausen zwei Männer. Sie geben uns unfreundlich zu verstehen, dass wir sofort verschwinden sollen, sonst rufen sie die Polizei und die wäre in fünf Minuten da. So ein Mist, es regnet, der Boden ist klitschnass, dazu ist es schon stockdunkel. Am Eingang des Campingplatzes erspähen wir ein Abrißhaus. Zwar ist es wegen der Männer in den Hütten etwas riskant, doch wir bleiben hier und hoffen sie bemerken uns nicht, rufen nicht die Polizei und überfallen uns auch nicht. Da alle Fenster in dem Haus eingeschlagen sind, zieht es tüchtig und wir haben auch schon wesentlich sauberer geschlafen. Doch wenigstens sind wir im Trockenen. Wir überstehen die Nacht gut und es geht mit dem

Zug bis Sárvar. Von da aus wandern wir weiter auf unserem E 4-Weg.

Das nächste Ziel ist Sümeg. Von Sárvar aus sind es bis dort hin 30 km auf der Straße. Doch unser Weg führt wie so oft kreuz und quer in alle Himmelsrichtungen. Nach dem wir schon etwa 30 km abgewandert haben sagt uns ein Pilzsammler es sind nun noch 45 km bis Sümeg auf diesem Weg. Wir denken erst er meint 45 Min. Doch es stimmt. Der Weg zieht sich endlos dahin und verläuft völlig unlogisch. Die Wälder sind voller Pilze zur Zeit. Und ohne langes Suchen haben wir unser reichliches Abendbrot zusammen. Einheimische fahren sogar im Schritttempo mit dem Auto oder Fahrrad die Waldwege ab und sammeln so ihre Pilze. Wir zelten im Wald und einmal auf dem Grundstück eines Bauern mit dessen Genehmigung. Das Wetter ist bisher schön. Doch nachts bildet sich Nebel. Erst gegen Mittag verschwindet er und die Sonne kommt heraus. Unser Zelt ist deshalb immer pitschnass, obwohl es nicht regnet. In der Gegend gibt es viel Wild, besonders Wildschweine. Überall ist der Boden aufgewühlt und wir sehen ihre Spuren. Nur die Schweine selbst haben wir bisher nicht zu Gesicht bekommen. Dafür aber ein großes Rotwildrudel. Sümeg hat eine schöne Burg. Der Eintritt kostet 6 Euro, deshalb schauen wir sie uns nur von außen an und sehen sie abends hell erleuchtet vom Zelt aus. Unterhalb der Burg befindet sich ein Burgkeller mit Arena. Jeweils mittwochs abends finden dort Ritterspiele mit Pferden statt. Dazu gibt es ein großes Ritterbuffet. Da hätten wir sicher nicht widerstehen können. Doch heute ist Montag und so ziehen wir weiter.

Wir schreiben den 23.10., in Ungarn ist heute Nationalfeiertag. Wir spüren davon nichts, da wir den ganzen Tag im Wald sind. Nur durch das kleine Dorf Zataszanto kommen wir. Dort treffen wir ein ungarisches Paar, welches für ein paar Tage auf unserem Wanderweg unterwegs ist. Sie sprechen uns an, ob wir die zwei sind, welche von Spanien nach Griechenland wandern. Sie haben von uns gehört. Da sie in Budapest zu Hause sind, geben sie uns ihre E-Mailadresse und laden uns ein, eine Nacht bei ihnen zu schlafen wenn wir durch die ungarische Hauptstadt kommen. Der Nebel löst sich heute den ganzen Tag nicht auf, es ist feucht und kühl. Wir zelten am Waldrand.

Wir gelangen zum Heilbadeort Héviz und statten dem natürlichen, bekannten Heilsee, der einer der größten biologisch aktiven Heilseen der Welt ist, einen Besuch ab. Es ist wunderschön. Wir schwimmen durch den mit herrlich rosa und lila blühenden Seerosen bedeckten See. Er hat auch in der kältesten Jahreszeit eine Temperatur von ca. 26 Grad und ist 35 m tief. Im Gegensatz zu anderen Warmwasserseen in der Welt, die generell in vulkanischem Boden liegen, befindet sich der Quellsee von Héviz in einem Torfbecken. Sein Wasser ist ein kalzium- und magnesiumhaltiges Wasserstoff-Karbonat-Heilwasser. Das Wasser ist dank seines hohen Mineralstoffgehaltes gut bei Rheuma, Erkrankungen und Problemen der Bewegungsorgane, chronischen, gynäkologischen Problemen und fördert die Produktion von auf die Nebennieren wirkenden Hormonen. An dem See befindet sich auch eine schöne Saunalandschaft. So schwimmen wir abwechselnd im See herum und genießen das Schwitzen in der Sauna. Zu den Aufgüssen darf man erst hinein gehen wenn der Saunameister beginnt. Er dreht dann die Sanduhr um und dehnt den Aufguss aus bis diese durchgelaufen ist. Nur im Schwitzraum selbst darf die Badebekleidung ausgezogen werden. Es gibt auch Schwitzräume für Leute, die mit Badebekleidung schwitzen wollen. Wir bummeln anschließend durch den Ort Héviz, essen Eis, besichtigen die Kirche und kosten uns auf dem Wochenmarkt durch die Kostproben.

Am nächsten Tag laufen wir weiter bis nach Készthely, der größten und ältesten Siedlung am Balaton (Plattensee). Die Durchschnittstiefe dieses von Dünen, Weinbergen und Vulkankegeln umgebenen Seichtwassersees beträgt kaum vier Meter. Der Balaton präsentiert sich uns im Nieselregen. Für die nächsten Tage hat der Wetterbericht durchweg Regen und sogar Schneefall gemeldet. Wir bummeln um das große Schloss von Készthely herum und am Plattensee entlang. Dann quartieren wir uns für die Nacht in einer (etwas engen) Umkleidekabine des Strandbades ein. So sind wir vor Regen geschützt. Hoffentlich findet uns der Wachschutz nicht.

In der Nacht regnet es in Strömen. Zum Glück sind wir in der Umkleidekabine im Trockenen. Noch länger hätten wir allerdings nicht darin bleiben können, denn am Morgen läuft schon das Wasser am Boden herein. Auf dem Betonboden liegt es sich wieder einmal sehr hart. Am Morgen tut uns dann immer der Rücken weh. Nach dem Aufstehen folgen wir einem Hinweisschild „WC". Wir sind erfreut, denn das WC am Jachthafen ist offen und es befinden sich auch Duschen dort mit warmen Wasser. Wir duschen also und laufen dann weiter. Die Landschaft wird hügelig. Es geht bergauf durch Laubwälder und dann durch Weinberge. Von weitem sehen wir den Balaton. Unter dem Vordach einer Winzerhütte schlagen wir das Zelt auf. Wieder ist der Untergrund Beton, doch wir sind im Trockenen. Nachts werden wir von einem kräftigen Gewitter mit Starkregen und Sturmböen überrascht. Nur gut, wir sind unter dem Dach, wenngleich der Sturm trotzdem tüchtig am Zelt rüttelt. Das Gewitter bringt eine Kaltfront mit. So wird der Sonntag mit Temperaturen um die null Grad und starkem Wind frostig. Wir kommen an dem Tag durch die Stadt Tapolca und es kostet einige Überwindung stark zu bleiben und keine Pension zu nehmen. Unter dem Vordach einer Touristenhütte stellen wir diesmal das Zelt auf. Im Inneren der Hütte sehen wir ein Bettenlager. Aber leider ist alles abgeschlossen.

Beim Erwachen sieht die Welt um uns herum weiß aus. Es hat kräftig geschneit in der Nacht. Wir sind froh unter dem Vordach gewesen zu sein. Wunderschön sieht alles aus, besonders weil die Bäume ihre Blätter noch nicht verloren haben. Wir laufen heute an Basaltfelsen vorbei, durch Weinanbaugebiete und zum Balatonort Szigliget. Dort besichtigen wir eine große Burgruine. Der Eintritt ist bei dem Wetter frei. Wegen der Zeitumstellung müssen wir uns nun schon immer zeitig einen Platz für die Nacht suchen. Wieder haben wir Glück. Diesmal finden wir einen offen stehenden Weinkeller aus Stein. Trocken, windgeschützt und sogar relativ warm ist es hier unten, dafür aber hart und uneben.

Allerheiligen ist auch in Ungarn ein Feiertag. Von Készthely bis Budapest sind es auf der Straße ca. 170 km. Unser Weg bringt für diese Strecke ca. 550 km zu stande. Oft entfernen wir uns an einem Tag nicht weit vom letzten Ort, weil wir im Kreis herum laufen. Jede kleine Sehenswürdigkeit, jeden Vulkankegel nimmt der Weg mit. Von den Vulkankegeln aus genießen wir herrliche Aussichten auf den Balaton und die umliegenden Weinberge. Wir kommen durch wildreiche Laubwälder des Bakonywaldes und sehen ein Rudel stattlicher Rothirsche. Wir nehmen an, es sind Junghirsche, denn sie tragen alle ein tolles Geweih. Vorbei geht es an Ruinen und Basaltfelsen sowie durch kleine Dörfer. Der Schnee ist inzwischen wieder weggetaut, das Wetter wechselhaft. Unterwegs finden wir Äpfel, Birnen und sogar Mandeln.

Meist haben wir für die Nächte einen trockenen Platz. Mal in einer alten Garage, dann in einem rundherum geschlossenen Jägerhochstand. In dem Hochstand ist es allerdings sehr eng und wir können die Beine nicht ausstrecken. Aber wenigstens trocken. Die Zeiten in Österreich, wo wir fast täglich eingeladen wurden, sind vorbei. Hier in Ungarn sind die Leute freundlich aber reserviert. Das Sprachproblem spielt da sicher eine Rolle. Aber die Leute scheinen auch große Angst vor Kriminalität zu haben. Wir sehen kaum ein offen stehendes Gartentor, alles ist immer abgeschlossen und mehrfach gesichert. Hinter fast jedem Zaun kläffen Hunde. Selbst Bauerngüter sind umzäunt und werden von Hunden bewacht. Ob die Kriminalität in Ungarn wirklich so groß ist oder das Sicherheitsdenken einfach noch größer als in Deutschland wissen wir nicht. Wir selbst haben uns in Ungarn bisher noch nie unsicher gefühlt. Unsere Gaspatrone ist alle und wir haben noch keine neue auftreiben können. Das bedeutet für uns entweder kalt essen und trinken oder jeden Tag ein kleines Feuer machen. Mit dem Feuer ist das nicht immer so einfach. Oft wollen wir besser nicht gesehen werden. Bei Regen und Schnee findet sich nur nasses Holz, in den Weinbergen gar keines. Und dann verrußen auch Topf und Pfanne. Mit Sand und Wasser könnten wir das zwar reinigen. Aber beides steht meist nicht zur Verfügung. Bäche, Flüsse oder Seen zum Waschen finden sich momentan auch keine. Nur einmal können wir uns in einem Brunnenbecken waschen.

Nach einigen kalten Nächten draußen und kaum Waschmöglichkeit gelüstet es uns wieder einmal nach einer Pension. Im kleinen Dorf Varoslöd fragen wir Samstag früh 10 Uhr nach. So zeitig früh am Morgen lohnt es sich, das Geld dafür auszugeben. Der Mann bei dem wir fragen verlangt 50 Euro für die eine Nacht. Das ist uns zu viel für Ungarn. Doch wir können auf 20 Euro herunterhandeln und sind begeistert. Es handelt sich um eine urgemütliche Ferienwohnung, altertümlich eingerichtet, mit riesigem Fernseher und deutschen Programmen. Eine Flasche Wein aus der Region bekommen wir für 2 Euro dazu. Aber das Tollste ist, zu der Ferienwohnung gehört eine Sauna die wir benutzen dürfen. Das kosten wir natürlich voll aus. Der nette Vermieter betont, dass wir die Wohnung am Sonntag erst 12 Uhr verlassen müssen. Na, und auch das nutzen wir aus. Die Haushälterin des Besitzers bringt uns sogar noch Blätterteiggebäck. Der Ort Varoslöd heißt zu deutsch Waschludt. Hier leben überwiegend deutschstämmige Menschen aus Bayern sowie auch Schwaben. Es gibt ein deutsches Nationalitätenmuseum und eine deutsch-ungarische Tanzgruppe im Ort, sowie einen Kalvarinberg und einen bayrischen Gewerkebaum.

Weiter laufen wir durch die herbstlich bunten Laubwälder des Bakonywaldes. Dann durchstreifen wir das bis zu 480 m hohe Vertesgebirge. Wir kommen durch die Orte Bakonbel (und dort auf einen 709 m hohen Berg mit Aussichtsturm), die Kleinstadt Zirc sowie Bakonynana, Jasd und Tes, Bakonykut, Bodajk, Gant und heute nach Vargesztes. Regen, Sonne und Nebel wechseln sich ab. Einmal schlafen wir unter dem Vordach einer Forsthütte, ein anderes Mal in einem Abrisshaus, sonst zelten wir im Wald. Teilweise wird es schon recht kalt im Zelt. Unsere guten Daunenschlafsäcke, die wir 2006 für eine Reise nach Pakistan gekauft hatten, wärmen nach all der Zeit nicht mehr so richtig. Doch heute ist es in unserem Zelt mollig warm. Wir genießen den Luxus, das Zelt mit einem kleinen Elektroheizer aufzuwärmen, den wir ins Vorzelt stellen. Und zwar werden wir heute in Vargesztes von einem deutschstämmigen Mann eingeladen, unser Zelt unter sein Garagendach zu stellen, denn es regnet aus allen Kannen. Der Mann brennt selber verschiedene Schnäpse aus Früchten in seinem Garten und stellt auch Wein her. Wir dürfen uns durchkosten. Dann bringt er uns noch frische Kuhmilch und Brot, sowie eine Flasche Mineralwasser, für Julie Hundefutter. Und zu unseren besonderen Freude eben diesen Elektroheizer. Beim Schlafen schalten wir ihn natürlich sicherheitshalber aus. Auch in diesem Ort Vargesztes leben überwiegend deutschstämmige Menschen. Mit dem Puli Duhai des Mannes versteht sich Julie prima. Morgen früh 08:30 Uhr will die Ehefrau des Mannes, die wir bisher noch nicht kennengelernt haben, uns ein Frühstück bereiten. Das ist ja alles super. Wir freuen uns über die netten Leute. Sowohl meine als auch Dirks Schuhe geben langsam den Geist auf . Die Sohle löst sich auf, es sind Löcher drin, Wasser dringt ein. Solche teuren Wanderschuhe können wir uns nun nicht mehr leisten. Aber bei Lidl haben wir je ein paar Wanderschuhe für 20 Euro (5400 Forint) erstanden. Die bammeln aber jetzt erst einmal als zusätzlicher Ballast an unseren Rucksäcken. Die alten Schuhe laufen wir noch ab, bis es gar nicht mehr geht. Mal sehen wie wir dann mit den billigen Schuhen zurecht kommen, bzw. wie lange sie halten.

    Das versprochene Frühstück wird uns ans Zelt gebracht, zusammen mit einem Palinka. Nach dem Frühstück gibt es dann noch ein Glas Wein zum Abschied und wieder Hundefutter für Julie. Eigentlich steht uns am Morgen der Sinn ja nicht nach Alkohol. Aber einmal geht das schon. Der nette Joszef erzählt uns, dass Ungarn zu Zeiten des Sozialismus von den sozialistischen Ländern das reichste gewesen wäre. Ca. alle drei Jahre habe man sich ein neues Auto kaufen können. Vor allem aber konnten die Ungarn uneingeschränkt in westliche Länder reisen. Pro Jahr durften allerdings die Forint in maximal 50 DM oder Dollar umgetauscht werden. Joszef selbst hat früher im Bergbau gearbeitet und war dann lange Zeit Bürgermeister von Vargesztes. Weiter erzählt er uns, wie seine Familie vor 250 Jahren nach Ungarn kam. 1744 hat Maria Theresia Ungarn nach Vertreibung der Türken durch Deutsche und Tschechen neu besiedeln lassen. Sie gab ihnen Häuser und versprach 15 Jahre Steuerfreiheit. So zogen Joszefs Vorfahren damals von Deutschland nach Ungarn. 1946 wurden die Deutschen aus Ungarn vertrieben. Dem Pfarrer des Dorfes verdanken die Einwohner von Vargesztes, dass sie heute noch hier leben und nicht vertrieben wurden. Noch in heutiger Zeit bewahren die Einwohner von Vargesztes ihre deutschen Traditionen.

Bei strahlendem Sonnenschein laufen wir bis kurz vor die Stadt Tatabanya. Unterwegs sehen wir ein großes Rudel Muffelwild und zelten unmittelbar vor der Stadt. Bevor wir morgens los laufen gehen wir aber noch in Szarliget einkaufen. Da wir im Wald Karotten gefunden hatten (zum Ankörnen von Jägern ausgelegt) kaufen wir uns für das Abendbrot dazu Kartoffeln und gönnen uns zwei Schokoriegel. Wir bezahlen mit unserem letzten 1000 Forintschein, in Tatabanya wollen wir wieder umtauschen. Als wir danach vor dem Laden sitzen und uns die Schokoriegel schmecken lassen, kommt die Verkäuferin mit unserem Geldschein heraus. Sie gibt uns zu verstehen, dass dieser ungültig sei. Sie zeigt auf das aufgedruckte Datum von 1998 und einen fehlenden silbernen Streifen. Offensichtlich wurden mal neue Geldscheine eingeführt und uns ein ungültiger alter Schein untergejubelt. Was bleibt uns weiter übrig. Wir geben der Verkäuferin die Kartoffeln zurück und dazu unser letztes Kleingeld, da wir die Schokoriegel schon angegessen haben. Den 1000Forintschein können wir wohl abschreiben. Es sei denn, eine Bank tauscht ihn noch ein. Und heute Abend gibt es für uns keine Möhren mit Kartoffeln sondern nur Möhren.

In der Stadt Tatabanya versuchen wir den ungültigen 1000Forintschein bei einer Bank umzutauschen. Doch wir werden auf die Zentralbank in Budapest verwiesen. Nur die ist dafür zuständig. Gaspatrone bekommen wir auch in Tatabanya keine. Erst im Frühjahr wieder wird uns gesagt. Momentan ist keine Saison dafür. Na ja, so werden wir wohl weiterhin auf offenem Feuer kochen müssen. Weiter laufen wir nach Tokod und zur Stadt Dorog. Unterwegs haben wir schöne Aussichten bis zur Donau, sehen einen wunderschönen Damhirsch, viel Muffel sowie Rotwild. In Dorog suchen wir mit Julie einen Tierarzt auf. Seit ca. zwei Wochen hat hat sie morgens eitrigen Augenausfluss. Obwohl wir die Augen mit Kamillentee auswaschen wird es nicht besser. Nun bekommt sie Augentropfen. Von Dorog aus verlassen wir kurzzeitig unseren Weg und machen einen Abstecher nach Esztergom. Diese Stadt liegt an der Donau und der slowakischen Grenze. Sie hat eine riesige Basilika, die wir besichtigen, und eine Burg. Einen Ausflug über die Donaubrücke in die slowakische Stadt Storovo unternehmen wir auch. Dann geht es zurück nach Dorog und von da aus warten noch 38 km bis Budapest auf uns. Unterwegs geraten wir mitten in eine Treibjagd. Rund um uns rufen Treiber und Jäger mit ihren Flinten und Jagdhunden. Ein Förster kommt mit seinem Jeep angefahren und gibt uns aufgeregt zu verstehen, wir sollen das Gebiet auf kürzestem Weg verlassen. Er hatte Warnschilder aufgestellt, aber die wären geklaut worden.

Am 23.11 treffen wir in Budapest ein und suchen das nette Paar auf, was wir beim Wandern getroffen hatten und welches uns zu sich eingeladen hat. Adrienn und Bence wohnen in einer großen Wohnung im Centrum von Budapest. Wir werden mit einem Palinka und Gemüsesuppe begrüßt, dürfen bei ihnen duschen und schlafen in einem Gästezimmer. Die zwei machen uns einen tollen Vorschlag. Bences Schwester lebt zur Zeit in Amerika, hat aber noch eine Wohnung in Budapest, die sie nur nutzt, wenn sie besuchsweise kommt. Sie liegt nur 5 Min. entfernt, ebenfalls im Centrum. Wenn wir wollen, können wir ein bis zwei Wochen darin wohnen, kostenlos. Das klingt natürlich sehr verlockend. Da wir die Gastfreundschaft nicht überstrapazieren wollen, entscheiden wir uns, erst 5 Tage zu bleiben. Weil die beiden uns aber beteuern, dass es wirklich überhaupt kein Problem ist, länger zu bleiben, werden dann doch 10 Tage daraus. So können wir in aller Ruhe Budapest erkunden. Wir freuen uns sehr. Allerdings kennen wir Budapest schon. Als wir noch arbeiteten, wanderten wir (stückchenweise, immer wenn wir Urlaub oder frei hatten) einen anderen Fernwanderweg ab. Nämlich von Eisenach nach Budapest. Dieser Weg führte uns durch Deutschland, Tschechien, Polen, die Slowakei und Ungarn. Nach unserer Kündigung fehlten uns auf diesem Weg noch ca. 1000 km. Die wanderten wir im Herbst 2009 ab und verbrachten in diesem Jahr Weihnachten in einer Ferienwohnung in Budapest. Da wir an Weihnachten in Budapest sein wollten und das zeitlich nicht ganz geschafft hätten, fuhren wir die letzten 70 km allerdings mit dem Zug. Von Budapest aus sind nun jedoch die nächsten 550 km identisch mit dem damaligen EB- (Eisenach-Budapest) Weg. So schließt sich dann der Kreis und wir wandern die uns fehlenden 70 km auf diesem Weg auch noch ab. Doch jetzt freuen wir uns erst einmal auf Budapest. Adrienn und Bence wandern selbst viel und benutzen den gleichen Campingkocher wie wir. Sie haben noch eine volle Gaspatrone da und schenken sie uns, ebenso eine Wanderkarte.

Die Wohnung von Bences Schwester ist voll eingerichtet mit großer Badewanne und Waschmaschine. Adrienn hat uns sogar Waschmittel mitgegeben. So waschen wir unsere gesamte Wäsche und auch die dicken Sachen kommen dran. Bences Schwester ist Malerin und hat die Wände der Wohnung toll bemalt. In Amerika arbeitet sie als Make-up-Artistin. Wir genießen den

Luxus einer eigenen Wohnung mitten im Stadtzentrum von Budapest. Tagsüber schlendern wir durch die Stadt, an der Donau entlang, zum Parlament und zur Basilika, über die Donaubrücke und auf der anderen Seite zum Schloss. All die schönen, interessanten Bauwerke schauen wir uns an. Vom Schloss aus haben wir eine wundervolle Aussicht auf ganz Budapest und die bestaunen wir auch noch einmal bei Dunkelheit. Es sieht herrlich aus, die beleuchteten Donaubrücken und die Lichter der Stadt. Natürlich bummeln wir auch über den riesigen Weihnachtsmarkt, wo jeden Tag eine andere Musikgruppe spielt oder singt. Daneben gibt es noch viele kleinere Weihnachtsmärkte. Allerdings müssen wir sparsam sein wenn wir unser wöchentliches Geldlimit nicht übersteigen wollen. Und so schlendern wir über die Weihnachtsmärkte, ohne uns etwas von den vielen (aber auch teuren) Leckereien zu kaufen. Nur am 1. Advent gönnen wir uns einen Glühwein. Zugegeben, das fällt uns schon ein bissel schwer. Auch dass wir jeden Tag an den verschiedensten Restaurants und Cafes, MC-Donald, Subway, Döner -und Langosständen vorbeilaufen, ohne irgendwo einkehren zu können. In unserer Wohnung haben wir eine Küche. Aber auch hier kochen wir aus finanziellen Gründen nur einfachste Sachen, leisten uns weder eine Flasche Wein noch Schokolade. Nur am 1. Advent gönnen wir uns Lebkuchen und zwei kleine Schokoweihnachtsmänner. Früher als wir noch bei der Polizei arbeiteten mussten wir nicht aufs Geld schauen. Jetzt rechnen wir wegen jeder Kleinigkeit hin und her. Aber das haben wir ja gewußt. Wer das Eine will muss das Andere akzeptieren. Im Wald haben wir kein Problem damit. Doch wenn wir die vielen schönen und leckeren Dinge ständig sehen und riechen sieht alles anders aus. Zum 1. Advent schmücken wir die Wohnung mit Tannengrün, was wir auf der Donauinsel „Margit" klauen und den zwei kleinen Schokoweihnachtsmännern sowie einer Weihnachtskerze, die wir in der Wohnung finden. Außerdem sind Teelichte vorhanden und so können wir einen Adventskranz basteln und das 1. Licht anzünden. Dirk findet zu unserem Glück auf der Straße noch einen großen Schokoweihnachtsmann, den jemand verloren hat. In Budapest gibt es viele Hundebesitzer. Wir finden gut, dass es eingezäunte Hundewiesen gibt, auf denen sogar Übungsgeräte wie Hürde, Schrägwand, Wippe zur freien Benutzung vorhanden sind. Wir nutzen solche Plätze mit Julie, bringen ihr das Springen über die Hürde und Klettern über die Schrägwand bei. Sie lernt es schnell und hat große Freude daran. Und trotzdem besteht auch in allen anderen Parks kein Leinenzwang. So können die Hunde schön miteinander spielen. Die Beseitigung der Hundehaufen übernimmt die Stadt. Jeden Morgen werden die Parks und auch Straßen und Wege mit Schaufeln und Mülltonnen vom Hunde- und oft auch Menschenkot beräumt. Leider gibt es in Budapest keine unentgeltlichen, öffentlichen Klos und auch in Restaurants darf man nur aufs Klo wenn etwas verzehrt wird. So hocken sich auch die Menschen in sämtliche Ecken und da es selten regnet stinkt es überall gewaltig. Es gibt viele Obdachlose und die erledigen ihre großen und kleinen Geschäfte vor allem gern in den Unterführungen, wo sie meist auch schlafen.

Die kleinste Münze, die es in Ungarn gibt, ist die 5-Forintmünze. Die meisten Lebensmittel sind aber mit unrunden Zahlen deklariert. Wenn dann zum Beispiel etwas 187 Forint kostet bekommt man nur auf 190 Forint Kleingeld wieder heraus. Das ist so üblich und geht ja auch gar nicht anders. Wir bummeln über den großen Friedhof. Dabei stellen wir fest, dass viele ihren Namen, das Geburtsjahr und manchmal sogar ihr Bild auf den Grabstein setzen lassen obwohl sie noch gar nicht gestorben sind. Das ist der Fall, wenn der Ehegatte schon gestorben ist. Dann wird auf dem Grabstein schon mal alles für den verbliebenen Partner vorbereitet. Als Sterbejahr steht erst einmal nur 20. Das ist schon ein wenig befremdlich für uns. Heute nun verlassen wir unsere gemütliche Wohnung. Wir verabschieden uns bei Adrienn und Dence, trinken mit den beiden noch einen Tee. Als wir gehen bemerken wir in unseren Stiefeln je einen Schokoweihnachtsmann, den die liebe Adrienn als verfrühte Nikolausüberraschung hinein getan hat. Mit der Straßenbahn fahren wir dann aus Budapest heraus und stellen fest, dass der Regen, welcher in der Stadt herunter kam, am Rande von Budapest als Schnee gefallen ist. Dazu weht ein eisiger Wind. Wir laufen berghoch bis auf einen 495 m hohen Berg, von wo aus wir eine tolle Aussicht auf Budapest und die untergehende, rote Sonne haben. Auf diesem Berg finden wir alte Fundamente von Antennen mit eingelassenen Nischen. In einer solchen, überdachten Nische stellen wir das Zelt auf. So haben wir es windgeschützt und trocken, müssen das Zelt nicht in den Schnee stellen. Es ist aber trotzdem eisig kalt.

Am 07.12.2012 kommen wir in Visegrad an und beenden unsere diesjährige Wandersaison. Wir haben ein Angebot bekommen, den Winter auf einem Reiterhof in Deutschland zu überbrücken. Unsere Arbeit dort beginnt am 1. Januar. So bietet es sich an, das Weihnachtsfest mit der Familie zu verbringen. Die nächsten 550 km durch Ungarn sind wir vor drei Jahren, als wir den EB-Weg Eisenach-Budapest) abwanderten, schon einmal gelaufen. Wir haben beschlossen, dieses Stück deshalb nun auszulassen. Im Internet sehen wir, dass die Kaltfront, welche gerade Temperaturen bis minus 6 Grad in der Nacht bringt, weiter anhält. Am Sonntag sollen es -16 Grad und Montag sogar bis -20 Grad werden. Da unsere Schlafsäcke nicht mehr richtig wärmen und ich es schon jetzt vor Kälte kaum noch ausgehalten habe (Dirk macht es nicht ganz so viel aus), ist der Zeitpunkt, die Wandersaison für dieses Jahr zu beenden, gerade richtig. Mit unseren profillosen, kaputten Wanderschuhen kamen wir zu letzt nur noch rutschenderweise vorwärts auf den glatten Wegen. Unsere neuen Lidlwanderschuhe hatten wir in Budapest zum Einlaufen an. Nach der kurzen Zeit, ohne Belastung in den Bergen und ohne die schweren Rucksäcke, gehen sie schon kaputt. Dass sie nicht lange halten würden hatten wir uns schon gedacht aber wenigstens ein halbes Jahr erhofften wir uns.

Erst am 16.07.2013 setzen wir unsere Wanderung durch Ungarn fort. Grund dieser Verspätung ist ein Ultraschallfoto unter dem Weihnachtsbaum von unserer Enkelin Kim, die am 01.07. das Licht der Welt erblickt. Wir wollen zur Geburt da sein und so verlängern wir unseren Aufenthalt in Deutschland bis dahin. Wir überbrücken die Zeit mit verschiedenster Arbeit.

Am Montag den 16.07. fahren wir mit dem Europaspezialticket von Chemnitz aus 06:30 Uhr los. Wir steigen um in Dresden, Prag, Zilina (Slowakei), Kosice und kommen 21:15 Uhr im slowakischen Slowenske Nove Mesto an. Um diese Zeit ist es dort schon stockdunkel. Wir suchen einen Platz für unser Zelt, schlagen es gleich neben einem Weg auf und verschwinden schleunigst darin, denn es wimmelt nur so von Mücken. Am Tag danach laufen wir über die Grenze nach Ungarn. Im Ort Sátoraljaújhely setzen wir unsere Wanderung auf dem E 4-Weg, die wir schon so lange unterbrochen haben, fort. Der E 4 verläuft nun gleich mit dem ungarischen „Alföldi-Kek-túra", dem Tiefebenen-Blauweitwanderweg. Die nächste Zeit wandern wir also in der Tiefebene. Wir erreichen die Kleinstadt Kisvárda. Einige Tage laufen wir bei über 30 Grad endlos lange Feldwege ohne Schatten entlang. Es hat wegen der Mücken trotzdem keinen Sinn, vor 09 Uhr los zu laufen. Und spätestens 18 Uhr heißt es, einen Platz für das Zelt suchen, schnell was essen und nichts wie ins Zelt. Denn sonst halten wir den Mückenansturm nicht aus. Tagsüber, wenn die Sonne brennt, sind keine Mücken da. Aber früh und so wie es kühler wird wimmelt es davon. In dieser Gegend gibt es viele Störche. In jedem Dorf sehen wir mindestens ein Nest mit meist drei schon recht großen Jungtieren darin. Dort wo die Bauern Getreide und Gras mähen sind sehr viele Störche zur Stelle. Wie an der Ostsee die Möwen den Fischerbooten nachfliegen, in der Hoffnung auf Fischabfälle, so fliegen hier die Störche den Traktoren nach, auf der Suche nach Mäusen und Fröschen. Auf einem Feld zählen wir 41 Störche, ein schönes Bild. Von unserem Gaskocher sind wir inzwischen auf einen Benzinkocher umgestiegen. Das ist wesentlich kostengünstiger. Außerdem gibt es fast überall Benzin, die Gaskartuschen sind jedoch nicht immer erhältlich. Bei dem Benzinkocher ist viel mehr „Bums" dahinter. Das Essen brennt aber auch ganz schnell an. Wir müssen uns erst daran gewöhnen. Unser Vitaminbedarf wird zur Zeit bestens gedeckt. Wir finden unterwegs Sauerkirschen, Mirabellen, Pflaumen und sogar die leckeren Maulbeeren.

3. Kapitel
Abstecher in die Ukraine

Kisvárda liegt ca. 25 km von der ukrainischen Grenze entfernt. So nah an der Ukraine beschließen wir, eine Weile von unserem Weg abzuweichen und wollen ein Stück in der Ukraine wandern. Wir wissen allerdings nicht, ob wir Julie so ohne Probleme mit über die Grenze bekommen. Laut Internet sind ein besonderes Gesundheitszeugnis und ein Tollwutantikörpertest erforderlich, beides haben wir nicht. Julie hat nur den Impfpass und ist gechipt, weiter nichts. Wir versuchen es trotzdem. Wir laufen an einer langen Lkw- und Pkw- Schlange vorbei und werden sofort von Zöllnern abgefangen. Mit unseren Pässen rennen sie hin und her. Es dauert lange bis sie damit wieder kommen. Dann suchen sie jemanden der deutsch oder englisch spricht und uns ihr Problem erklären kann. Letztendlich erfahren wir, zu Fuß ist ein Überqueren dieser Grenzstelle nicht möglich, nur falls wir jemanden finden, der uns mit dem Auto mitnimmt, dürfen wir passieren. Also fragen wir die Autofahrer. Die meisten sind voll bepackt oder kurbeln die Scheibe erst gar nicht runter. Doch da kommt ein Ukrainer auf uns zu gelaufen und bietet uns seine Hilfe an. Wir steigen in seinen BMW und alles geht reibungslos. Als wir uns schon drüben wähnen heißt es auf einmal aussteigen und mitkommen. Wir sollen Julies Papiere zeigen. Wir denken, das war's, nun müssen wir zurück. Wir geben den Impfausweis hin. Eine Dame blättert jede Seite durch, überträgt die Chipnummer in ihr Buch, Hunderasse und Name. Dann bekommt Julie einen Stempel in ihren Impfausweis und wir sind kurz darauf in der Ukraine. Wir freuen uns, machen uns aber auch Gedanken ob wir mit Julie genauso problemlos wieder aus dem Land heraus kommen. Na, bis dahin ist noch ein wenig Zeit. Die ganze Grenzkontrolle dauert ca. 2 h. Wirklich jedes Auto wird genau kontrolliert. Ganz so wie früher zu DDR-Zeiten an den Grenzen. Unser Fahrer setzt uns kurz nach der Grenze ab. Er verlangt 20 Euro von uns. Nichts also mit uneigennütziger Hilfsbereitschaft. Vielleicht hätten wir verhandeln sollen. Für die paar Meter sind 20 Euro viel Geld. Was soll's, wir geben ihm das Geld. Aber noch mal passiert uns so etwas nicht. Dann tauschen wir erst mal in einer Wechselstube um. Für einen Euro bekommen wir 10 Griven. Danach gönnen wir uns ein Hotelzimmer für zwei Nächte. Es kostet für uns und Julie zusammen 31 Euro die Nacht. Im Hotelrestaurant essen wir abends für insgesamt 15 Euro (150 Griven) vorzüglich Abendbrot, mit Vorsuppe, Salat, Hauptgericht und Getränk. Nach dem Ausschlafen und einem guten Frühstück im Hotel erkunden wir in aller Gemütlichkeit den Ort Chop. Im Gegensatz zu Ungarn stehen hier Türen und Tore offen. Die Hunde rennen frei auf der Straße herum. Die Menschen grüßen freundlich und suchen das Gespräch. In Ungarn sind die Menschen wesentlich distanzierter. Zwar spricht kaum jemand hier englisch, deutsch schon gar nicht. Trotzdem schaffen wir mit Händen und Füßen, sowie wenigen Worten Russisch eine Komunikation. Viel von unserem Schulrussisch aus DDR-Zeiten ist nicht übrig geblieben. Wenigstens aber können wir die Schrift lesen. Einige Worte und Redewendungen fallen uns wieder ein. Die Lebensmittelgeschäfte haben rund um die Uhr geöffnet, auch heute zum Sonntag. Das Angebot ist recht groß, es gibt viele interessante Sachen. Wir stellen fest, dass alles für uns wesentlich preiswerter ist als in Ungarn. Wir probieren mal das landestypische Getränk Kwasz. Es schmeckt gut, hat einen malzig-karamelligen Geschmack und ist alkoholfrei. Von unserem Hotelzimmer aus können wir die Karpaten sehen. Die Uhren werden hier eine Stunde vorgestellt. 12 Uhr müssen wir unser schönes Hotelzimmer verlassen und eher gehen wir auch nicht. Der erste Wandertag in der Ukraine beginnt. Hier haben wir keinen Wanderweg, dem wir folgen können. Wir halten uns entlang einer Bahnschiene, die paralell der ungarischen Grenze verläuft. Das klappt recht gut. Wir finden Feldwege und Trampelpfade. Auch durch mehrere Dörfer kommen wir. In jedem Dorf gibt es Läden, wo auch Getränke ausgeschenkt werden und schattige Sitzgelegenheiten dazu. Das kalte Kwasz kostet ca. 45 Cent pro halber Liter. Es schmeckt super. Bei dem Preis können wir jeden Tag ein bis zwei Kwaszhaltepunkte ansteuern. Auch hier sehen wir viele Storchennester mit Störchen darin. Vor fast jedem Haus der Leute steht eine Bank an der Straße. Dort sitzen die Einheimischen, beobachten das Dorfgeschehen, sind immer für ein Gespräch aufgelegt, winken uns zu, bieten uns Wasser an und fordern uns auf, mit auf ihrer Bank zu sitzen. Die meisten sind sehr freundlich. Es gibt aber auch aufdringliche Bettler. Vom Gefühl her wollen wir unsere Rucksäcke hier nicht irgendwo allein stehen lassen, wie wir das in anderen Ländern oft machen. Und wir versuchen, das Zelt versteckt und ungesehen aufzubauen. Die Lebensmittel sind extrem preiswert für uns. Hundefutter allerdings ist sehr teuer. Für einen drei-Kilo-Sack zahlen wir umgerechnet 7 Euro. Das ist wohl Luxus. Zwar gibt es überall viele Hunde, aber die werden sicher in der Regel mit Abfällen gefüttert. Ein Dorf, durch welches wir heute wandern heißt wie wir, Svoboda.

Auch in den letzten Tagen ist es sehr heiß gewesen und wir laufen fast ausschließlich in der prallen Sonne. Schon beim Aufstehen ist es heiß. Wir kommen durch einige Dörfer und die Stadt Berehove. Vom Ort Janosy fahren wir mit einem klapprigen, alten Bus, bei dem die Bremsen scheinbar nicht mehr richtig funktionieren 25 Kilometer bis zur Stadt Mukaschevo. Für die ganze Strecke bezahlen wir umgerechnet 80 Cent pro Person. In Mukaschevo bummeln wir durch die historische Altstadt und über den großen Wochenmarkt. Außerdem besichtigen wir die dortige Burg (Eintritt 1 Euro). Auf der Burg gibt es die Möglichkeit, sich einen Adler auf den Arm setzen zu lassen. Das kostet zwar zwei Euro, aber wir machen es trotzdem. Wann hat man schon mal so eine Chance. Eigenartigerweise ist die Zeit in Janosy wieder wie bei uns. Und in Mukaschevo erneut eine Stunde weiter. Keine Ahnung, wie hier die Zeitzone verläuft. Unterwegs kommen wir an einer Beerdigungszeremonie vorbei. Eine Hauseinfahrt ist mit Kunstblumenkränzen geschmückt. Die Trauergesellschaft steht, so nehmen wir an, um den Sarg oder den aufgebahrten Toten herum. Vor dem Haus hält der Leichenwagen, kein Auto wie bei uns, sondern ein vom Pferd gezogener Leichenwagen. Ob das in den Dörfern immer so gehandhabt wird wissen wir nicht.

Da Teile der Ukraine früher zu Ungarn gehörten fühlen sich die Menschen hier im grenznahen Raum verbunden mit Ungarn. Viele sprechen auch untereinander ungarisch, hören ungarische Radiosender oder sehen ungarisches Fernsehen.

Es ist Ende Juli und nach neun Tagen Aufenthalt verlassen wir die Ukraine wieder. Nach dem Aufstehen schwimmen wir noch eine Runde im Fluss an dem wir gezeltet haben und sehen Eisvögel. Im Ort Vylok trinken wir unser letztes Kwasz und passieren die Grenze zurück nach Ungarn. An diesem Grenzübergang dürfen auch Fussgänger und Radfahrer passieren. Wir müssen zwar unsere Rucksäcke auspacken und Julies Chip wird überprüft, aber ansonsten verläuft alles reibungslos. Die Grenzer sind begeistert, dass Julie ein Malinois ist. Wir kommen bis zum Ort Fehergyarmat und zelten dort neben einem Freibad. Der Wetterbericht hatte für heute 41 Grad angesagt. So heiß kommt es uns auch vor. Am Abend sind wir ganz schön erledigt.

4. Kapitel
Wo sind die großen Herden hin?

Im Jugendalter hatte mich ein Buch über die Hortobagypuszta in Ungarn besonders fasziniert. Riesige Pferdeherden, Herden von Graurindern mit ihren großen Hörnern und Zackelschafe, gehütet von Hirten zu Pferd oder mit ihren Hütehunden, Ziehbrunnen und weite Steppenlandschaft waren in dem Buch zu sehen. Unbedingt wollte ich einmal dorthin. In meiner Phantasie war ganz Ungarn so. Jetzt da wir durch Ungarn wandern zerbricht dieses schöne Bild Stück fuer Stück. Anfangs ging es durchs Gebirge, gut, da konnte es nicht so sein. Aber nun in der Tiefebene, beginnt das „wahre Ungarn", so meine Hoffnung. Doch nein, die goldenen Sonnenblumen- und Getreidefelder sind zwar auch schön anzusehen, aber wo sind die Herden, die Steppenlandschaft? Unsere letzte Hoffnung, das noch anzutreffen, ist Hortobagy. Also weichen wir erneut von unserem Wanderweg ab und fahren teils mit dem Zug nach Hortobagy, wo wir uns ein Zimmer für zwei Nächte nehmen. Unterwegs besichtigen wir noch die zweitgrößte Stadt Ungarns, Debrecen. In Hortobagy läuft alles auf Tourismus hinaus. Es gibt viele Souvenierstände, alles ist teuer. Die Pusztalandschaft hier wurde zum Unesco-Weltkulturerbe erklärt und ist ein Nationalpark. Weite Steppenlandschaft sehen wir, aber wieder keine Hirten mit ihren Herden. In der Tourismusinformation erfahren wir, in einem speziellen Wildpark gäbe es noch, was wir suchen. Hinein kommt man ausschließlich mit einem Bus und nach Bezahlen von Eintritt. Na gut, wir bezahlen die 10 Euro, wenn wir schon mal hier sind. Doch das Ganze entpuppt sich als eine Art Tierpark mit Przewalskipferden, Wölfen, Pelikanen, Wasserbüffeln und ein paar andere Tierarten in sehr schönen, großen Gehegen. Was wir eigentlich sehen wollten konnten wir nicht finden. Danach besichtigen wir noch ein großes Gestüt, in dem Noniuspferde gezüchtet werden. Am Wochenende findet hier eine große Pferdeveranstaltung statt. Wäre sicher interessant, aber zu teuer. Und die Herden? Die Pferde in dem Gestüt werden gehalten wie bei uns auch. Von den ungarischen Graurindern gibt es irgendwo noch eine Herde, gehalten für die Touristen, damit sie in den Restaurants das Fleisch davon probieren koennen. Das ursprüngliche Ungarn, so wie es in meiner Vorstellung noch bis vor kurzem existierte, gibt es nicht mehr, schade.

Die letzten Kilometer durch die ungarische Tiefebene sind landschaftlich sehr schön. Mit dem Zug sind wir von Hortobagy aus nach Vomospercs gefahren und von da aus weiter gewandert. Jetzt gibt es ab und an Wald, die Wege sind sandig. Das Stapfen mit dem schweren Rucksackgewicht durch den teilweise tiefen Sand ist beschwerlich. Dazu Temperaturen zwischen 37 und 38 Grad. Aber immer mal wieder bietet sich die Gelegenheit in einem Flüsschen zu baden. Und in jedem Ort gibt es Wasserpumpen an denen wir unsere Trinkflaschen mit frischem Brunnenwasser auffüllen koennen. Das gab es in der Ukraine nicht. Wir kommen durch die Orte Ujeta, Letavertes, Posaj, Nagykereki und Bojt. In Ujeta und Posaj zelten wir jeweils mit Genehmigung eines Bauern auf dessen Grundstück. In Ujeta bringt uns frueh die Bäuerin mit Ei überbackenes Brot, Gurken, Kaffee und Eiswasser. In Posaj kommt der Bauer am Abend mit Palinka. Außerdem bringt er uns frisches Brot, Tomaten, Paprika, Mineralwasser und 8 rohe Eier. Das Abendbrot und Fruehstück für den nächsten Tag ist gesichert. Doch damit nicht genug. Ein Angler schenkt uns seinen kleinen, frisch gefangenen Fisch. Er fährt mit dem Fahrrad weg. Kurze Zeit spaeter ist er wieder da und bringt uns noch drei eingefrorenen Fische, eingefrorene Würstchen, sowie Wasser. Das ist hier eine sehr gastfreundschaftliche Gegend. Wir freuen uns, kochen Fische sowie Eier und lassen es uns schmecken. Am Samstag zelten wir an einem landwirtschaftlichen Betrieb. Der Wachmann des Betriebes lässt uns dort duschen. Der Weg verläuft nun immer paralell zur rumänischen Grenze. Das bringt uns einige Begegnungen mit der Polizei ein. Erstmals in Ujeta. Dort sitzen wir auf einer Bank. Eine Frau kommt aus dem Haus und beginnt ein Gespräch mit uns. Eine zweite Frau telefoniert derweil mit ihrem Handy. Offensichtlich mit der Polizei. Denn kurze Zeit später kommen vier Streifenwagen mit Blaulicht und Sirene. Sie stoppen vor unserer Bank. Unsere Pässe und auch Julies Impfausweis werden kontrolliert. Sie stellen viele Fragen. Da sie kein englisch und nur wenige Brocken deutsch sprechen gestaltet sich das Ganze schwierig. Nach 1,5 Stunden dürfen wir weiter. Sie wünschen guten Weg. Am anderen Tag, kurz vorm nächsten Ort, kommen uns zwei zivile Streifenpolizisten auf Fahrrädern entgegen. Wieder Fragen, und sie telefonieren wegen uns. Wahrscheinlich erfahren sie, dass mit uns alles in Ordnung ist. Trotzdem begleiten sie uns bis zum Ort und durch den ganzen Ort hindurch. Im Ort wollen wir etwas einkaufen. Einer der beiden bleibt bei Dirk draußen. Der andere läuft mir im Laden auf Schritt und Tritt hinterher. Am Ende des Ortes verabschieden sie sich dann. Im folgenden Ort warten wir schon auf einen Empfang. Der bleibt erst mal aus. Doch die Leute beäugen uns argwöhnisch und fragen ob wir Rumänen waeren. Oft hören wir den Ausdruck „Zigan". Offensichtlich denken sie wir sind Zigeuner, illegale rumänische Einreisende, potentielle Einbrecher. Zwei Männer auf Fahrräedern fahren uns hinterher und telefonieren dabei. Natürlich ist kurz darauf wieder ein Streifenwagen zur Stelle. Die gleiche Prozedur wie am Vortag nimmt ihren Lauf. Ist die Kriminalität hier im grenznahen Raum zu Rumänien so groß? Was erwartet uns in Rumänien? Wir werden sehen. Im Ort Bojt werden wir erst einmal von zwei Männern auf ein Bier eingeladen. Ein anderer junger Mann kommt dazu. Er bietet uns an, bei ihm in der Badewanne zu baden. Das Angebot nehmen wir gern an. Wir bekommen Schaumbad, Shampoo, frische Handtücher und Dirk darf sich rasieren. Dann lädt er uns noch auf ein Bier sowie Sandwiches ein und wir dürfen in seinem Garten zelten. Julie bekommt Hundefutter, wir Mineralwasser. Wir freuen uns sehr. Er spricht weder deutsch noch englisch. Aber wir entnehmen seinen Äusserungen und Gesten, dass er ein Hooligan ist, rechtsorientiert und uns deshalb aufnimmt, weil wir Deutsche sind. Naja, das ist eigentlich nicht in unserem Sinne. Aber was solls. Morgen ziehen wir weiter.

7. Abschnitt

RUMÄNIEN

1. Kapitel
Kreuz und quer durchs Land

Unser Gastgeber vom Montag muss am Dienstag früh nach Rumänien. Er bietet uns an bei ihm mit zu fahren. 06:30 Uhr soll es losgehen. Wir nehmen an und stellen den Wecker auf 05:30 Uhr. Erst als wir schon alles zusammen gepackt haben merken wir, dass wir uns um eine Stunde vertan haben. So sind wir schon 05:00 Uhr fertig und müssen noch 1,5 Stunden warten. Dann fahren wir nach Artrand und dort über die Grenze nach Rumänien. Wir tauschen erst einmal Geld um. Da wir noch zu viele Forints haben zuerst die. Für einen Forint bekommen wir 0,0145 rumänische Lei. Eine blöde Rechnerei. Ein Euro ist 4,3 Lei wert. Die Uhren werden in Rumänien wieder eine Stunde vor gestellt. In unserem Wanderbuch, was schon 10 Jahre alt ist steht, dass der E 4 durch Rumänien erst noch ausgebaut werden muss. Doch auch jetzt nach den vielen Jahren gibt es ihn noch nicht. Wir wollen deshalb in Rumänien alles etwas anders machen. Wir werden versuchen kreuz und quer durch Rumänien zu trampen oder auch mal öffentliche Verkehrsmittel benutzen. Nur hin und wieder wollen wir ein Stück wandern. Mal sehen ob das so klappt.

Als erstes aber laufen wir bei wieder 38 Grad 10 km bis zur Stadt Oradea. Dort nehmen wir uns ein preiswertes Hotelzimmer mit Frühstück für zwei Nächte. Wir sind überrascht. Rumänien hatten wir uns als ein sehr armes und für uns preiswertes Land mit hoher Kriminalität vorgestellt. Wir wissen nicht wie es in anderen Teilen des Landes aussieht. Auf dem Weg nach Oradea und in dieser Stadt sehen wir erstmal nichts von Armut. Oradea ist eine sehr moderne Stadt in der es alles gibt was man in deutschen Städten auch vorfindet. Die Menschen sind gekleidet wie bei uns und benehmen sich auch nicht anders. Alles, auch unser Hotelzimmer ist auffällig sauber. Am Rande der Stadt befindet sich einerseits ein großes Industrie- und Gewerbegebiet. Auf der anderen Seite sind schmucke Einfamilienhäuser. Die Innenstadt hat schöne, alte Gebäude, viele Eisdielen, Restaurants und Strassencafes, alles gut besucht. Die Leute sind nett und hilfsbereit. Die Receptionistin unseres Hotels wäscht kostenlos unsere stinkende Wäsche in der Waschmaschine. Das Benzin fuer unseren Kocher holen wir immer an Tankstellen, fragen Autofahrer ob sie uns den halben Liter in unsere Benzinflasche füllen und bezahlen es ihnen dann. Hier verzichtet der Autofahrer auf das Geld. Freunde und Bekannte hatten immer zu uns gesagt: „Wenn ihr erst nach Rumänien kommt, dort ist alles spottbillig." Leider trifft dies nicht zu. Bissel preiswerter wie in Ungarn ist es schon. Aber lange nicht so günstig wie zum Beispiel in der Ukraine. Und das Hundefutter ist auch hier sehr teuer.

Am Donnerstag sind es früh 09:00 Uhr schon 36 Grad. Es sollen über 40 Grad werden. Unser nächstes Ziel ist Sibiu (zu deutsch Hermannstadt), 300 km entfernt. Wir wollen uns nicht ohne Schatten auf die Landstraße zum Trampen stellen, da wir nicht wissen wie lange wir stehen werden und erst aus der gesamten, riesigen Stadt heraus laufen müssen. Also entschließen wir uns, mit dem Zug zu fahren und laufen zum Bahnhof. Doch der Zug nach Sibiu fährt erst 19:30 Uhr ab. Mit dreimal Umsteigen wären wir dann mitten in der Nacht im Zentrum dieser Stadt. Also doch trampen. 1,5 Stunden laufen wir bis zum Ende der Stadt. Zu unserer Überraschung stehen schon einige einheimische Tramper da. Trotzdem haben wir Glück. Zwei Bauarbeiter nehmen uns nach 45 Min. Warten die ersten 100 km mit. Dann stehen wir nochmals 30 Min., bis ein sehr netter, gut englisch sprechender Rumäne anhält. Er hat ein behindertes Kind im Auto, die Bibel auf dem Sitz und will nach Bukarest. Er nimmt uns bis Sibiu mit. Unterwegs gibt er uns alkoholfreies Bier und Chips aus. Wegen einer Reifenpanne dauert die Fahrt eine Stunde länger. 22:00 Uhr kommen wir bei Dunkelheit in der großen Stadt an. Zwischen Gewerbegebiet und Hotels finden wir trotzdem an einem Fluss ein Plätzchen für unser Zelt. So in der Öffentlichkeit wollten wir eigentlich in Rumänien nicht zelten, aber es geht gut.

Heute bummeln wir durch die Touristenstadt Sibiu, die wieder hochmodern ist und sehr sauber. Sie hat eine wunderschöne Altstadt, vom Rathausturm aus schauen wir auf sie herab. Dann fahren wir mit dem Zug nach Turmu Rosu. Von diesem hübschen Dorf aus beginnen wir eine Wanderung durch die Südkarpaten. In Rumänien gibt es ca. 6600 Braunbären, 3100 Wölfe und 1500 Luchse. Die Hälfte der Braunbären leben in den Südkarpaten und davon wieder die meisten nahe der Stadt Brasov, wo wir hinwandern wollen. Freies Zelten ist in Rumänien zwar erlaubt, hier wird davon wegen den Bären aber abgeraten. Da sie von den Touristen angefüttert wurden haben sie die Scheu vor den Menschen verloren, kommen bis in die Stadt, plündern Mülltonnen und sind gefährlich. Ein Bergführer in Sibiu rät uns auf jeden Fall die ganze Nacht ein Feuer anzuzünden. Die Bären suchen nach Futter, riechen alles Essbare kilometerweit und machen keinen Halt vorm Zelt. Bissel mulmig ist mir da schon. Heute laufen wir aber erst einmal nur drei km in die Berge hinein und kommen zu einem im Bau befindlichen Kloster. Daneben stellen wir das Zelt auf. Das Kloster wird bewohnt, Hunde bellen, Kuhglocken bimmeln, Bauarbeiter sind bis spät abends am Wirken. Hier verirrt sich hoffentlich kein Bär hin. Außerdem haben wir Wasser und eine Sitzgarnitur mit Tisch.

Der erste Wandertag in den Karpaten wird sehr anstrengend. Steil geht es bergauf und bergab, 12 Stunden laufen wir. Unterwegs sehen wir viele Schäfer mit ihren Herden sowie Blaubeersammler. Schöne Aussichten auf die Berge belohnen die Anstrengungen. Abends kommen wir an einen kleinen Bergsee. Ein paar junge Leute (Ukrainer) und ein rumänisches Paar zelten dort. Wir gesellen uns dazu, so gibt es mehr Schutz vor den

Bären. Wir hoffen kein durstiger Bär kommt zum See. Da keine Bäume vorhanden sind können wir die Lebensmittel nicht wie angeraten an einen Baum hängen. Und wo kein Holz vorhanden ist kann auch kein Feuer angezündet werden. So tun wir alles was man eigentlich nicht machen sollte wegen der Bären.

Die Nacht wird ein Grauen. Zwar kommt uns kein Bär zu nahe. Aber die Zelte sind gerade aufgebaut, da überrascht uns ein furchtbar starkes Gewitter mit Sturm, Hagel und Starkregen. Dieses Gewitter dauert die ganze Nacht. Es kracht und blitzt unentwegt. Das Vorzelt steht unter Wasser, am Boden kommt es herein. Zum Glück haben wir die Plane fest darüber gespannt. So überstehen wir es einigermaßen schadlos. Unsere Mitzelter haben da weniger Glück. Sie „saufen" vollständig ab, sind klitschnass. Unsere Plane ist zwar zusätzliches Gewicht, ist in solchen Situationen aber Gold wert. Wir sind heilfroh als die Nacht vorbei ist und das Gewitter sich gelegt hat. Die Landschaft heute ist wieder traumhaft. Wir bewegen uns in einer Höhe zwischen 1900 und 2300 m. Fürs Zelten finden wir einen super schönen Platz, an Wasserfällen, in einem Bergkessel. Diesmal sind wir aber allein, haben den ganzen Tag auch niemanden getroffen. Und ohne Holz und Bäume geht das mit dem Feuer machen und Lebensmittel an den Baum hängen wieder nicht. Na hoffentlich kommt trotzdem kein Bär. Dunkle Gewitterwolken ziehen auch schon wieder auf. Bloß nicht so wie gestern. Das war schrecklich.

Gegen 12 Uhr kamen wir an einem Refugio (Schutzhütte) vorbei. Das ist eine Blechhütte, rundherum zu und verschließbar mit Bettgestellen darin. Das wäre sicherer gewesen. Aber 12 Uhr erschien uns dann doch zu zeitig.

Das Gewitter in der Nacht ist erneut heftig, dauert diesmal aber nicht ganz so lang. Hier oben, auf 2000 m Höhe ist es recht kalt. In den rumänischen Karpaten gibt es 10 Gipfel über 2500 m. Einige davon nehmen wir mit. Heute erklimmen wir den zweithöchsten Berg der rumänischen Karpaten, den 2535 m hohen Varful Negoiu. Die gesamte Strecke ist sehr schwierig. Immer wieder kommen längere Kletterpartien vor, die für uns, mit dem schweren Gepäck, gerade noch so machbar sind. Oft wird es gefährlich. Unsere Julie bewältigt alles mit Leichtigkeit, wie eine Gämse. Wir sehen Gämsen und Murmeltiere, keine Bären. Wir nehmen an, die Bären halten sich eher weiter unten, im bewaldeten Gebiet auf. Gegen 19:00 Uhr erreichen wir den Bergsee Balea Lac, 2033 m hoch gelegen. Dort führt eine Straße hin, es gibt zwei Restaurants, jede Menge Fressbuden und Souvenirsände, sowie zwei Berghotels. Viele Touristen tummeln sich hier. Auch ein paar deutsche Autos sehen wir. Manche zelten am See oder schlafen in ihren Wohnwagen. Auch wir gönnen uns einen Ruhetag, bleiben zwei Nächte am Balea Lac.

Den Tag am See verbringen wir als absoluten Ruhetag. Die Anstrengungen der letzten Tage sitzen uns noch in den Knochen. Da eine Straße bis hier her führt, hofften wir ein Bus fährt zum nächsten Ort, damit wir einkaufen können. Unsere Lebensmittel und das Benzin für unseren Kocher sind alle, das Hundefutter reicht nur noch für drei Tage. Wir wissen nicht wie viele Tage wir noch in den Bergen ohne Einkaufsmöglichkeiten sein werden. Doch es fährt kein Bus und bis zum nächsten Ort sind es 20 km.

Also sind wir gezwungen an den überteuerten Fressbuden einen großen, runden Schafskäse (ca. 1kg) für 10 Euro und ein Brot zu kaufen. Damit müssen wir nun einige Tage auskommen. Nudeln oder Ähnliches gibt es hier nicht. Mit dem Benzin haben wir Glück. Deutsche Motorradfahrer zapfen für uns etwas von ihren Maschinen ab und schenken es uns. So können wir Tee kochen. Ja, und das Hundefutter? Ein Kellner des Gasthauses ruft die Ablösung an. Dieser Kellner will uns dann Hundefutter mitbringen. 3 kg sagen wir, sonst wird es zu schwer für uns. Er bringt jedoch 10 kg für 18 Euro mit. Wer soll das schleppen? Unsere Rucksäcke sind eigentlich so schon zu schwer in den Bergen. Wir teilen das Futter auf und wir denken ungern an die Buckelei in den nächsten Tagen.

Mit dem schweren Gepäck brechen wir am Mittwoch 11:30 Uhr von Balea Lac auf. Wir laufen zusammen mit einem rumänischen Paar bis zur nächsten Berghütte (Podragu), an einem See gelegen. Unterwegs kommen wir zweimal in starke Gewitter. Das Gewicht der Rucksäcke können wir gerade so tragen. Unser Zelt stellen wir am See auf und essen in der Berghütte Tomatensuppe. Es kommt in den nächsten Tagen keine weitere Hütte. Heute freuh werden wir von heftigem Gewitter geweckt. Bis 10 Uhr gewittert es und danach regnet es den ganzen Tag. Wir entschließen uns heute hier im Zelt zu bleiben. Es wird ein kalter, nasser und langweiliger Tag. Wir dösen im Zelt, lesen und hören Radio. Der einzige Höhepunkt ist am Abend wieder eine Suppe in der Hütte. Man könnte in der Hütte auch schlafen für 30 Lei pro Person, in einem Bettenlager, keine Dusche und kein WC. Das tun wir nicht.

Auch die ganze Nacht regnet es wieder und gewittert. Wir erklimmen den höchsten Berg Rumäniens, den 2544 m hohen Moldaveanu. Viele andere Wanderer sind zu diesem Berg unterwegs. Leider haben wir keine Aussicht von oben sondern dichten Nebel. Das tägliche Gewitter bleibt nicht aus, mit Graupel und Starkregen. Das Refugio unterhalb des Moldaveanu ist hoffnungslos überfüllt. Wir stellen uns unter, passen aber kaum rein, bauen dann das Zelt etwas abseits auf. Unterwegs treffen wir eine Familie, die ihre Wanderung wegen des Wetters vorzeitig abbrechen will. Sie fragen uns, ob wir ihre Lebensmittel brauchen können, damit ihre Rucksäcke leichter werden. So bekommen wir zwei große 500g schwere Käse, Zwiebeln, ein ganzes Kartoffelbrot, eine Zitrone, Kekse und zwei Tafeln Glucose. Das passt uns super in den Kram. Nun können wir wieder ordentlich essen, auch mal unterwegs bei einer Pause. Die Rucksäcke sind dadurch allerdings nochmals schwerer.

Immer noch bewegen wir uns auf über 2000 m Höhe am Kamm entlang. Mal ein ganzes Stück runter, dann wieder hoch. Aber die Berge werden jetzt sanfter, nicht mehr so schroff. Wir wandern von Refugio zu Refugio und zelten meist daneben weil drinnen alles voll ist. Sonntag finden wir aber ein 15 Min. vom Weg entferntes Refugio und das haben wir ganz für uns allein. Wir schlafen darin. Da wir uns beide irgendeinen Infekt mit starkem Durchfall, Schüttelfrost und Kopfschmerzen eingehandelt haben, bleiben wir auch noch den ganzen heutigen Tag am Refugio und eine weitere Nacht. Es steht auf dem Berg mit herrlicher Aussicht. Den ganzen Tag lang besuchen uns hier nur drei Esel. Am Samstag war wieder eine Familie nach unten abgestiegen. Sie überließen uns Tee, Zucker, Zitrone und Brot. Soll doch mal einer sagen, es wäre so schlimm, längere Zeit keine Einkaufsmöglichkeit zu haben. Aber im Moment ist uns nicht nach Essen. Wir verbringen den ganzen Tag im Schlafsack oder in der Sonne sitzend beim Refugio. Gestern hatte uns ein junger Mann ein Erlebnis mit einem Bären erzählt. Der Bär wäre nachts zu einer Gruppe Zelte gekommen und hätte mit seiner Tatze eines der Zelte kaputt gemacht. Wegen des Geschreis der Leute suchte er dann das Weite. Ein anderes Paar zeigt uns ein Foto von einem Bären. Unser Refugio ist vollständig verschließbar, das beruhigt uns. Zu richtigen Unfällen mit Bären soll es durchschnittlich nur einmal im Jahr kommen. Die Schäfer leben dank ihrer großen Hütehunde friedlich mit den Bären und Wölfen zusammen und haben kaum Schäden zu beklagen. Nur die Lebensmittel in den Zelten locken die Bären eben an.

Der Durchfall ist noch immer nicht weg, das Klopapier längst alle, Blätter hier oben nicht vorhanden. Nach einer zweiten unruhigen Nacht brechen wir heute auf und wandern das letzte Stück unseres Kammweges durch die Südkarpaten ab. Es geht nun hinunter durch bewaldetes Gebiet. Die letzten 15 km bis zum Ort Zarnesti sind Schotterwege. Aber diese brauchen wir nicht zu laufen. Ein Forstarbeiter nimmt uns auf seiner Ladefläche, inmitten von Holzstücken und Stämmen mit. In Zarnesti kaufen wir erst einmal Cola, schwarzen Tee und dunkle Schokolade. Das soll unsere Mägen wieder auf Vordermann bringen. Ja und natürlich Klopapier. Wir zelten an einem Fluss. Es ist angenehm warm. In den Bergen war es recht kalt. Seit Tagen konnten wir uns nicht mehr waschen. Das Bad im Fluss ist deshalb ein Hochgenuss. Einem Bären sind wir die ganze Wanderung über nicht begegnet. Sollen wir darüber froh oder traurig sein? Wir wissen es nicht so genau. Nachts war es definitiv gut, keinen pelzigen Besuch bekommen zu haben. Tagsüber hätten wir doch gern mal, besser vielleicht von weitem, einen Bären gesehen.

Unser nächstes Ziel ist Bran. Wir trampen dort hin. Keine Minute müssen wir warten. Gleich das erste Auto, ein Lieferwagen, hält an und nimmt uns mit. Dirk wollte schon immer einmal die Burg des Grafen Dracula sehen. Diese befindet sich in Bran und wir besichtigen sie heute. Bran ist touristisch gut besucht. Wir bummeln noch ein wenig an den vielen Souvenirständen und Fressbuden vorbei. Julie und die Rucksäcke lassen wir so lange im Schatten hinter einer solchen Bude. Die Budenbesitzerin wirft ein Auge drauf. Danach finden wir ein schönes Plätzchen fürs Zelt an einem Fluss.

Am 23.08. trampen wir 25 km zur Stadt Brasov. 20 Min. stehen wir, dann nimmt uns ein netter Mann mit. Brasov ist von Wald umgeben, welcher bis runter zur Stadt reicht. Der Mann erzählt uns, dass die Bären bis in die Randgebiete der Stadt kommen, um Mülltonnen zu plündern und Obst und Gemüse aus den Gärten. Vor längerer Zeit hatten wir einmal einen Fernsehbericht über „Die Müllbären von Brasov" gesehen. Wir nehmen in dieser touristischen Stadt eine Pension für zwei Nächte. Dafür bezahlen wir 100 Lei, also knapp 25 Euro pro Nacht. Unsere Wäsche dürfen wir kostenlos in der Waschmaschine waschen. Das wurde höchste Zeit. In Bran rrümpften die feinen, gestylten und parfümierten Touristen schon die Nase wegen unserem Gestank. Brasov heißt zu deutsch Kronstadt. Hier und auch in Sibiu leben einige deutschstämmige Menschen.

Am Samstag verlassen wir 11:30 Uhr unsere Pension, laufen zwei Stunden bis zum Rand der Stadt. Von da aus wollen wir 160 km weiter nach Bukarest trampen. Doch wir haben kein Tramperglück, niemand nimmt uns mit. So zelten wir an einem Fluss und versuchen es am Sonntag erneut. Wir werden bis zu einem großen Gewerbegebiet, 12 km vom Zentrum Bukarests mitgenommen. Von da aus fahren Busse bis ins Stadtinnere. Wir lösen das Ticket. Die Dame am Schalter spricht gut englisch. Wir erhalten eine Karte und die Frau erklärt uns, dass wir diese Karte im Bus zwei Mal entwerten müssen, weil wir zwei Personen sind. Das verstehen wir. Außerdem erhalten wir eine Quittung auf der zu erkennen ist, dass wir für zwei Personen bezahlt haben. Trotzdem zeigt uns ein hilfsbereiter Mitfahrer im Bus noch einmal wie es geht. Als dann der Fahrscheinkontrolleur kommt zeigen wir ruhigen Gewissens Karte und Quittung hin. Doch er nimmt uns die Karte weg, behauptet, wir hätten nur für eine Person bezahlt und will 50 Lei von uns haben. Wir sind nicht bereit, dies zu zahlen und steigen aus. Der Kontrolleur mit. Wir diskutieren, versuchen die Sachlage zu erklären. Doch er wird schnippig, fotografiert uns mit dem Handy, will die Polizei rufen, falls wir nicht zahlen. Dann müssten wir 150 Lei bezahlen, sagt er. Er ruft tatsächlich die Polizei an. Uns wird das zu dumm. Wir hauen ab. Ein bisschen kreuz und quer und in die nächste Bibliothek. Dort warten wir eine Weile, dann gehen wir weiter. Vielleicht hat er die Polizei ja gar nicht wirklich angerufen. Doch, er hat. Mit den großen Rucksäcken und Julie fallen wir auf. Und schon hat uns ein Streifenwagen entdeckt, zwei weitere kommen aus der anderen Richtung. Mist, jetzt haben sie uns. Doch da, eine Nische, ein offener Hauseingang. Nichts wie rein. Nach zwei Stunden Ausharren wagen wir uns wieder raus, checken zwei Ecken weiter, im nächsten Hotel fuer zwei Nächte ein. Das kommt uns zwar teurer als geplant (50 Euro pro Nacht mit Frühstück, es ist ein 4-Sternehotel), ist jedoch immer noch besser als grundlos das Geld an die Polizei zu bezahlen. Wir haben ein super schönes, großes Zimmer mit geräumigem Bad und Eckbadewanne. Umgezogen und ohne Rucksäcke fallen wir nicht mehr auf. Und am Dienstag wird wohl keiner mehr nach uns suchen. Eins steht jedenfalls fest, mit dem Bus fahren wir nicht aus Bukarest heraus. Heute bummeln wir durch Bukarest. Es ist aber keine so schöne Hauptstadt, nicht mit Budapest vergleichbar.

Am Dienstag verlassen wir 12 Uhr unser schönes Hotel. Das nächste Ziel ist Constanta, am Schwarzen Meer. Wir laufen fuenf Stunden bis wir aus der Stadt heraus und an der Autobahnauffahrt nach Constanta sind. Auf einem Feld dort in der Nähe zelten wir. Zwei junge Leute mit Schäferhund und Mittelschnauzer sowie einer Ratte treffen wir. Sie sind ebenfalls trampend unterwegs, wollen weiter nach Belgrad. Am nächsten Tag stehen wir gerade mal 20 Min., dann nimmt uns ein Mann im Lieferwagen die 220 km bis Constanta mit. Dort bekommen wir für 20 Euro ein Zimmer mit Frühstück in einem Hotel mit Meeresblick. Wir nehmen es für zwei Nächte. Das Hotel ist allerdings ziemlich schnuddelig. Der Fernseher funktioniert nicht, der Duschkopf ist ab und den gesamten Donnerstag läuft kein Wasser wegen Bauarbeiten. Aber wir lassen uns nicht stören, bummeln durch die Stadt, schwimmen im warmen Meereswasser und sonnen uns am Strand. Freitag mittags verlassen wir das Hotel. Wir wollen nun eine Weile an der Küste entlang wandern und möglichst ruhige Buchten am Strand zum Zelten finden. Wir kommen bis zum Urlauberort Mamaia. Der Badeort will nicht enden mit seinen vielen Hotels, Souvenirständen, Restaurants und bewachten Stränden. Über den gesamten Badeort fährt eine Seilbahn. Eigentlich wollten wir danach irgendwo am Strand einen Platz fürs Zelt suchen. Aber wir sehen, die bunten Schirme reichen bis zu einem großen, daran angrenzenden Industriegebiet. Der einzige mögliche Platz für unser Zelt ist gleich neben der Hauptstraße, bissel versteckt hinter Hecken, inmitten von Müll, nicht sehr romantisch. Wir sind gerade am Einschlafen, da hören wir Schritte um unser Zelt herum schleichen. Eine Hand fingert am Zelt und an unseren Wasserflaschen. Wir schauen heraus. Es ist ein Mann, eine fragwürdige und angetrunkene Gestalt. Unser Wachhund Julie liegt zusammengeringelt im Zelt, sagt nicht muff und nicht maff, schläft einfach. Wir belzen sie mit raus, damit der Mann sieht, wir haben einen Hund. Er versteht nicht was wir sagen, setzt sich einfach neben unser Zelt und bleibt dort sitzen. Uns ist unheimlich. Was hat er vor? Will er warten bis wir eingeschlafen sind und uns dann beklauen? Wir nehmen die Rucksäcke mit in den Zeltinnenraum und bekommen kaum ein Auge zu. Vom Strand ist die ganze Nacht laute Discomusik hörbar. Die Bässe dröhnen in unseren Köpfen. Dann lautes Geschrei. Der Mann neben unserem Zelt ruft: „Auto, Auto". Wir schauen raus. Auf der Hauptstraße wurde jemand angefahren. Es haben genug Autos angehalten. Unsere Hilfe wird nicht gebraucht, wir gehen wieder ins Zelt zurück. Früh ist der Mann verschwunden. Wir laufen weiter, vorbei an dem Industriegebiet. Nach ca. 11 km hält ein Auto an und ein junges Paar fragt uns ob wir ein Stück mitfahren wollen. Sie setzen uns an einem traumhaft schönen Strand mit weißem Sand und Dünen ab. Hier gibt es keine Hotels, keine Häuser, nur Sand, Dünen und Meer sowie einen Sandweg, der vom drei km entfernten Ort hier her führt. Nur wenige Leute sind am Strand. Ein paar Zelte stehen da. Wir stellen unser Zelt in den Dünen auf und genießen den Rest des Tages am Strand und im Wasser. Abends sehen wir sogar Delfine.

Am Sonntag bleiben wir an unserem schönen Platz am Strand und zelten eine weitere Nacht dort. Bei herrlich warmen und windstillen Wetter wird das ein wunderschöner Faulenzertag. Dieser Strand ist ein Geheimtipp. Nur Einheimische kommen hier her oder Leute aus Bukarest die übers Wochenende da sind. Zelten ist in Rumänien nahezu überall kostenlos erlaubt. Es gibt aber auch offizielle Zeltplätze gegen Bezahlung. Montag, Dienstag und Mittwoch wandern wir weiter am Strand entlang. Jetzt begegnen wir keiner Menschenseele mehr, haben den Strand ganz für uns allein. Montag und Dienstag finden wir jeweils wieder Traumplätze für unser Zelt und müssen keine Badebekleidung mehr tragen. Die gesamte Landschaft ist wunderschön. Auf der einen Seite befindet sich das Meer und der weiße Sandstrand. Auf der anderen Seite Wasser- und Seenlandschaft mit riesigen Schilfflächen, die Ausläufer des Donau-Delta. Und dazwischen eine rot blühende Heide-Dünenlandschaft. Das alles nah beieinander. So sehen wir nun auch die verschiedensten Vogelarten. Am meisten begeistern uns die großen Pelikankolonien. Die Vögel aus dem Donau-Delta machen Abstecher zum Meer. Ein ungewöhnliches Bild geben da im Meer stehende Reiher und auf dem Meer schwimmende Pelikane ab. Delfine scheint es viele zu geben im Schwarzen Meer. Wir sehen sie mehrmals täglich. Zweimal kommen wir ihnen beim Schwimmen sogar ganz nah. Wir sind begeistert.

Heute erreichen wir den Urlauberort Portija. Wir wollen uns dort eigentlich wieder mit Lebensmitteln eindecken und dann weiter wandern bis zum eigentlichen Donau-Delta, da wo einer der beiden Donauarme ins Schwarze Meer fließt. Doch in Portija gibt es keinen Laden. Nur eine Ferienanlage, ein Hotel und ein Restaurant. Da wir rein gar nichts mehr zu essen haben, kaufen wir der Restaurantküche ein Brot und Knoblauch ab. In den letzten zwei Tagen hatten wir uns nur von Haferflocken ernährt.

Als wir die Sachen einpacken, kommt die Restaurantchefin zu uns. Sie schenkt uns zwei Stück Schokoladenkuchen mit Sahne, die wir gleich essen. Außerdem gibt sie uns eine Schachtel mit gebackenem Fisch, Steaks, Brot und Polenta mit. Das wird ja ein feines Abendbrot. Wir erfahren, dass es nicht möglich ist, die 40 km bis zum Donauarm weiter am Strand entlang zu wandern. Immer wieder fließen breite Wasserarme ins Meer und es gibt keine Brücken darüber. Wir müssen entweder mit dem Boot fahren, oder so zurück laufen wie wir gekommen sind, oder eine Landzunge entlang, die zum Festland führen soll. Wir entscheiden uns für Letzteres. Die Landschaft ist unberührt und schön. Pelikane fliegen über uns hinweg. Links und rechts von uns ist Schilf und Wasser mit vielen verschiedensten Wasservögeln. Der Weg endet an einem breiten Wasserarm mit starker Strömung. Gegenüber sehen wir ein Bauerngut und ein Boot anliegen. Für heute stellen wir erst einmal unser Zelt auf. Morgen werden wir sehen, ob wir irgendwie da rüber kommen oder umkehren müssen.

Wir haben Glück, ein Fischer bringt uns in seinem Boot ans andere Ufer. Unser Weg verläuft weiter inmitten von Schilflandschaft. Wir beobachten die verschiedensten Wasservögel. Mehrfach fliegt ein großer Schwarm Pelikane über uns hinweg. Wir sehen sie ganz nah. Und dann, mitten auf dem Weg eine ganz kleine Schildkröte. Solche Erlebnisse sind für uns das Schönste. Wir laufen ca. 20 km, dann ist die Schilflandschaft zu Ende und hier befindet sich ein Haus. Von da aus nimmt uns ein Mann mit bis zum nächsten Ort Sinoie. Dort kaufen wir ein und zelten auf einem Feld.

Unser nächstes Ziel ist die Stadt Tulcea an der Donau gelegen, 65 km entfernt. Wir wollen dorthin trampen. Diesmal hält kein Auto an. Nach zwei Stunden Warten verlieren wir die Geduld und laufen an der Bahnstrecke entlang 10 km weiter. Im nächsten Ort beschließen wir mit dem Zug zu fahren. Doch der fährt erst am anderen Morgen. Mit Genehmigung des Bahnwärters schlafen wir im Bahnwartehäuschen. Am Tag darauf fahren wir 08:11 Uhr mit dem Zug nach Tulcea. Zug fahren ist in Rumänien nicht so teuer. Für die 55 km bezahlen wir zu zweit mit Hund umgerechnet sechs Euro. Tulcea ist das Tor zum eigentlichen Donau-Delta.

Wir haben vor, im Donau-Delta zu wandern. Zwar wissen wir nicht ob dies überhaupt möglich ist oder ob es dort nur Wasserwege gibt, aber wir laufen erst einmal los. Da die Touristeninformation in Tulcea am Wochenende geschlossen hat, bekommen wir keine Auskünfte. Doch schon bald entschließen wir uns zur Umkehr. Wir treffen ein deutsches Paar welches aus dem Donau-Delta kommt. Sie erzählen uns, dass freies Zelten dort verboten ist und von Ranchern kontrolliert wird. Ein Vorrankommen ist ausserdem größtenteils nur auf Wasserwegen möglich. Doch so kurz vor dem Hauptgebiet des Donau-Delta wollen wir nun auch hinein. Also fahren wir mit dem Schiff einen Donauarm entlang bis zum Ort Crisan. Dort nehmen wir uns eine preiswerte Pension für zwei Nächte. Die Vermieter sind sehr nett, bringen uns Eier und kleine Fische zum Frühstück sowie frischen, gebackenen Fisch mit Kartoffeln zum Abendbrot. Wir lassen unser Gepäck im Zimmer und mieten uns ein Kajak für den ganzen Tag. Das kostet 25 Euro. Wir bekommen eine Karte und einen wasserdichten Sack. Dann fahren wir mit dem Kajak wunderschöne Wasserarme entlang, queren zwei kleine Seen und einen großen See.

Wir sehen Pelikane, viele verschiedene Reiher, Schwäne, Eisvögel und andere Wasservogelarten. Unterwegs legen wir an und picknicken. Julie fährt mit und bewältigt alles nach anfänglichen Startschwierigkeiten ganz cool. Es wird ein gelungener Tag. Der Ausflug hat sich gelohnt. Schön finden wir auch, dass wir keine weiteren Paddler oder andere Boote treffen. Wir sind ganz für uns allein. Nicht so toll sind jedoch die vielen Fischernetze und die Spuren der Angler. Die Angelstellen sind jeweils schon von weitem durch den vielen Plastikmüll erkennbar, den die Angler hinterlassen. Wir finden, in so einem Nationalpark sollte Angeln und überhaupt Fischfang verboten sein, der Müll ja sowie so. Von Crisan aus werden auch Fahrten mit dem Motorboot angeboten. Die meisten Touristen machen davon Gebrauch. Sie fahren aber andere Routen. Da wo wir heute waren wären sie nicht durchgekommen. Wir unterhalten uns mit Leuten, die solche Bootsfahrten gemacht haben. „Es war laut und wir haben keine Pelikane gesehen, dafür aber viel Geld bezahlt", sagen sie. Na, dann haben wir ja alles richtig gemacht.

Da zu Fuß nicht möglich, fahren wir wieder mit dem Schiff zurück nach Tulcea. Von da aus laufen wir immer an der Donau entlang in die andere Richtung. Rechts von uns ist die Donau, links Schilfgebiet, Seen und Wasserarme, Ausläufer des Donau-Delta. Am anderen Ufer der Donau befindet sich die Ukraine. Unser nächstes Ziel ist Galati. Am ersten Tag kommen wir gut voran und finden abends einen schönen Platz fürs Zelt am Donauufer. Wir schwimmen in der Donau. Später geraten wir in ein schweres Gewitter. Es gibt einige Wasserarme, welche in die Donau fließen. Heute kommen wir an drei davon. Über den ersten führt eine Brücke. An dem zweiten laufen wir lange entlang. Er macht einen Bogen und fließt dann wieder in die Donau. Bei dem dritten Wasserarm wird es schwieriger. Er ist tief und keine Brücke vorhanden. Auf der anderen Seite sehen wir ein Haus. Und über den Arm liegt ein Baumstamm. Auf dem Hosenboden überqueren wir den Stamm. Dirk bringt auf diese Art beide Rucksäcke hinüber. Nicht so einfach, dabei nicht die Balance zu verlieren.

Nur Julie traut sich nicht. Also zieht sich Dirk aus und schwimmt mit Julie gemeinsam hinüber. Geschafft! Doch auf der anderen Seite kommt uns ein Mann laut schimpfend entgegen. Hier geht es nicht weiter meint er. Nie und nimmer können wir es bis Galati schaffen. Noch viele Wasserarme kommen, es gibt keinen Weg. Wir sollen mit dem Boot fahren und dafür Geld bezahlen. Das lehnen wir ab. Er führt uns zu einem ungenutzten, halb eingefallenen Hotel, bei dem er Wachmann ist. Wir sollen uns setzen. Er bietet uns an, diese Nacht bei ihm auf dem Grundstück zu zelten. Und er will einen guten Freund anrufen, der uns morgen mit dem Boot abholt. Doch, wir vermuten es schon, er ruft keinen guten Freund an sondern die Polizei. Er hat uns nur hingehalten. Zwei Polizisten kommen mit dem Boot und kontrollieren unsere Pässe. Sie sind ganz cool und sehr nett, wünschen uns noch eine gute Weiterreise. Und sie erklären uns, das man sehr wohl nach Galati weiter kommt. Es sind ca. 80 km bis dort hin. Der Mann, welcher die Polizisten gerufen hat, wird verlegen. Nun dürfen wir doch bei dem Wachmann zelten und er spendiert uns sogar noch eine Gemüsesuppe zum Abendbrot. Die Polizisten erscheinen einige Zeit später wieder. Sie waren angeln, bringen Fische mit. Wie wir heraushören, sind die Fische für uns und den Wachmann gedacht. Er behält sie allerdings für sich, schade.

Die ganze Nacht hat es geregnet und gewittert. Der Wachmann drängt uns, eine weitere Nacht hier zu bleiben. Da es immer noch aus vollen Kannen regnet, willigen wir ein, bauen das Zelt nun unter einem Dach auf. Zum Mittagessen gibt es doch noch den Fisch, welchen gestern die Polizisten gebracht haben, köstlich. Der Wachmann, der gestern anfangs so laut und aufgeregt war, ist nun ganz ruhig und freundlich. Gegen Mittag hört der Regen auf, die Sonne kommt heraus und es wird warm. Nun bleiben wir trotzdem bis morgen. Es ist ein idyllischer Platz. Wir liegen in der Sonne auf einer Bootsanlegestelle und beobachten das Geschehen um uns herum. Auf der Donau sehen wir große Frachtschiffe vorbei fahren. Und bei dem Kanal Reiher, Eisvögel, viele kleine und große Frösche und die unterschiedlichsten Schlangen. Zwischen großen Steinen und bei dem Angebot an Fröschen fühlen sie sich wohl. Manche huschen fix weg, andere bleiben liegen. Es ist spannend. Wir haben unsere Freude beim Beobachten. Am Abend bekommen wir nochmals eine Gemüsesuppe, Tomaten und Paprika.

Wieder hat es die ganze Nacht geregnet und es regnet weiter. Der Wachmann schüttelt den Kopf, als wir trotzdem loslaufen. Nach wie vor ist er überzeugt davon, dass wir nicht durchkommen. Und so ganz unbegründet, begreifen wir schnell, sind seine Bedenken nicht. Es gibt keinen Weg und direkt an der Donau entlang geht es auch nicht wegen einer Steilküste. Auf der Landseite sind Schilf und Morast. Wir kämpfen uns durch dichtes, nasses Gestrüpp. Ein Stück vor, wieder zurück, hier durch, nein geht doch nicht, vielleicht dort. Soll das jetzt 80 km so weiter gehen. Wir beginnen zu zweifeln. Zudem ist unser Benzin alle und das Holz zu nass zum Kochen. Fürs Frühstück haben wir auch nichts mehr. Wir sind pitschnass bis auf die Haut, frieren und sind voller Schlamm. Aber uns die Blöße geben und zum Wachmann zurücklaufen wollen wir auch nicht. Nach ein paar Stunden Kampf verheddern wir uns vollends im Gestrüpp, verlieren die Orientierung, es geht weder vor noch zurück. Wir haben ganz schön die Schnauze voll. Doch irgendwann finden wir die Donau wieder. Die Steilküste ist flachem Ufer gewichen und dort sind sogar Angler. Sie sprechen deutsch und laden uns zu einem Becher Wein ein. Sie wurden mit dem Boot hier her gebracht, angeln und zelten 10 Tage lang an dieser Stelle und werden dann wieder abgeholt. Sie erzählen uns, dass nach acht Kilometern ein Weg kommt, der bis zum nächsten Ort führt, nochmals fünf Kilometer. Der Ort liegt auch an der Donau. Wir hatten vor Galati in 80 km Entfernung keinen Ort mehr erwartet und sind erleichtert. Bis zu dem Ort Isaccea läuft es sich leicht. Dort gibt es eine Tankstelle und Läden. Wir können somit Polenta fürs Frühstück und Benzin fürs Kochen einkaufen. An der Donau nahe diesem Ort zelten wir.

Weiter laufen wir an der Donau entlang und zelten am Donauufer. Das Wasser der Donau ist noch schön warm und wir schwimmen darin. Letzte Nacht schnüffelten Schweine direkt um unser Zelt herum. Das Grunzen und Schnauben in der Stille der Nacht klingt beeindruckend. Dann ruft ein Käuzchen und nicht weit vom Zelt entfernt heulen Schakale. Wir sind happy. So eng mit der Natur verbunden fühlen wir uns wohl. Schakale und auch Wölfe soll es sehr viele geben in dieser Gegend. Sie sind scheu, es wäre ein riesiges Glück ihnen zu begegnen. Doch das nächtliche Heulen begeistert uns auch schon. Und wir sehen ihre Spuren. Heute treffen wir zwei Fischer. Sie laden uns zu Käse, Tomaten, Paprika, Brot und Wein ein. Ihren Erzählungen nach kommt vor dem nächsten kleinen Ort ein Haus mit sehr aggressiven Schäferhunden, die unsere Julie anfallen würden. Auch sollen wir nicht im Zelt schlafen. Die Schweine, Wölfe und Schakale wären zu gefährlich. Letzteres glauben wir nicht. Aber an der Sache mit den Schäferhunden könnte was dran sein. Die Fischer sind mit einem Pferdegespann da und sieben Hunden. Wir sollen zwei Stunden warten bis sie vom Fischen zurück sind, dann wollen sie uns ins Dorf mitnehmen. Naja, vielleicht ist das besser. Wir warten also. Aus den zwei Stunden werden drei. Es ist schon 18 Uhr als sie zurückkommen. Und sie wollen nun doch nicht ins Dorf sondern hier schlafen. Die Hunde sind ihr Schutz. Wir sollen unbedingt mit da bleiben. Aber die beiden sind betrunken, wir wollen weiter. Zwei km sollen es bis zum Ort sein. Da wir kein Wasser mehr haben, wollen wir das schaffen. Doch es kommt kein Dorf und bald wird es dunkel. Wir zelten erneut an der Donau, nehmen das Wasser zum Kochen und Trinken aus dem Fluss. Hoffentlich bekommt uns das. Wir kochen das Wasser zwar ab, eventuelle Gifte bleiben trotzdem erhalten. Es gibt viele Fische in der Donau. Wir gehen deshalb davon aus, das Wasser ist nicht zu vergiftet. Morgen werden wir dann sehen, was es mit den gefährlichen Hunden auf sich hat.

Auch in dieser Nacht hören wir die Schakale in unserem Zelt und tagsüber sehen wir sogar einen. Es gibt nicht nur Wildschweine hier sondern auch frei lebende Hausschweine. Eine große Rotte quert unseren Weg und verschwindet dann im Unterholz. Sie haben ein gutes Leben. Von aggressiven Schäferhunden merken wir nichts. Wir kommen durch den Ort Grindul, fragen dort nach Wasser und füllen unsere Flaschen auf. Allerdings müssen wir feststellen, das Wasser ist gelb und flockig. Wir schütten es weg und fragen bei anderen Leuten. Doch das Wasser von da ist auch nicht anders. Offensichtlich gibt es in Grindul kein besseres Wasser. Wir filtern es durch einen Lappen in den Topf. Vielleicht wäre das Donauwasser da noch besser gewesen. Doch wir vertragen es gut. Dann überqueren wir die Donau mit der Fähre und erreichen die Stadt Galati. Wir nehmen uns ein Zimmer für die Nacht. Überall in Rumänien gibt es viele Straßenhunde. Keiner scheint seine Hunde zu kastrieren. Sie vermehren sich unkontrolliert. Wir sehen furchtbar dürre, schlimm aussehende Hunde, um die sich keiner kümmert. Viele Welpen irren zwischen den Autos umher und werden überall weggescheucht. Wir sehen fast ausnahmslos junge Hunde und nehmen deshalb an, dass sie regelmäßig weggefangen und getötet werden. Uns tun die Hundeschicksale in der Seele weh und wir waren mehrmals nah dran, noch einen zweiten Hund mit zu nehmen. Aber es geht einfach nicht. So lange wir Julie haben, müssen wir hart bleiben. Zwei Hunde im Zelt sind zu viel. In Galati wollen wir Dirks Mutti einmal anrufen. Doch das schaffen wir bisher nicht. Es gibt keine Callcenter und Anrufen ist weder von der Post noch von einem Hotel aus möglich. Zwar sind jede Menge Telefonzellen vorhanden. Dafür braucht man aber Telefonkarten. Nirgendwo können wir eine auftreiben. Die Leute, welche wir fragen, schütteln mit dem Kopf. Nein ein Telefonieren mit Festnetz ist in Rumänien nicht mehr üblich. Jeder hat zwei bis drei Handys, keiner mehr Festnetz, selbst in den Firmen.

Nah an der moldawischen Grenze wollen wir auch diesem kleinen Land einen Besuch abstatten. Wir laufen also in Richtung Grenzübergang nach Moldawien. Dabei haben wir wieder einige nette Begegnungen mit rumänischen Menschen. Eine Frau, die gerade Weintrauben geerntet hat, schenkt uns mehrere große, süße Trauben. Ein älteres Ehepaar ruft: „Stop". Sie bringen uns warmen, frisch gebackenen Kuchen. Wir sehen so dünn aus meinen sie und brauchen doch Kraft mit den großen Rucksäcken. Ein Autofahrer nimmt uns paar Kilometer mit. Dann hält ein alter Mann mit einem Pferdewagen an. Er fragt, ob wir ein Stück mitfahren wollen. Ja, warum nicht, ist mal was anderes.

Am Donnerstag finden wir einen guten Platz fürs Zelt. Heute Abend irren wir suchend umher. Überall ist Schlamm, kein angenehmer Platz vorhanden. Ein junger Mann mit dem Pferdewagen fragt, was wir da suchen. Einen Schlafplatz fürs Zelt sagen wir. Er gibt zu verstehen, dass wir mitkommen sollen und bei ihm schlafen können. Er zeigt uns einen Raum mit Bett. Dort schlafen wir also heute. Kurze Zeit später bringt er uns Spiegeleier, Würstchen und Brot. In Deutschland sind Rumänen bei vielen Leuten sehr verrufen. Auch wir wurden gewarnt und Freunde rieten uns ab, durch Rumänien zu reisen. Viele denken, in Rumänien gibt es nur Gauner. Hinter jeder Ecke müsse man damit rechnen, ausgeraubt zu werden. Sicher gibt es, wie in jedem Land, auch Gauner hier. Doch wir haben bisher sehr gute Erfahrungen gemacht. Die Rumänen waren nett, kontaktfreudig, hilfsbereit und großzügig. Wir fühlen uns nicht unsicherer in diesem Land als in Deutschland.

2. Kapitel
Abstecher nach Moldawien

Die letzten 20 km bis zur moldawischen Grenze, über diese Grenze hinweg und bis zur ersten moldawischen Kleinstadt Cahul werden wir von einem Bulgaren im Auto mitgenommen. In Cahul nehmen wir uns ein Hotelzimmer für zwei Nächte. Es kostet uns umgerechnet 21 Euro pro Nacht. Unsere Wäsche wird kostenlos in der Waschmaschine gewaschen. Als Währung gibt es in Moldawien den moldawischen Lei. Für einen rumänischen Lei bekommen wir 3,8 moldawische Lei. Für einen Euro gibt es 17,4 moldawische Lei. So wie in der Ukraine ist hier alles wesentlich preiswerter als in Rumänien. Unser erster Eindruck von diesem Land ist so wie wir das eigentlich von Rumänien erwartet hätten. Die Leute sind einfacher angezogen, alles wirkt ärmlicher, in den Läden gibt es keine große Auswahl. Auch unser Hotelzimmer ist einfachster Art. Cahul selbst hat nicht viel zu bieten. Es ist eine häßliche, stark nach Abgasen stinkende Stadt. Wir bummeln ein bisschen herum, schauen, was es so in den Läden gibt, vergleichen die Preise. Die Läden haben auch am Wochenende geöffnet.

Mit einem klapprigen Kleinbus fahren wir 170 km bis zur moldawischen Hauptstadt Chisinau. Wir bezahlen dafür umgerechnet 3 Euro pro Person. Julie ist frei, wird aber erst in den Bus gelassen, nachdem wir ihren Impfausweis vorgezeigt haben. Ohne den Impfausweis hätten wir Julie auch nicht mit ins Hotel von Cahul bekommen. In Moldawien scheint alles stark unter Kontrolle zu stehen. Unser Kleinbus wird viele Male von der Polizei angehalten und kontrolliert. Der Polizist steigt jeweils auch in den Bus, beäugt die Leute, lässt sich von manch einem das Ticket zeigen. Das letzte Stück fährt einer der Polizisten sogar mit strenger Miene neben dem Busfahrer sitzend mit. An einer Tankstelle macht der Bus eine Pause. Die Frauen stürzen zur Toilette, ich mit. Die dreckigen Hockklos sind ohne Trennwände, so hockt eine Frau neben der anderen, ohne

Sichtschutz. Was wir auf den 170 km Fahrt sehen, sind viele Weinanbaugebiete.und sehr viele Enten und Gänse in den Dörfern, die frei leben dürfen. Alles sieht grau in grau aus, die Landschaft, die Dörfer, die Städte. Und alles ist einfachster Art. Der Bus setzt uns am Ortseingang von Chisinau ab. Die 8 km bis zum Centrum laufen wir und suchen nach einem peisgünstigen Hotel. Wir finden eines, bleiben zwei Nächte und bummeln durch die Hauptstadt Moldawiens. Laut Internet soll es eine sehr schöne Stadt sein und steht an erster Stelle von den Sehenswürdigkeiten Moldawiens. Doch wir können der Stadt nichts abgewinnen. Sie stinkt fürchterlich nach Abgasen. Es gibt keine Altstadt, sondern nur häßliche große Häuserblocks. Wir finden keine schönen Gebäude, es gibt keine Touristeninformation, laut Prospekt nur ein einziges Museum, und auch sonst nichts, was irgendwie sehenswert oder schön wäre. Die Stadt wirbt mit Dentaltourismus. Eine kleine Oase finden wir doch noch. Ein, allerdings gerade mit Baugerüsten umstelltes, kleines Kloster, mitten in dieser häßlichen Stadt. Wir besuchen auch den städtischen Friedhof. Selbst der ist einfach nur häßlich und ungepflegt. Was es in Chisinau gibt, sind riesige Einkaufscenter, ein paar wenige Restaurants und einige Hotels. Irgendwo soll noch ein Triumphbogen sein. Wir finden ihn nicht. Da die Lebensmittel sehr billig sind, können wir ein paar leckere Sachen probieren. Und wie in der Ukraine gibt es auch hier Kwas. In unserem Hotel in Cahul war ein Saal genau unter unserem Zimmer. Beide Nächte fanden da Hochzeitsfeiern statt und wir wurden bis früh lautstark beschallt. Hier in Chisinau schreien und kreischen Jugendliche neben unserem Fenster bis früh 05 Uhr. An unseren Bronchien merken wir die schlechte Luft der Stadt. Wir können Moldawien bis jetzt nichts abgewinnen. Trotzdem bereuen wir es nicht, diesen Abstecher gemacht zu haben und finden alles interessant.

In Rumänien wurden wir oft gefragt, was wir denn ausgerechnet in Moldawien wollen. Und die Leute schüttelten den Kopf. Jetzt verstehen wir warum. Wir sehen in Chisinau so gut wie kein Auto mit ausländischem Kennzeichen und sehen keine ausländischen Touristen oder Geschäftsleute. Auch das ist für eine Hauptstadt sehr ungewöhnlich.

Auch in Moldawien wollen wir ein Stück wandern. Da wir keine Wanderwege finden, machen wir es wie in der Ukraine, laufen einfach an der Bahnschiene entlang bis zur rumänischen Grenze. Sowohl in der Ukraine als auch in Moldawien gibt es fast überall neben den Bahnschienen Wege. Wir sehen so doch noch ein paar hübschere Orte und reizvollere Landschaft mit Seen und Hügeln. Wir kommen durch die Orte Straseni, Bucovat, Calarasi, Sipoteni, Bahmut, Cornesti und Pirlita. Die Zugführer winken uns schon bald freundlich zu, da sie uns immer wieder sehen. Einmal zelten wir an einem See, die anderen Tage neben der Bahnschiene, was uns allerdings den Krach der rasselnden Güter- und Personenzüge beschehrt. Unser Vitaminbedarf wird mit Äpfeln, Birnen, Weintrauben und Hagebutten gedeckt, die wir unterwegs finden. Zur Zeit ist die Kürbisernte in vollem Gange und die Walnüsse sind reif. So gibt es abends Kürbissuppe mit Walnüssen verfeinert. Die Republik Moldawien hat eine Fläche von 33371 Quadratkilometern und ca. 4,2 Millionen Einwohner, wovon 600 000 in der Hauptstadt Chisinau leben. Die höchste Erhebung Moldawiens ist 429 m hoch. Wie in Rumänien auch häuft sich an jedem einigermaßen schönen Platz wo Menschen sich aufhalten der Müll. Das finden wir scheußlich.

Am Grenzübergang Ungheni wollen wir zurück nach Rumänien. Wir fragen einen Polizisten nach der Grenzübergangsstelle. Der Polizist zeigt in eine Richtung und die schlagen wir ein. Doch die Richtung ist falsch, es geht da zur Grenze, nicht zum Übergang. Wir kehren um und wollen an einer Tankstelle noch einmal fragen. Da kommt ein Auto von der Grenzpolizei angerast und nimmt uns mit aufs Revier. Dort werden unsere Pässe kontrolliert. Offensichtlich denken die Beamten, wir wollen über die „grüne Grenze", denn der offizielle Grenzübergang ist, wie wir erfahren, wieder einmal nicht für Fußgänger erlaubt. Nur mit dem Zug dürfen wir hier passieren. Nach dem das Missverständnis aufgeklärt ist „geleiten" uns die Grenzpolizisten zum Bahnhof, warten bis wir Geld getauscht und Tickets für den Zug gekauft haben. Sie geben uns zu verstehen, dass wir das Bahnhofsgelände nun nicht mehr verlassen dürfen und der Zug erst 17:40 Uhr fährt. Zu dem Zeitpunkt ist es erst 12 Uhr, na prima. Dann läuft alles so genau ab wie auf einem Flughafen, einschließlich Gepäckdurchleuchtung. Für Julie müssen wir den vollen Preis bezahlen und eigentlich bräuchten wir für sie (wie in Spanien) eine Transportbox. Doch irgendwie müssen wir ja wieder raus aus dem Land und so drückt man ein Auge zu. Pünktlich kurz bevor der Zug abfährt sind auch unsere Grenzpolizisten wieder da und schauen, ob wir denn auch wirklich in den Zug steigen. Gegen 19:30 Uhr kommen wir in der rumänischen Stadt Jasi an (25 km Fahrt).

3. Kapitel
Reiseabbruch

Jasi ist eine sehr schöne, sehenswerte Stadt mit vielen alten Gebäuden. Wir besichtigen sie. In den darauf folgenden Tagen trampen wir quer durch Rumänien in Richtung serbische Grenze. Wir wollen nach Serbien, denn es wird kalt, unsere alten Schlafsäcke wärmen ganz und gar nicht mehr, es zieht uns in südlichere Gegenden. Wir werden von fünf verschiedenen Fahrern mitgenommen und kommen dabei nach Targu Furmos, Roman, Bacau, Focosani und Bukarest. Wir lassen uns jeweils am Ortsrand absetzen und schlafen im Zelt. Selbst am Rande von Bukarest finden wir eine geeignete Stelle. Trampen kostet normalerweise kein Geld. Hier in Rumänien ist das bissel anders. Von einem deutschen Paar waren wir gleich zu Beginn unserer Rumänientour gewarnt worden. Nachdem die beiden getrampt sind, wollte der Fahrer Geld und drohte mit der Polizei falls sie nicht bezahlen. Wir sagen seitdem immer vor dem Einsteigen, dass wir kein Geld haben. Für manche Fahrer ist das selbstverständlich. Andere lehnen dann ab und fahren weiter. Auf einer längeren Strecke nach Bukarest bekommen wir mit, wie das hier eigentlich lang läuft. Wir sitzen in einem Kleinbus. Der Fahrer hatte uns auch ohne Geld lachend mitgenommen. Er hält in jeder Stadt an und nimmt Tramper mit, meist bis zum nächsten Ort. Sie steigen ein, über Geld wird nicht verhandelt. Beim Aussteigen stecken die Leute dem Fahrer einen kleinen Betrag von 1-5 Lei zu. Der Fahrer scheint fest damit zu rechnen. Er bekommt zwar jeweils nicht viel. Aber bei Vielfahrern summiert sich der Betrag mit der Zeit und es lohnt sich für sie. Die Mitfahrer kommen dagegen billiger als mit Bus oder Bahn und müssen sich an keine Fahrpläne halten. Nun begreifen wir, warum es in Rumänien so viele Tramper gibt und warum ständig Autos anhalten. Es trampen alle Altersklassen, Frauen, Männer, Muttis mit Kindern. Ein Wachmann vor einem großen Supermarkt erzählt uns, dass er jeden Tag trampend auf Arbeit kommt und ebenso wieder heim fährt. Viele machen es so. Es gibt keine langen Wartezeiten. Nur bei uns mit dem großen Gepäck und Julie dauert es manchmal etwas länger.

Von Bukarest aus wollen wir weiter Richtung serbische Grenze. Bis zum nächsten Ort Pitesti führt eine Autobahn. (Es gibt nur zwei Autobahnen in Rumänien, von Bukarest nach Constanta und von Bukarest nach Pitesti). Wir stellen uns an die Autobahnauffahrt, doch es nimmt uns keiner mit. Es ist Sonntag und die Autos gefüllt mit Familien, die Sonntagsausflüge machen. Wir zelten deshalb wieder an der gleichen Stelle und hoffen auf mehr Glück am Montag. Doch dazu soll es nicht mehr kommen und vielleicht war es gut so, nicht mitgenommen worden zu sein. Denn Julie bereitet uns Sorgen. Seit drei Tagen frisst sie schlecht, nimmt ab und ist ohne Elan. Jetzt kommt noch ein trockener Husten dazu. Wir denken an eine Erkältung. In den letzten Tagen war es kalt und beim Trampen haben wir alle drei sehr gefroren. Mit Bangen ziehen wir auch Herzwürmer in Betracht, gegen die kein normales Wurmmittel hilft.

In Bukarest hatten wir eine Tierarztpraxis gesehen und entschließen uns dazu, diese erst einmal aufzusuchen. Und das erweist sich als die richtige Entscheidung. Die Tierarztpraxis ist moderner als viele deutsche Praxen. Der Tierarzt macht einen sehr kompetenten Eindruck und spricht englisch. Er mißt Fieber und macht ein Blutbild. Julie hat hohes Fieber (41 Grad). Das Blutbild zeigt einen sehr aggressiven Erreger, der durch Zecken hervorgerufen wird und unbehandelt innerhalb 4 Tagen zum Tode führt. Trotz regelmäßiger Zeckenprophylaxe setzte sich bei Julie vor einer Woche eine Zecke fest. Und die hatte wohl den Erreger in sich. Es handelt sich bei dem Erreger um Babesia (Babeliose, Hundemalaria). Dabei werden die roten Blutkörperchen zerstört und die Leber geschädigt. Es kommt zu Blutarmut (Anemie). Der

Erreger breitet sich sehr schnell aus. Einen Tag später, meint der Tierarzt, und Julie hätte keine Chance mehr. Sie bekommt 6 Spritzen, wir bezahlen 110 Euro und sollen am nächsten Tag wieder kommen. Wir finden ein preiswertes Hostal für 20 Euro pro Nacht für uns drei und suchen den Tierarzt am nächsten Tag wieder auf. Julie geht es besser und sie hat kein Fieber mehr. Sie bekommt 4 Spritzen und drei verschiedenen Sorten Tabletten mit auf den Weg (Antibiotika, welche für die Leber und Vitamintabletten). Außerdem ein teures Spezialfutter. Unter dieses sollen wir täglich reichlich gekochte Hühnchen-oder Rinderleber mischen. Der Tierarzt meint, die Sache sei noch lange nicht ausgestanden. Julie braucht jetzt Ruhe und wir sollen schnellstmöglichst wieder einen Tierarzt aufsuchen. Für uns bedeutet das, die Reise ist in diesem Jahr zu Ende. Im Dezember wollten wir sowie so wieder unterbrechen und den Winter überbrücken. So müssen wir also jetzt schon versuchen, einen Platz für den Winter zu finden und freuen uns auf neue Erlebnisse im nächsten Jahr.

Wir fahren mit dem Zug von Bukarest nach Budapest. Es wird ein anstrengenden Tag, vor allem für Julie. 03:30 Uhr stehen wir auf, 05:45 Uhr fährt der Zug ab und bis Budapest durch. 18:50 Uhr kommen wir dort an. Wir haben Glück. Eine Frau steht am Zug und wirbt für ihr Hostal. Die Nacht kostet 12 Euro pro Person im Doppelzimmer, 7 Euro im Massenschlafraum. Wir nehmen das Doppelzimmer. Es ist einfach aber vollkommen o.k. für uns. WC und Duschraum sind im Gang, eine Küche kann genutzt werden. Wir bleiben zwei Nächte und kaufen die Tickets für die Rückfahrt nach Deutschland. Nun steht uns eine lange Wanderpause bevor. Wir sind ein wenig wehmütig.

Die Hauptsache aber ist, unsere Julie wird wieder richtig gesund. Den Tierarzt in Bukarest haben wir auch nach den vielen Straßenhunden in Rumänien befragt. Sie werden seit Jahren in regelmäßigen Abständen eingefangen und getötet. Wir wollen gar nicht erst wissen wie, denn für die vielen Hunde sind Spritzen sicher zu teuer. Das Hauptproblem ist die fehlende Einsicht in eine Kastration. In Bukarest und Constanta sahen wir allerdings einige Hunde mit Ohrmarken. Diese sind kastriert. Tierschutzorganisationen oder einzelne Tierliebhaber haben das bezahlt. Diese Hunde fallen der Euthanasie nicht zum Opfer. Es ist wenigstens ein Anfang. Wir haben unterwegs auch viele überfahrene Hunde gesehen. Wenn wir mit Julie die Straße entlang liefen, kamen immer von überall her ganze Hundemeuten bellend angerannt. Waren wir an vielbefahrenen Straßen, fürchteten wir jeweils, sie würden in ein Auto rennen, weil sie zu Julie wollten. Die meisten passen allerdings gut auf.

Danke schön!

Bedanken möchten wir uns bei unseren Familien, die unseren Ausbruch aus der Normalität toleriert haben und es immer noch tun.

Bei all den Leuten die uns unterwegs ihre Gastfreundschaft erwiesen haben oder uns anderweitig halfen.

Bei Bäuerin Monika und Sohn Uli die es mir ermöglichten bei ihnen in aller Ruhe an dem Buch zu schreiben.

Und bei Heike Wilkens sowie Joel Tan, die mir wertvolle Tipps gegeben haben.

Kurzvita

Ich wurde am 09.06.1965 in Karl-Marx-Stadt, jetzt Chemnitz geboren. Nach der 10-jährigen Schulzeit absolvierte ich eine Lehre zur Kraftfahrzeugelektrikerin und im Anschluss daran meine Meisterausbildung. Nach der Wende bewarb ich mich bei der Polizei und war dort Hundeführerin in einer Hundestaffel Sachsens, später neun Jahre lang Polizeireiterin. Vor neun Jahren kündigten mein Ehemann (ebenfalls Polizist) und ich unsere Jobs bei der Polizei und brachen auf in ein Abenteuer, über welches ich nun ein Buch geschrieben habe. Seit dieser Zeit erlebten wir gemeinsam unzählige Abenteuer und erleben sie auch weiterhin (Ende nicht in Sicht). Es wäre schon jetzt noch genug Material für weitere Bücher vorhanden.

Der Familienbetrieb

Brighton Verlag® GmbH

… hat es sich zur Aufgabe gemacht, Bücher und Filme zu veröffentlichen,
die eventuell von großen Verlagen oder dem Mainstream nicht erkannt werden.
Besonders wichtig ist uns bei der Auswahl
unserer Autoren und deren Werke:
Wir bieten Ihnen keine Bücher oder Filme an,
die zu Tausenden an jeder Ecke zu finden sind,
sondern ausgewählte Kunst, deren Wert in ihrer Einzigartigkeit liegt
und die damit – in unseren Augen – für sich selbst sprechen.
Wir sind davon überzeugt, dass Bücher und Filme bereichernd sind,
wenn sie Ihnen Vergnügen bereiten.
Es ist allerdings unbezahlbar, wenn sie Ihnen helfen,
die Welt anders zu sehen als zuvor.
Die Brighton Verlag® GmbH sucht und bietet das Besondere –
lesen Sie selbst und Sie werden sehen …
Ihr Brighton® Team

Sonja Heckmann
Geschäftsführende Gesellschafterin
she@online.de

Jasmin N. Weidner
Assistenz Geschäftsführung
jasmin.weidner@brightonverlag.com

Ester Meinert
Leitung Vertrieb
ester.meinert@brightonverlag.com

Anne Merker
Sekretariat Brighton® Group
anne.merker@brightonverlag.com

Ernst Trümpelmann
Satz, Buch- & Covergestaltung
ernst.truempelmann@t-online.de

info@brightonverlag.com
www.brightonverlag.com